reinhardt

ROLF VON SIEBENTHAL

Sternenfeld

Friedrich Reinhardt Verlag

Projektleitung: Manuela Seiler
Korrektorat: Daniel Lüthi
Layout: Romana Stamm
Umschlaggestaltung: Bernadette Leus,
Visuelle Kommunikation, info@leus.ch
Titelbildcollage unter Verwendung von:
- Luftaufnahme Hafen Birsfelden (DJI_0476),
  © Port of Switzerland
- Aufnahmen «Oblt. Oskar Bider vor der Nieuport 23 C-1» (LBS_SR04-037458) und «Zwischenlandung des LZ 127 ‹Graf Zeppelin› auf dem Sternenfeld in Basel» (LBS_SR01-01980), ETH-Bibliothek Zürich, Bildarchiv
- Aufnahme Handpistole mit Flugkugelfeuer (532660138), Shutterstock

ISBN 978-3-7245-2598-1

Der Friedrich Reinhardt Verlag wird vom Bundesamt für Kultur mit einem Strukturbeitrag für die Jahre 2021–2024 unterstützt.

www.reinhardt.ch

Für Simon

1

«Es ist ein Kinderspiel.» Laura Moser nippte mit rubinrot geschminkten Lippen an ihrem Aperol Spritz. «Für einen wie dich.»

Raab sass ihr gegenüber im Bahnhofbuffet Olten, das seit seinem letzten Besuch einen erstaunlichen Wandel durchgemacht hatte. Statt zerkratzter Tische und rauchgeschwängerter Luft gab es jetzt Designerleuchten, schickes Mobiliar und rötlich schimmernde Drinks wie den von Laura. Er hatte mit dem Rücken zur Wand Platz genommen, sodass er den ganzen Schankraum im Blick hatte. An diesem Mittwoch Anfang November gab es kurz nach elf Uhr vormittags nur wenige Gäste im Buffet, und alle befanden sich ausser Hörweite. «Wo?»

«In Hölstein, das liegt im …»

«… Waldenburgertal, ich weiss.» Das gefiel Raab nicht. Zu nah. Er arbeitete nicht gern in seiner Wohnregion. Die Schugger könnten sonst auf ihn aufmerksam werden. «Worum geht es genau?»

«Um ein Gemälde von Jan Brueghel, siebzehntes Jahrhundert, eine Landschaft.» Sie lächelte zuckersüss.

«Welches Format?»

Laura fischte einen Aktenordner aus der Tasche, die sie auf dem freien Stuhl neben sich abgestellt hatte. Sie schlug ihn auf und blätterte durch ein paar Seiten.

Er schätzte es, dass Laura immer gut vorbereitet zu ihren Arbeitstreffen kam. Vor anderthalb Jahren hatte sie, vom Hausherrn eigentlich als Escortdame gebucht, Raab beim Einbruch in eine Villa ertappt. Doch statt die Schugger zu alarmieren, hatte sie ihm die Kombination des Tresors verraten. Denn Corona hatte ihre Einnahmen arg schwinden lassen. Natürlich hatte Laura für ihre Hilfe einen Teil von Raabs Beute einkassiert – und täte es auch diesmal. Mit einem unlackierten Fingernagel tippte sie schliesslich auf eine Zeile. «Siebenundzwanzig mal sechsunddreissig Zentimeter.»

Die Grösse des Bildes stellte schon mal kein Problem dar. «Eine Alarmanlage?»

«Am Gemälde nicht, aber im Haus.»

«Ein Einfamilienhaus?»

«Ja, am Dorfrand.» Sie nickte mit ihrem hübschen, schmalen Gesicht, die schwarzen Strähnen des Pagenschnitts schwangen vor und zurück. Laura hatte das jugendliche Aussehen einer Studentin, doch sie musste nach Raabs Schätzung über dreissig sein. Sie trug einen schwarzen Rollkragenpullover und enge schwarze Jeans, die ihre gute Figur betonten.

Schritt für Schritt war Laura alias Lady Loretta zu einem wertvollen Geschäftskontakt geworden. Über

Tipps aus ihrem Netzwerk hoch bezahlter Prostituierter gelangte Raab an lohnenswerte Zielobjekte. «Geht es um Versicherungsbetrug?»

Mit einem Finger strich sie sich die Haare hinters Ohr. «Ja. Der Besitzer steckt in finanziellen Schwierigkeiten. Er hat viel Geld mit Aktien verloren. Zwar könnte er das Gemälde verkaufen, es dürfte eine halbe Million wert sein. Doch er hängt sehr daran.»

«Wie viel springt für uns dabei heraus?»

«Sechzigtausend.»

Ein sehr gutes Angebot. «Halbe-halbe?»

«Wie immer.» Laura bedachte ihn mit ihrem schönsten Lächeln, die perfekten Zähne mussten eine Stange Geld gekostet haben.

«Und ich trage das ganze Risiko.»

«Ohne meine Informationen bekämst du hundert Prozent von gar nichts.» Sie schmunzelte den Einwand weg. «Du bist ein grosser Junge.»

Raab hob einen Mundwinkel. Er hatte sie nur ein wenig piesacken wollen, die Abmachung fand er fair. Tatsächlich hatte Laura ihm in den vergangenen Monaten ein paar einträgliche Jobs vermittelt. «Die Hälfte im Voraus?»

Sie legte eine Hand auf die Tasche. «Ja, ich habe fünfzehn dabei. Den Rest bekommst du danach.»

Einfach verdientes Geld. Raab nickte und nahm einen Schluck Kaffee. Draussen vor den Fenstern ratterte ein Intercity durch den Bahnhof. «Welche Unterlagen hast du?»

«Alle.» Sie blätterte durch die Papiere im Aktenordner. «Plan des Dorfs, Grundstücksplan, Grundriss des Hauses, ein Farbfoto des Gemäldes sowie Informationen über die Alarmanlage und die Überwachungskameras.»

«Kameras?» Das war nicht alltäglich bei einem Einfamilienhaus auf dem Land.

«Darüber musst du dir keine Gedanken machen. Herr Müller, der Auftraggeber, wird dafür sorgen, dass sowohl die Alarmanlage wie auch die Kameras ausgeschaltet sind.»

«Wie will er das der Versicherung erklären?»

«Er wird sie so manipulieren, dass es wie eine technische Panne aussieht. Offenbar kennt er sich aus damit.»

«Wirklich?» So einfach liessen sich die Versicherungsexperten nicht hinters Licht führen. «Was tut er beruflich?»

«Er ist Mitinhaber einer Firma, sie bauen Flugsimulatoren.»

Dann hatte dieser Müller wohl tatsächlich eine Ahnung von Technik. «Hat er dir das alles selbst gesagt? Oder läuft der Kontakt über eine Kollegin?»

Laura spitzte die vollen Lippen. «Sorry. Vielleicht wirst du irgendwann erwischt und …»

«Ich würde nie jemanden verpfeifen.»

«Das Fleisch ist schwach.» Wieder zeigte sie ihm ein strahlendes Lächeln. Kein Wunder, gehörte sie zu den hoch bezahlten Escortdamen.

Raab konnte ihr die Vorsicht nicht übel nehmen, im Milieu gehörten Lug und Trug zum Alltag. Und doch war über die Monate hinweg eine Verbindung zwischen ihnen entstanden, die über das Geschäftliche hinausging. «Du vertraust mir immer noch nicht ganz, oder?»

«Nein, aber ich mag dich.» Laura stellte das eisgefüllte Glas ab und legte ihre kalte Hand auf seine. Sie flirtete wie jedes Mal, wenn sie sich trafen. Auch wenn sie wusste, dass es zu nichts führen würde. Oder vielleicht gerade deswegen. Sie beide waren Profis mit Erfahrung genug, dass sie Geschäftliches und Privates niemals vermischten.

«Sonst noch etwas, das ich wissen sollte?»

Sie hob einen Finger wie ein Ausrufezeichen. «Etwas gibt es tatsächlich noch.»

«Ja?»

«Der Bruch muss Freitagnacht über die Bühne gehen.»

Raab zog seine Hand weg. «Weshalb?»

«Weil niemand zu Hause sein wird. Seine Frau hat am Freitag Geburtstag, Müller schenkt ihr eine Übernachtung in den Bergen. Sie kommen erst am

Samstag zurück. Die nächste Gelegenheit bietet sich sonst erst wieder im Februar. Und er braucht das Geld dringend.»

«Zeitdruck gefällt mir nicht.» Raab schürzte die Lippen. «Das ist zu kurz für eine gründliche Recherche.»

«Du hast alle Informationen hier.» Laura klopfte mit den Knöcheln auf die Papiere. «Es ist ein einfacher Job. Ausserdem hast du ja noch den Donnerstag zur Vorbereitung.»

«Das reicht nicht.»

«Komm, sei jetzt kein Stimmungskiller.» Sie beugte sich vor. «Mein Yogalehrer würde sagen: Du musst deine positive Energie fliessen lassen. Konzentriere dich auf das Gute, dann wirst du ein viel zufriedener Mensch.»

Raab schnaubte. «Yoga, vielen Dank auch. Daran werde ich mich erinnern, wenn ich im Knast Gewichte stemme.»

Laura seufzte, ihr Mund formte einen harten Strich. Sie klappte den Ordner zu und steckte ihn in ihre Tasche. «Ich will dich nicht bequatschen, du bist der Experte. Wenn du ein schlechtes Gefühl hast, blasen wir die Sache ab.»

Er studierte ihr betrübtes Gesicht mit den grossen braunen Augen und musste grinsen. «Verdammt, du bist wirklich gut. Du weisst genau, wie du alte Säcke wie mich manipulieren kannst.»

Sie lächelte verschmitzt. «Gelernt ist eben gelernt.»

Raab griff über den Tisch und zog den Ordner aus Lauras Tasche heraus und zu sich heran. Er blätterte durch die Unterlagen. Das Dossier schien tatsächlich komplett zu sein. «Was weisst du noch über diesen Müller?»

«Gut situiert, seit über zwanzig Jahren verheiratet, engagiert in der Gemeinde. Er macht einen seriösen Eindruck.»

Raab hob eine Augenbraue. «Und doch will er seine Versicherung beklauen.»

«Du weisst, was ich meine. Für den ist das eine einmalige Sache. Das ist jemand, der unverschuldet in eine Klemme geraten ist. Er ist verzweifelt und sucht einen Ausweg.»

Raab liess seinen Blick über gerahmte Fotos von Dampflokomotiven und stolzen Eisenbahnern an den Wänden gleiten. Er vertraute auf ihr Urteilsvermögen. Bisher hatte sie ihn noch nie enttäuscht, alle Informationen hatten sich bei seinen Überprüfungen als zuverlässig erwiesen. Der Einbruch in Hölstein schien unkompliziert, der Lohn verlockend. Und wenn etwas nicht exakt nach Plan verliefe, würde er das mit seiner Erfahrung bestimmt ausbügeln können. «Okay, ich bin dabei.»

Laura hob die Hand und deutete ein Abklatschen über dem Tisch an. «Mein Yogalehrer wäre stolz auf dich.» Sie griff in ihre Tasche, nahm einen fetten Umschlag heraus und schob ihn diskret zu Raab über den Tisch. «Deine Kohle.»

Er griff danach, fühlte aber nicht die gleiche Erregung wie sonst. Von wegen positiver Energie – da floss nichts. Doch er behielt es für sich, weil er Laura die gute Laune nicht verderben wollte. Geschäftskontakte mussten eben gepflegt werden.

2

Regen prasselte gegen die Scheiben des Nachtbusses, als er im Dorfzentrum von Hölstein anhielt. Raab zog die Kapuze seiner Jacke über den Kopf und stieg hinter vier Jugendlichen aus. Zischend schlossen sich die Schiebetüren und der gelbe Bus fuhr mit röhrendem Motor an.

Während der Lärm verklang, beobachtete Raab die abgefeierte Dorfjugend, die johlend die Strasse überquerte. Die vier gingen am *Rössli* vorbei und verschwanden zwischen ehemaligen Bauernhäusern. Seine Uhr stand auf halb zwei, Samstagfrüh.

Raab streifte die Riemen seines kleinen Rucksacks über die Schultern und setzte sich in Bewegung.

Er folgte der Hauptstrasse in Richtung Waldenburg, bog bei der Uhrenfabrik Oris ab, mied unterwegs auf den Quartierwegen die Strassenlampen und hielt auf das südliche Dorfende zu. Das Wetter störte ihn nicht, kalte, regnerische Novembernächte waren gut für sein Geschäft. Kurz nach zwei Uhr erreichte er das Zielobjekt.

Die Villa stand am Rand des Wohngebiets etwas abseits, der Architekt mochte von einem englischen Landhaus inspiriert worden sein. Die Dachgiebel waren kompliziert winkelig angeordnet, zwischen braunen Ziegeln ragte an einem Ende ein Kamin in die Höhe. Im Licht einer Strassenleuchte schimmerten die Hauswände rötlich, darin eingelassen waren eine Holztür mit Rundbogen und Sprossenfenster. Wie ein Teppich umgab ein gepflegter Rasen das Gebäude und den Pool. Wenn das Ehepaar Müller darin badete, schützte es eine dichte, zwei Meter hohe Thujahecke vor neugierigen Blicken.

Raab kannte das Grundstück von Lauras Plänen und einer Motorradtour, die er am Vortag vom dreissig Kilometer entfernten Basel hierher unternommen hatte. Von einer nahen Anhöhe am Waldrand hatte er alles mit einem Feldstecher ausgekundschaftet und ein paar Fotos gemacht. Nichts hatte gegen den Bruch gesprochen.

Zehn Minuten kauerte Raab trotzdem hinter einem Gebüsch und beobachtete das Quartier, die Villa und den Garten. Er hielt sich an den erprobten Ablauf, setzte den Timer seiner Uhr auf zwanzig Minuten und drückte den Startknopf: *20.00, 19.59, 19.58*… War die Zeit abgelaufen, so lautete eine seiner goldenen Regeln für Brüche, würde er sich vom Acker machen – mit oder ohne Beute.

Er überquerte die Strasse und folgte dem schmiedeeisernen Zaun, der die Thujahecke umgab. Vor der Gartenseite der Villa streifte er Latex-Handschuhe über, packte die Metallstäbe des Zauns unterhalb der spitzen Enden und zog sich hoch. Vorsichtig schob er einen Fuss zwischen die Spiesse, hielt gebückt mit angespanntem Bauch die Balance, sprang kraftvoll vom Gitter ab und über die Thujahecke hinweg. Er landete hart auf einem Trittstein in der Rasenfläche und kippte um, wobei ihm ein stechender Schmerz durch das rechte Knie schoss.

Verdellisiech!

Seinen Körper hielt Raab gut in Schuss, doch dreiundfünfzig Lebensjahre forderten ihren Preis und liessen sich auch mit täglichem Training nicht wettmachen. So langsam sollte er einfachere Zugänge suchen. Oder lieber eine Klappleiter mitnehmen. Vorsichtig richtete er sich auf, streckte und dehnte das rechte Bein, bis der Schmerz verklungen war.

Im nassen Gras würden seine Schritte Abdrücke hinterlassen. Der Regen brächte die Spuren bald zum Verschwinden, trotzdem … Seit dem Treffen mit Laura hatte Raab ein Bauchgefühl, das er nicht so richtig benennen konnte.

Seine Freundin Jo Lerch hatte ihn mal gefragt, wie viele Einbrüche er schon gemacht habe in seinem Leben. *Keine Ahnung,* hatte Raab geantwortet, ohne gross darüber nachzudenken. Das Zählen hatte er später nachgeholt. Mit fünfzehn Jahren hatte er zum ersten Mal ein Schloss geknackt – nur für den Kick, ohne etwas einzusacken. Später dann, in seiner

Anfangsphase als Profi, hatte er für ein sorgenfreies Leben vielleicht dreissig Brüche pro Jahr machen müssen. Die Erfahrung schärfte schnell seinen Blick für lohnende Zielobjekte, mittlerweile lebte Raab gut von etwa zehn «Projekten» pro Jahr. Wenn er das überschlug, kam er auf vielleicht tausend Einbrüche bisher. Dass er sich nie hatte erwischen lassen, erfüllte ihn mit Stolz.

Wieso bloss bekam er jetzt hier auf dem Rasen bei einem einfachen Auftrag eine Gänsehaut? Die Worte seines Mentors René Niggli schossen ihm durch den Kopf: *Wenn du dir in die Hosen scheisst, dann lass es sein.* So schlimm war es nicht. Ausserdem konnte Raab jetzt keinen Rückzieher machen. Er hatte den Vorschuss kassiert und er war es seinem Ruf schuldig.

Vielleicht lag es an der Kamera, die über dem Gartensitzplatz an der Hausmauer montiert war. Ihre Linse zielte direkt auf ihn. Laut Laura hatte Müller sie lahmgelegt. Dennoch… Raab zog die Kapuze der Regenjacke tiefer in die Stirn.

Um den abgedeckten Pool herum schlich er zum Sitzplatz, der von zwei efeubewachsenen Rankgittern eingefasst war. Dahinter führte eine doppelflügelige Verandatür ins Haus.

Kleine, rechteckige Sprossen teilten das Glas. Im Innern konnte Raab ein grosses Sofa ausmachen.

Aus dem Rucksack zog er einen kleinen Handbohrer, dessen Spitze er unterhalb des Griffs an der Verandatür ansetzte. Er drehte die Kurbel und bohrte ein kleines Loch in das Holz. Durch dieses führte er einen leicht gebogenen stabilen Draht zum Griff und schob diesen damit in die öffnende Position hoch. Die Tür liess sich geräuschlos zur Seite aufschieben. *Na bitte.*

Auf der Schwelle hängte sich Raab den Rucksack mit einem Riemen wieder über die Schulter, streifte die Kapuze ab, atmete lautlos durch den Mund und spitzte die Ohren. Es gab verschiedene Arten von Stille. Ein Haus konnte völlig ruhig, aber trotzdem bewohnt sein. Waren Menschen in der Nähe, gab es in der Regel winzige Brummgeräusche von elektrischen Geräten, Dielen knackten, Bettdecken raschelten. Raab vernahm ein Klicken, eine Wärmepumpe begann zu rauschen, eine Wanduhr tickte. Mehr nicht. Das hier klang nach einem menschenleeren Gebäude.

Im Wohnzimmer blieb er noch einen Augenblick stehen, um seine Augen an das schummrige Licht im Innern zu gewöhnen. In dem Raum hätte eine Grossfamilie mit Enkeln und Urenkeln Platz gefunden. Zu viel Zeug stand herum: wuchtige Möbel, Fernseher, Lautsprecher, Beistelltische, Regale mit Büchern und Schnickschnack.

An den Wänden hingen Gemälde von Landschaften, Dörfern und Segelschiffen, niederländische Meister. Raabs Blick blieb an der Holzskulptur einer Madonna hängen, spanisch, siebzehntes Jahrhundert. Sie hatte ihre traurigen Augen gegen den Himmel gerichtet – wunderschön und einen Batzen Geld wert.

13.28 zeigte der Countdown auf seiner Uhr. *Los jetzt!* Raab betrat einen Flur mit dunklen Fliesen und gewölbter Decke. Das einzige Licht, der schwache Schimmer der Strassenlampe, drang durch eine Milchglasscheibe neben der Haustür. Zu seiner Rechten, das wusste er von den Plänen, lagen ein Abstellraum, ein Gästezimmer mit Bad und ein Billardzimmer, links folgte die geräumige Küche. Er ging hinein.

Kupfertöpfe und Pfannen hingen neben dem Herd, eine grosse Kochinsel mit Marmorplatte stand in der Mitte. Eine Einrichtung für Profis. Neben dem Fenster führte eine Tür nach draussen. Die Gänsehaut war zwar weg, aber Raab schloss sie vorsorglich auf. Ein Fluchtweg.

Der Brueghel war das Prunkstück des Arbeitszimmers im oberen Stock.

Durch den Flur gelangte Raab ins Entrée, wo eine Steintreppe mit einem schönen Eisengeländer nach oben führte. Langsam ging Raab die Stufen hoch, hob den Kopf nach oben, lauschte dabei so angestrengt, dass er das Rauschen des Bluts in seinen Ohren hörte.

Das Treppenhaus schmückten englische Porträtzeichnungen von Reynolds, achtzehntes Jahrhundert. Jede einzelne kostete ein paar Tausend.

Raab erreichte den oberen Treppenabsatz, das Arbeitszimmer schloss sich links um die Ecke an. Etwas liess ihn zögern. Kein Geräusch, eher etwas wie eine elektrische Ladung schärfte die Luft. Er streckte den Kopf um die Ecke vor. Ein Sirren zerriss die Stille, etwas Hartes prallte mit Wucht auf seine Stirn. Raab taumelte rückwärts, sein Fuss glitt von der Kante der Treppenstufe ab und er kippte hintüber. Raabs Rippen stiessen gegen das Geländer, mit Hüften und Schultern krachte er auf die Steinkanten der Stufen. Ein Bild fiel scheppernd von der Wand. Er überschlug sich einmal, zweimal.

Die Fliesen im Entrée knallten Raab mitten ins Gesicht, Dunkelheit verschluckte den Schmerz…

3

Ein nervtötendes Vibrieren am Handgelenk weckte Raab. Das Atmen fiel ihm schwer, seine Rippen und der Unterarm taten höllisch weh. Er hob ihn trotzdem, hielt die Uhr dicht vor seine Augen. Die Ziffern des Countdowns blinkten auf *0.00.* Er stellte den Alarm ab.

Er lag auf dem Bauch, wälzte sich auf den Rücken. Im schummrigen Licht nahm der Raum langsam Konturen an. Über ihm wölbte sich eine hohe Decke, die Kristalle eines Lüsters funkelten matt. Als er sich aufsetzte, spürte Raab stechende Schmerzen in Kopf und Brust sowie kalte Fliesen unter den Fingerkuppen. Die Erinnerungen kamen zurück: der Auftragsjob, der Brueghel. *Okay*… Ob er einfach ausgerutscht und die Treppe heruntergestürzt war?

Er blickte zu den Stufen, sein Rucksack hing verkeilt zwischen den Sprossen. Raab betastete sein Gesicht. Nein, jemand hatte ihn angegriffen! Mit einem Knüppel oder Totschläger.

Mit der Handfläche fuhr sich Raab über die Stirn, spürte kein Blut, doch eine sehr empfindliche Beule. Dort hatte ihn der Kerl erwischt. Zum Glück hatte sein Unterarm den Aufprall ein wenig abgeschwächt, sonst wäre Raab vielleicht nie mehr aufgewacht.

Er rappelte sich auf.

Eine Pistole lag keinen Meter entfernt auf den Fliesen, eine Heckler & Koch P30 mit Schalldämpfer. Er wollte danach greifen, bemerkte da erst, dass er keine Latex-Handschuhe mehr trug. *Scheisse!* Jemand hatte ihn reingelegt. Es gab Fingerabdrücke, DNA-Spuren …

Er musste verschwinden, sofort. Raab stieg die Treppe hoch, riss den Rucksack zwischen den Geländerstäben heraus und wollte bereits kehrtmachen, als sich sein Blick am oberen Treppenabsatz verfing. Dort hatte ihm der Kerl aufgelauert. Wieso?

Raab musste Gewissheit haben.

Er atmete flach vor lauter Rippenschmerzen, holte ein neues Paar Handschuhe aus dem Rucksack, streifte sie über die Finger und den Rucksack über die Schultern. Dann stieg er hinunter und hob die Pistole vom Boden auf, zog den Schlitten ein wenig zurück. Eine Patrone befand sich im Lager. Schussbereit.

Mit der vorgestreckten Pistole stieg er Stufe um Stufe nach oben. Er erreichte die obere Etage, presste seinen Rücken gegen die linke Wand, um die Ecke sollte sich das Arbeitszimmer mit dem Brueghel befinden. Ob es das Gemälde tatsächlich gab? Es spielte keine Rolle mehr.

Raab ging auf die Knie und schob seinen Körper langsam vor. Er spähte um die Ecke, im schwachen

Licht erkannte er einen leeren Gang mit vier Türen. Eine stand offen. Er raffte sich auf und bewegte sich mit Trippelschritten vorwärts, bis er die Schwelle erreichte. Die Gardinen vor dem Fenster waren zugezogen. Drinnen konnte er die Umrisse eines Betts erkennen, eine Kommode, einen Schrank. Ein metallisch-süsslicher Geruch hing in der Luft.

Bitte nicht…

Raab fingerte die kleine Taschenlampe aus der Jackentasche und knipste sie an. Im Lichtkegel lagen ein bärtiger Mann und eine Frau mit blondem Kurzhaarschnitt auf der Matratze, beide im Pyjama, beide tot. Ihr Blut hatte die Kissen und Duvets durchtränkt und die weisse Wand am Kopfende des Betts gesprenkelt. Beide hatten, soweit Raab es vom Eingang her erkennen konnte, mindestens eine Kugel in den Kopf abbekommen. Und er, daran gab es keinen Zweifel, hielt die Mordwaffe in seiner Hand.

Raus hier, sofort, weg von diesem Tatort!

Raab steckte die Pistole am Rücken in den Bund seiner Hose und eilte vom Schlafzimmer durch den Flur die Treppe hinunter, dann durch das Wohnzimmer hinaus in den Garten. Draussen hörte er eine Sirene im Tal widerhallen. Er wollte weglaufen, doch sogleich erfasste ihn ein Schwindel. Raab bremste ab und musste sich dazu zwingen, behutsam zu gehen. Sonst könnte er nochmals umkippen.

Mit gemessenen Schritten umging er den Pool, spürte die Linse der Überwachungskamera wie einen Stachel in seinem Rücken. Die zeichnete zweifellos jede seiner Bewegungen auf. An der Hecke zwängte er sich zwischen zwei Thujabüschen hindurch zum Eisenzaun und griff nach den Sprossen. Mit einem Ächzen kletterte er hoch, musste sich auf die Lippen beissen, um nicht zu schreien vor lauter Schmerzen. Er zwang alle Kraft in die Muskeln, überwand die spitzen Stäbe und liess sich auf der anderen Seite des Zauns hinuntergleiten.

Das Polizeiauto mit der Sirene hatte das Quartier erreicht, das Geräusch kam schnell näher.

Raab lief los in die entgegengesetzte Richtung und überquerte eine angrenzende Wiese. Das Gelände stieg steil an, liess ihn keuchen. Die Rippen auf der linken Seite schmerzten von Schritt zu Schritt mehr, er drückte eine Hand darauf. Nach hundert Metern gelangte er an den Waldrand und blickte hinunter. Scheinwerfer und blinkende blaue Lichter tauchten die Villa in ein Farbenspiel, Schugger in Uniform riefen Unverständliches.

Zwischen dornigen Sträuchern, durch Bäume und Gestrüpp kämpfte Raab sich weiter den Hang hoch.

Nach etwa fünfzig Metern erreichte er das Dickicht, in dem er am Donnerstag sein Motorrad abgestellt und unter Zweigen getarnt hatte. Mit schwerem Atem befreite er die KTM-Crossmaschine. Sein Plan wäre es gewesen, sie durch den Wald zu einem Feldweg weiter oben zu schieben. Doch angeschlagen, wie er war, würde das ewig dauern. Mittlerweile hatte die Polizei Grossalarm ausgelöst, in wenigen Minuten stünden die Strassensperren.

Raab holte den Helm aus dem Seitenkoffer des Motorrads und stopfte seinen Rucksack hinein. Er stülpte den Helm über und schwang sich auf den Sattel, spürte die Pistole am Rücken. Bestimmt hatte der Mörder dafür gesorgt, dass sich seine Fingerabdrücke darauf befanden. Raab packte die Waffe ebenfalls in den Koffer. Dann drehte er den Zündschlüssel, setzte seinen Fuss auf den Kickstarter und trat durch. Beim ersten Versuch sprang der Motor an. Vielleicht würden die Schugger den Lärm unten bei der Villa hören. Egal, er hatte keine Wahl mehr.

Raab schaltete das Licht ein und drehte am Gashebel. Der Hinterreifen drehte kurz durch, Laub und Erde spickten hoch. Dann fand seine KTM Bodenhaftung und schoss den Hang hinauf durch den Wald.

Nach knapp hundert Metern erreichte Raab den Feldweg, verliess den Wald und löschte den Scheinwerfer. An zwei Bauernhöfen vorbei erreichte er kurz darauf die Bennwilerstrasse, wo er nach rechts abbog in Richtung Autobahn. Der Regen hatte seine Jeans durchnässt, er prasselte auf das Visier des Helms. Darunter lief ihm der Schweiss übers Gesicht.

Auf der breiten Strasse gab Raab Gas. Doch bereits nach kurzer Strecke sah er ein Polizeiauto von der Autobahn her auf sich zukommen. Raab schaltete schnell das Licht des Motorrads wieder ein und drosselte das Tempo zu dem eines Nachtschwärmers oder Schichtarbeiters auf dem Heimweg. Er umklammerte die Lenkergriffe, der Einsatzwagen schoss mit Blaulicht, aber ohne Sirene auf ihn zu, an ihm vorbei. Raab atmete auf und guckte in den Rückspiegel. Rote Bremslichter leuchteten auf. Das Polizeiauto stoppte und machte eine Kehrtwende.

Shit!

Raab schaltete das Licht der KTM aus, nahm die Abzweigung nach Bennwil und gab Gas. Hinter ihm dröhnte die Polizeisirene, die Schugger machten Jagd.

Im schwachen Mondlicht flitzten die ersten Häuser des kleinen Dorfs an Raab vorbei, das Polizeiauto folgte keine hundert Meter hinter ihm. Im winkligen Zentrum, sichtgeschützt von alten Bauernhäusern, trat Raab voll auf die Bremse, der Hinterreifen schlitterte über den nassen Asphalt. Sobald er die KTM wieder halbwegs unter Kontrolle hatte, bog Raab in eine enge Gasse ab und drehte wieder am Gashebel. Wenigstens hatte er die Fluchtroute am Donnerstag genau erkundet.

Die schmale Strasse stieg leicht an und führte aus Bennwil hinaus. Er passierte einen Schiessstand, dann erreichte er einen Wald. Raab drosselte das Tempo und hielt kurz an. Er lauschte und hörte mehrere Polizeisirenen, weit entfernt. *So weit, so gut.*

Raab bog in einen Waldweg ab und steuerte die KTM in gemässigtem Tempo in Richtung Dielenberg. Nach ein paar Hundert Metern legte er einen Stopp ein und stieg an einem Dickicht vom Motorrad. Aus dem Koffer holte er die Pistole und zerlegte sie mit geübten Fingern in sechs Einzelteile. Raab wischte den Schalldämpfer sorgfältig mit einem Lappen ab und vergrub ihn ein gutes Stück entfernt vom Weg unter Sträuchern.

Ein Stück weiter oben tat er das Gleiche mit dem Magazin der Pistole, nachdem er die Kugeln entfernt hatte.

Schliesslich erreichte Raab klatschnass die Kuppe des Dielenbergs, wo er das Motorrad abstellte, den Helm vom Kopf zog und erst einmal durchatmete. Auch jetzt noch hörte er über dem Plätschern der Regentropfen die leisen Sirenen, die aus Oberdorf heraufdrangen. Doch hier oben fühlte sich Raab relativ sicher, zumindest im Schutz der Dunkelheit.

Er stieg vom Motorrad, während er den Unterarm gegen die schmerzenden Rippen presste. In einem weiten Umkreis vergrub er zunächst die restlichen

Teile der Pistole. Dann nahm er eine Armeeblache in Tarnfarben aus dem Motorradkoffer, spannte sie ächzend zwischen zwei Bäumen auf und verankerte sie im Boden.

Es gab einige Dinge, über die Raab nachdenken musste. Doch nicht jetzt, die Schmerzen und das Adrenalin liessen keine vernünftige Analyse zu.

Er breitete eine weitere Blache auf dem nassen Laub aus. Dann holte er einen Schlafsack und einen Plastikbeutel mit Ersatzkleidern aus dem zweiten Motorradkoffer. Im Schutz der Blachen zog er sich aus, wischte den vom Schweiss und Regen nassen Körper mit einem Tuch trocken und streifte die frischen Sachen über. Dann schob er seine schmerzenden Glieder vorsichtig in den daunenweichen Schlafsack. Bis zum Morgengrauen würde er auf dem Dielenberg ausharren und hoffentlich drei, vier Stunden schlafen können.

Und danach fände er heraus, welcher Dreckskerl ihn gelinkt hatte.

4

Zweimal fuhr Raab an Lauras Haus vorbei und guckte hoch zur Wohnung im ersten Stock. In den Fenstern darüber und darunter brannte Licht, doch nicht bei ihr. Er stellte seinen Golf zwei Querstrassen entfernt ab, blieb im Auto sitzen und dachte nach.

Hatte sie ihn reingelegt?

Raab versuchte es ein letztes Mal auf dem Handy. Laura ging wieder nicht ran. Er biss sich auf den Daumennagel.

Die Uhr am Armaturenbrett stand kurz vor Mittag. Wie eine Betondecke überzogen graue Wolken den Himmel, bloss eine Katze schlich durch das Wohnquartier. Fünf unruhige Stunden hatte Raab im Schlafsack auf dem Dielenberg verbracht. Den misstrauischen Gedanken hatte er nicht verdrängen können: Hatte Laura ihn beschissen? Ihre ganze Story erschien Raab auf einmal seltsam. Wieso hatte sie ihm keine genauen Informationen über diesen Müller geliefert? Und weshalb hatte der Bruch derart überhastet vonstattengehen müssen?

Jetzt könnte er sich in den Arsch treten.

Im Schlafsack hatte er Stunden darüber gebrütet. Bei Tagesanbruch hatte Raab schliesslich seine Sachen gepackt und war mit dem Motorrad ins wenige Kilometer entfernte Bubendorf gefahren, wo er in einer gemieteten Garage den Golf stehen hatte. Er hatte die Fahrzeuge getauscht und war über Zürich an den Talweg in Uster gefahren, in dieses moderne Quartier mit schicken Mehrfamilienhäusern.

Keine Ehre unter Dieben. Den Spruch würde Raab jederzeit unterschreiben. Er kannte eine Menge Lügner und Betrügerinnen, die gebrechliche Alte beklauten, gestreckte Drogen an Freunde verhökerten und Kolleginnen an die Schugger verpfiffen. Es hätte ihm eine Warnung sein sollen, dass Laura bei ihrem ersten Zusammentreffen einen Stammkunden hintergangen hatte.

Er stieg aus, ging um den Golf herum und öffnete die Hecktür. Die Rückbank hatte Raab vor längerer Zeit ausgebaut und durch ein kleines Regal mit Schubfächern ersetzt. Zuoberst befanden sich Prospekte für Alarmanlagen, darunter Werkzeug und Elektronik. Das alles gehörte zu seiner Tarnung als freiberuflicher Sicherheitsexperte. Durch ein verstecktes Schloss unter der Innenverkleidung löste Raab eine Sperre und schob die Schubfächer nach vorn. So gelangte er an den Fundus im Hohlraum darunter: Kleider, Schminke, Haarteile. Als er sich bückte, schoss ein stechender Schmerz durch seine Rippen. *Verdelli.* Langsam richtete er sich flach atmend auf.

Er streifte ein Paar Latex-Handschuhe über, öffnete mit einem kleinen Schlüssel eine Metallbox und holte seine Glock heraus, lud durch. Die Pistole steckte er in die rechte Aussentasche seiner Lederjacke und schloss den Kofferraum. Er liess noch ein Auto vorbei und überquerte die Strasse.

Wie ein Spaziergänger schlenderte er die zwei Querstrassen zurück zu Lauras Wohnblock. Als er darauf zuging, beobachtete Raab das burgunderrot gestrichene kastenförmige Gebäude. Eine junge Frau in blauem Mantel schob einen Kinderwagen vorbei, in einer Einfahrt wechselte ein glatzköpfiger Rentner die Räder seines Toyotas. Nichts weckte Raabs Argwohn.

Er nahm einen Fussweg um den Block herum zur Rückseite. Auf der Bank eines verlassenen Spielplatzes mit Schaukeln, Rutsche und Sandkasten liess er sich nieder. Mit dem Blick zählte Raab die Balkone zu Lauras Wohnung ab. Ein Fenster war einen Spalt geöffnet. Hinter dem Haus führte eine Treppe hinab zu einem Kellereingang. Raab holte ein Taschenbuch aus seiner Jacke, irgendeinen Krimi, und tat, als ob er lese. Über den Rand checkte er aber den Hintereingang mit der Milchglasscheibe. Das Schloss liesse sich leicht knacken, doch hinter den Fenstern ringsherum verbargen sich an einem Samstagmittag zu viele potenzielle Zuschauende.

Zu gern würde Raab glauben, dass alles bloss ein dummer Zufall gewesen war. Dass er kurz nach einem Berufskollegen in ein Haus eingebrochen war. Dass der das Ehepaar aus einer Kurzschlussreaktion heraus erledigt hatte. Doch die Wahrscheinlichkeit, dass Raab einfach zur falschen Zeit am falschen Ort gewesen war, tendierte gegen null. Jemand hatte ihn ja abgepasst und gezielt k.o. geschlagen. Und der Mörder hatte ihm die Waffe in die Hand gedrückt.

Es dauerte fast zwanzig Minuten, bis die Milchglastür von innen aufgezogen wurde. Raab sprang auf. Eine junge Frau mit stoppelkurzen Haaren und einem Piercing in der Augenbraue schob ein Fahrrad die kurze Rampe vom Keller hoch und radelte los. Raab zwang sich zu einem Schlendern und erwischte die Tür gerade noch, bevor sie ins Schloss fiel.

Durch den muffigen Velokeller erreichte er das helle Treppenhaus.

Im ersten Stock schmückten zwei Yuccapalmen den Treppenabsatz, gerahmte Fotos von Landschaften hingen an den weiss gestrichenen Wänden. Raab fand Lauras Namensschild an der zweiten Tür links, Ländlermusik plärrte aus der Nachbarwohnung. Seine rechte Hand umfasste den Pistolengriff in der Jackentasche, mit der linken drückte er die Klingel. Drinnen hörte er ein melodisches Ding-Dong, sonst nichts. Raab drückte nochmals, bevor er das Etui mit den Picks aus der Jacke holte. Er nahm den Spanner heraus, einen dünnen Stift in L-Form, und griff nach dem Haken, dessen Ende leicht gebogen war. Tausendfach bewährt.

Raab schob das kurze Ende des Spanners ins Schloss und drehte das lange Ende im Uhrzeigersinn, was den Zylinder unter Druck setzte. Mit der anderen Hand steckte er den Haken in den Zylinder, erspürte die Sicherungsstifte und drückte sie sanft hinunter, einen nach dem anderen. Das Schloss klickte, der Spanner liess sich drehen und die Tür war offen.

Langsam schlüpfte Raab in die Wohnung, die Glock schwer in der Hand. Drinnen machte er die Tür hinter sich zu. Ein Luftzug? Raab folgte ihm durch den Flur in die Küche, sie führte hinaus auf den kleinen Balkon. Das Fenster war leicht geöffnet, es gab keine Einbruchsspuren. Raab schloss es.

Lauras Küche war klein und aufgeräumt, auf einer Arbeitsplatte stand Geschirr zum Trocknen, an der Kühlschranktür hingen eine Kinderzeichnung und Fotos: Laura mit einem Baby im Arm, neben einer jungen Frau im Bikini am Strand, mit Sonnenbrille und einem Grinsen vor dem Eiffelturm. Auf der Anrichte stand eine Kaffeemaschine, das Lämpchen leuchtete grün. Sie blubberte noch und der Kaffee roch frisch. Laura war hier und hätte ihn längst hören müssen.

Raab holte tief Luft und wappnete sich. Mit lautlosen Schritten ging er zurück in den Flur, stiess die Wohnzimmertür auf. Ein Sofa und ein Sessel von Rolf Benz, ein grosser Sony-Fernseher. Zeitschriften lagen verstreut über den Couchtisch: Kochen, Mode, Reisen. Stummel füllten einen Aschenbecher, eine angebrochene Packung Lucky Strike lag daneben. An den Wänden hingen alte Filmplakate, Bacall und Bogart, Fred Astaire, Hedy Lamarr. *Weiter.*

Das Badezimmer, sauber, aufgeräumt und leer.

Vor dem Schlafzimmer machte er sich auf alles gefasst. Er stiess die Tür auf.

Nein …

Laura lag mit dem Gesicht nach oben auf dem Schlafzimmerteppich, ihre blauen Augen starrten ins Leere. Raab kniete sich neben die Leiche, entdeckte verkrustetes Blut in den Haaren und Striemen am Hals. Vermutlich war sie niedergeschlagen und erdrosselt worden. Lauras übergrosses weisses T-Shirt-Nachthemd war über den pinkfarbenen Slip hochgerutscht. Ein Lammfellpantoffel war ihr vom Fuss gefallen und befand sich neben der Hüfte, ihre Zehennägel waren dunkelrot lackiert.

Die Vorhänge des Schlafzimmers waren geöffnet. Laura war aufgestanden, hatte die Kaffeemaschine eingeschaltet. Hatte sich der Mörder irgendwo versteckt? Es gab keinerlei Spuren eines Einbruchs oder

Kampfs. Nein, sie hatte ihn hereingelassen. Weil sie ihn kannte. Laura war ins Schlafzimmer gegangen, hatte sich anziehen wollen. Und dort hatte der Drecksack sie von hinten niedergeknüppelt, vielleicht mit dem gleichen Totschläger wie in Hölstein. Raabs Blick streifte über den offenen Kleiderschrank und die herausgezogenen Schubladen der Kommode. Danach hatte der Kerl offenbar alles durchsucht und mögliche Hinweise eingesackt.

Welcher Mistkerl hatte ihr das angetan? Der Mörder musste damit gerechnet haben, dass Raab hier auftauchen würde. Und wartete draussen. Oder beobachtete alles und versuchte den gleichen Trick wie in Hölstein. Hatte der Kerl bereits die Schugger alarmiert?

Raab erhob sich, er musste raus aus der Wohnung. Doch dann bückte er sich nochmals zur Leiche und zog ihr das T-Shirt über den Slip.

Es tut mir so leid, Laura.

Im Flur kontrollierte er durch den Türspion, ob die Luft rein war.

Als Raab aus der Wohnung trat, liess er die Tür angelehnt. Irgendjemand würde die Leiche bald entdecken.

5

Kurz nach zwanzig Uhr nahm Raab eine Frischhaltebox mit Spaghetti Bolognese aus dem Tiefkühler, stellte sie in die Mikrowelle und drückte den Startknopf. Auf der Digitaluhr zählten die Sekunden herunter.

Er entspannte sich ein wenig. Doch noch immer beschäftigte ihn die Frage, ob die Spurensicherung seine Fingerabdrücke oder DNA in der Villa in Hölstein gefunden hatte.

Von Uster war er direkt nach Lauwil im oberen Baselbiet gefahren. Dort hatte er den Golf in einem Wald zwischen Büschen abgestellt und war die letzten paar Hundert Meter über einen schmalen Pfad gewandert. Das alte Bauernhaus stand auf einer abgeschiedenen Lichtung hoch über dem Dorf. Schon vor Jahren hatte er es erworben und mehrheitlich selbst instand gestellt. Den Kauf hatte Raab über eine Treuhandfirma in Zug abgewickelt, sein Name tauchte nirgends in den Papieren auf. Wer auch immer es auf ihn abgesehen hatte, konnte nichts von seinem Rückzugsort wissen.

Vor dem Spiegel im Badezimmer inspizierte er seine Verletzungen. Mit den kühlen blauen Augen, dem bräunlichen Teint und seinem ausgeprägten Kinn unter der schmalen Nase sah er jünger aus als dreiundfünfzig Jahre. Doch die markante Beule auf der Stirn trübte das Erscheinungsbild. Er hob den Pullover hoch, betastete die Haut über den Rippen auf der linken Seite, die sich bläulich verfärbte. Er wusste, wie sich Brüche anfühlten; das hier tat nicht so weh. Zum Glück hielt er seinen Körper gut in Schuss. Siebzig Kilo bei einer Körpergrösse von eins sechsundsiebzig waren auch nicht zu viele.

In der Küche klingelte die Mikrowelle.

Raab nahm die Box heraus, setzte sich an den kleinen Küchentisch, streute Parmesan aus einer Tüte über die Teigwaren.

Er schob sich die erste Gabel in den Mund. Die Stille wurde nur vom Regen durchbrochen, der gegen das Küchenfenster trommelte. Er liebte das Geräusch. Schon als Kind schien ihm, als würde sich die Welt auf diese Weise von Schmutz und Trauer befreien. Wenn er drinnen sass und dem Prasseln lauschte, fühlte er sich warm und sicher.

Doch noch immer konnte er sich nur ärgern über seine Blödheit. Hatte er denn nicht gelernt, dass Planung und Vorbereitung drei Viertel des Jobs ausmachten? Nur deswegen war er über all die Jahre nie geschnappt worden.

Hör jetzt auf zu jammern!

Es half ihm nicht, wenn er nur an seinen Fehlern herumstudierte. Stattdessen musste er herausfinden, wer ihm die Falle gestellt hatte. Wie war Laura zu diesem Auftrag gekommen? Zu Beginn ihrer Zusammenarbeit hatte Raab solche Fragen noch akribisch abgeklärt, hatte Eigentümer und Grundrisse der Zielobjekte selbst unter die Lupe genommen. Doch Laura hatte immer solide Vorarbeit geleistet. Deswegen war er nachlässig geworden. Deswegen steckte er jetzt in der Scheisse. Und Laura war tot.

Er streute mehr Käse über die Spaghetti.

Möglicherweise kam der Angriff aus Raabs eigenem Umfeld. Wen hatte er so aufs Kreuz gelegt, dass er ihm einen Mord anhängen wollte? Da gäbe es einige, keine Frage. Menschen zum Beispiel, die er beklaut hatte. Oder der Berliner Clan, der noch eine Rechnung mit ihm offen hatte. Andererseits hatte er niemandem etwas von seiner Kooperation mit Laura erzählt. Und sie war klug genug gewesen, zu schweigen. Es lag näher, dass der Täter einen Einbrecher als Opferlamm gesucht hatte und zufällig auf Raab gestossen war.

Es blieb bloss eine Möglichkeit: Er musste bei den Opfern ansetzen, dem Ehepaar Müller. Wer wollte es tot sehen? Und weshalb?

Mit der rechten Hand schob Raab eine Gabel Spaghetti in den Mund, mit der linken nahm er seinen Laptop von der Sitzfläche des zweiten Küchenstuhls, stellte ihn auf den Tisch und holte ihn aus dem

Ruhemodus. Er legte die Gabel weg und gab *Müller, Flugsimulatoren* bei Google ein. Der Signalton für private Nachrichten seines Telefons unterbrach ihn. Raab nahm das Handy von der Ablage neben der Spüle, tippte auf den Bildschirm. Sie stammte von Jo.

Warst du letzte Nacht in Hölstein? Geht es dir gut?

Der Ruck, der ihn durchfuhr, liess seine Rippen schmerzen. Stocksteif sass Raab auf seinem Stuhl. Wie in aller Welt kam seine Freundin darauf? Jo wusste zwar im Prinzip, womit er sein Geld verdiente. Aber er verriet niemals etwas von konkreten Aufträgen. Sie hiess diese zwar nicht gut, doch seit er ihrer Tochter Nora das Leben gerettet hatte, hinterfragte sie sie auch nicht mehr. Raab tippte.

Alles okay. Wie kommst du auf Hölstein?

Die Antwort kam prompt.

Schau dir die Nachrichten bei Telebasel an.

Er legte das Handy hin und rief auf dem Laptop die Website des Lokalsenders auf. Dort wählte er die Mediathek und klickte die Nachrichtensendung an, die eine Stunde zuvor ausgestrahlt worden war. Er lehnte sich zurück an die Stuhllehne.

Nach dem Signet folgten die Schlagzeilen: «Kaltblütiger Mord in Hölstein – Zwei neue Mitglieder im Fasnachts-Comité – Automobilisten sollen im Stossverkehr mehr zahlen». Es folgte der Schnitt zum Nachrichtensprecher im eleganten Anzug, er stand vor einer grünblauen Videowand. «Guten Abend.» Der Computerlautsprecher schepperte ein bisschen. «In der vergangenen Nacht hat sich in der Baselbieter Gemeinde Hölstein ein brutaler Mord ereignet. Wie die Polizei Baselland mitteilt, wurden ein Mann und eine Frau in ihrem Bett erschossen. Bei den Opfern handelt es sich um einen sechsundfünfzigjährigen Mann und seine achtundvierzigjährige Frau. Laut der Polizei ereignete sich die Tat zwischen ein und zwei Uhr nachts. Sie geht davon aus, dass das Ehepaar von einem Einbrecher erschossen wurde. Eine Überwachungskamera hat den Täter erfasst, die Polizei hat ein Fahndungsbild veröffentlicht.»

Nach dem Bildschnitt sah Raab sich selbst von vorn neben dem Schwimmbecken im Garten der Villa. Zum Glück verdeckte die Kapuze den Grossteil seines Gesichts, nur das halbe Kinn und der Mund waren von der Seite zu sehen.

Die Stimme des Moderators sprach aus dem Off dazu: «Laut der Polizei ist der Täter zwischen einem Meter fünfundsiebzig und einem Meter achtzig gross und von schlanker Statur. Er konnte mit einem Motorrad in Richtung Bennwil entkommen. Die Polizei traf kurz nach der Tat in Hölstein ein, sie war von einem bislang unbekannten Zeugen alarmiert worden. Die Polizei Basel-Landschaft bittet diesen Zeugen, sich bei ihr zu melden. Auch alle anderen

Personen, die Angaben zum Täter machen können oder etwas Verdächtiges beobachtet haben, sollen die Einsatzleitzentrale in Liestal kontaktieren.»

Das Bild schnitt zurück auf den Moderator. «Das Basler Fasnachts-Comité …»

Raab stoppte die Wiedergabe. Darauf, dass sich der gesuchte «Zeuge» melden würde, konnte die Polizei lange warten. *Dieser Drecksack!* Raab scrollte zurück zum Foto und drückte die Pausentaste. Im Garten war es stockdunkel gewesen, doch die Aufnahme war gut. Viel zu gut. Wer ihn kannte, brauchte nur zweimal hinschauen. Jo zumindest hatte es getan. Sogar das Jackenlogo und die Fussabdrücke im Gras waren zu erkennen. An der Villa hing eine Infrarotkamera, ein Spitzenmodell, kein Zweifel. Er stiess einen Schwall Luft aus.

In dem Moment klingelte sein Handy. *Jo!*

«Hast du die Nachrichten jetzt gesehen?», fragte sie mit gesenkter Stimme. Im Hintergrund hörte Raab das Klappern von Tastaturen.

«Ja.»

«Was ist schiefgelaufen?»

«Was genau, weiss ich noch nicht. Aber ich werde es herausfinden.»

«Wer will dir etwas anhängen?»

«Danke.» Raab spürte sich lächeln. «Dafür, dass du nicht denkst, dass ich die beiden auf dem Gewissen habe.»

«Red keinen Quatsch. Ich weiss, womit du dein Geld verdienst. Aber niemals würdest du jemanden körperlich verletzen. Sonst hätte ich dich schon lange selbst an die Polizei verpfiffen. Aber du steckst ganz schön im Dreck. Kann ich etwas tun?»

Auf keinen Fall wollte er Jo in die Sache hineinziehen. Andererseits kam sie als Journalistin bei der *Basler Zeitung* bestimmt an ein paar nützliche Informationen. «Weisst du etwas über das Ehepaar?»

«Zwei Leute sind an der Geschichte dran, das wird morgen der Aufmacher unserer Titelseite. Was willst du wissen?»

«Alles, was du hast.»

«Moment, ich logge mich schnell ins System ein.» Eine Computermaus klickte mehrfach. «Okay, hier. Thomas Müller war über zwanzig Jahre Pilot bei der Swissair und der Swiss. Danach stieg er bei der Flight Simulation Company ein, einer Firma, die Flugsimulatoren baut und auch Trainings darin anbietet. Seine Frau Judith unterrichtete Biologie am Gymnasium Liestal.»

«Hatten sie Kinder?»

«Hmm … Nein, keine Kinder.»

Keine Waisen, wenigstens etwas Positives. «Sonst noch etwas Interessantes?»

«Nicht wirklich. Die Frau kam aus Herisau und hatte offenbar wie ihr Mann ein Faible für die Aviatik.

Bei einer Flugshow lernten sie sich kennen. Er stammt aus dem Baselbiet, ist in Birsfelden aufgewachsen, hat das Gymnasium …»

Birsfelden, ausgerechnet! Ein Ort, eine Zeit, die er tief in sich vergraben hatte. Raab sah sich mit kurzen Hosen zum Schulhaus rennen, beim Kicken auf dem Rasenplatz mit Kollegen, alle vierzehn, fünfzehn Jahre alt. *Swissair…* Unter ihnen befand sich ein Schlaks mit hellbraunen Haaren, der oft ein rotes T-Shirt mit den Konturen eines weissen Flugzeugs und genau der Aufschrift getragen hatte. Ein mieser Fussballer war der gewesen, zu langsam auf dem Flügel oder in der Abwehr, bloss als Torhüter hatte er etwas getaugt. «Mülli» hatten sie ihn genannt. Tom Müller…

«Hörst du mir überhaupt zu?»

Der forsche Ton in Jos Stimme riss ihn aus seinen Gedanken. «Das gibt es nicht! Ich kenne den Mann von früher, aus Birsfelden.»

«Echt?», fragte Jo ungläubig.

«Ich habe ihn seit vierzig Jahren nicht gesehen! Damals habe ich …» Den Rest verschluckte er lieber. «Ich muss einiges recherchieren, okay? Morgen rufe ich dich zurück. Schlaf gut, Liebes.»

«Pass auf dich auf.»

Er legte das Handy auf den Tisch und seine Gedanken wanderten zurück ins Jahr 1984, in einen trockenen Sommer voller Träume und Ernüchterungen.

Die Spaghetti auf dem Tisch wurden kalt.

6

Früh am Sonntagmorgen hatte der Regen nachgelassen, Pfützen verteilten sich über die Strassen von Birsfelden. Kurz nach neun Uhr stieg Raab aus dem Golf und schloss ihn ab. Sein Blick glitt über den Fussballplatz rechts, auf dem er vor vierzig Jahren jeden freien Nachmittag gekickt hatten, und weiter über die Migros links. Geradeaus, abgeschirmt durch einen schmiedeeisernen Zaun, ragte der rechteckige Klotz des Kirchmattschulhauses in die Höhe.

Seit 1984 war er nicht mehr hier gewesen. Raab hatte nichts davon vermisst. Doch er musste hier beginnen, wenn er mehr über das Ehepaar Müller herausfinden wollte.

Er schlenderte die Strasse hoch, vor der Migros stand eine *Blick*-Zeitungsbox. *Doppelmörder auf der Flucht* lautete die Schlagzeile auf der Titelseite, ein Foto der Überwachungskamera zeigte ihn, schwarz gekleidet, drei Spalten breit.

Was für eine Scheisse!

Raab folgte der Kirchstrasse ein Stück, überquerte sie und stiess das vergitterte Tor auf. Auf dem Pausenplatz überkam ihn ein Gefühl, als wäre er als Goliath eben vierzig Jahre in die Vergangenheit zurückversetzt worden, als stünde er in einer

Miniaturversion seiner Erinnerungen. Alles schien ihm auf Anhieb vertraut und rief tief vergrabene Erlebnisse wach. Seine erste Liebe, die falschen Freunde, der Einbruch …

Raab spazierte bis zur Mitte des Platzes, das Kirchmattschulhaus auf seiner linken Seite hatte eine moderne Hülle erhalten. Er zögerte, bevor er den Blick nach rechts wandte zur *Höllenburg,* in der er tausend Tode gestorben war: der Schwimmhalle. Birsfelden rühmte sich, dass die Kinder im schuleigenen Bad von früh auf schwimmen lernten. Doch für einen Jungen mit einer ausgeprägten Wasserscheu hätte es keinen schlimmeren Unterricht geben können. Jahr für Jahr hatten die Lehrer von Neuem versucht, seine Blockade mit Zureden und Drohungen zu durchbrechen. Erbarmen zeigten sie jeweils erst, nachdem Raab ein weiteres Mal fast ersoffen war – unter dem dröhnenden Gelächter der anderen Jungs. Danach durfte er vom Beckenrand aus zusehen, was ihn aber zum Gespött der Schule machte.

Der Grund für seine Angst vor dem Wasser war vermutlich in Raabs früher Kindheit zu finden. Seine Mutter war bei einem Unfall auf dem Rhein ertrunken und er, damals zweijährig, hatte nur knapp überlebt. Sein beschissener Vater, in späteren Jahren auf Mutters Tod angesprochen, hatte etwas von einem «Verkehrsunfall» geschwafelt – vermutlich, weil der

Alte selbst am Steuer des Motorboots gesessen und einen Baumstamm im Wasser gerammt hatte. Es hätte seinem Sohn viele Albträume erspart, wenn-

«Oli…? Bist du das…?»

Die Stimme kannte er. Raab kämpfte mit dem Drang, einfach wegzugehen. Stattdessen drehte er sich um und musste unwillkürlich grinsen. Die Hüften in den dunkelblauen Jeans mochten etwas breiter geworden sein und in den schulterlangen braunen Haaren zeichneten sich ein paar graue Strähnen ab. Doch die auffällig weit auseinanderstehenden blauen Augen, das sommersprossige Gesicht und der grosse Mund waren unverkennbar Gabriela Bernasconi. «Gaby!»

Seine Mitschülerin von damals kam mit schnellen Schritten auf ihn zu, breitete ihre Arme aus und umarmte ihn. «Mein Gott! Ich hätte nicht gedacht, dass ich dich jemals wieder zu Gesicht bekomme.» Ihre Stimme klang gedämpft an seiner Schulter.

Raab erwiderte vorsichtig die Umarmung. So blieben sie ein paar Sekunden stehen, bis sie sich wieder löste. «Wie gehts dir?», fragte er.

Sie starrte in sein Gesicht und strahlte dann doch, was Grübchen in ihre Wangen zauberte. «Gut. Und dir?»

«Ebenso.»

«Oliver Gisin… ich fass es nicht.»

Es war eine Ewigkeit her, dass jemand Raabs Taufnamen ausgesprochen hatte. Mit jedem Ortswechsel hatte er eine neue Identität angenommen – und davon hatte es eine Menge gegeben. Geblieben über all die Jahre war ihm nur der Spitzname Raab.

Sie musterte ihn von oben bis unten. «Mensch, du hast ja kein Gramm Fett angesetzt. Und kultivierst immer noch den coolen Look, so ganz in Schwarz. Aber was ist denn mit deiner Stirn passiert?»

«Habe mir gestern im Keller den Kopf angeschlagen. Aber du siehst genauso aus wie früher.»

Sie schnaubte, aber ihr Lächeln wurde breiter. «Lügner! Aber danke trotzdem.»

Raab hatte das nicht bloss aus Höflichkeit gesagt. Gaby war noch leicht als eines der Mädchen zu erkennen, die damals zum inneren Kreis ihrer Clique gehört hatten.

Sie taxierte ihn ebenso prüfend wie er sie, und als sich ihre Blicke trafen, lachte Gaby auf. Prompt wirkte sie wieder wie ein Teenager. «Hast du ein paar Minuten Zeit? Kommst du mit zum Spielplatz?»

«Wieso dahin?»

Mit dem Finger deutete sie auf einen kleinen Jungen, der mit einem Laufrad Kurven auf dem Pausenplatz drehte. «Das ist mein Ben.»

«Hast du noch mehr Kinder?»

Beim Lächeln bildeten sich Fältchen um Gabys Augen. «Ich bin dreiundfünfzig, Oli, Ben ist vier. Rechne! Denkst du wirklich, dass das mein Junge ist?» Sie schaute ihn kurz von der Seite an. «Ich bin jetzt tatsächlich schon Grossmutter! Meine Tochter, Eva, ist erwachsen.»

Darauf fiel Raab keine passende Antwort ein. Kinder oder Enkel passten nicht in seine Welt.

Sie hakte sich mit dem Unterarm bei ihm ein, so schlenderten sie über den Platz und durch das Tor. Am Strassenrand warteten sie auf den Kleinen, unter dessen Helm strohblonde Haare hervorlugten. «Schau mal, Grosi, nur mit einer Hand.»

«Super, Ben.» Gaby hielt das Laufrad am Lenker fest, als sie die Strasse überquerten. Auf dem Trottoir auf der anderen Seite liess sie wieder los und der Kleine fuhr in Schlangenlinien voraus. Mit dem Kinn deutete Gaby hinüber zur Migros. «Die Pyramide ist leider weg, die haben sie vor Jahren abgebaut.»

Die Pyramide aus Steinblöcken vor dem Migros-Eingang hatte als Treffpunkt und Sitzgelegenheit der Migros-Mafia gedient. So hatten sie ihre Clique in den 1980er-Jahren genannt, fünfzehn-, sechzehnjährige Jungs und Mädchen, die all den Birsfelder Bünzlis den Stinkefinger hatten zeigen wollen. «Leben noch ein paar Leute von damals hier?»

«Aber sicher. Wir haben sogar eine Seite auf Facebook, dort tauschen wir alte Fotos aus. Die musst du dir mal ansehen, es ist zum Schiessen.» Sie kicherte wie ein junges Mädchen. «Auf einigen Fotos bist auch du drauf.»

Mannomann, bestimmt mit Milchbart. «Die werde ich mir anschauen.» Raab schielte auf Gabys Hände, kein Ehering. «Wie gefällt dir das Familienleben?»

«Es ist in Ordnung. Ben kann ganz schön anstrengend sein, aber er ist ein toller Bub. Seit meine Tochter ihren Mann verlassen hat, wohnt sie bei mir. Eigentlich sollte es nur für ein paar Wochen sein, nun ist es schon über ein Jahr.»

«Führen deine Eltern immer noch den *Schwanen* an der Hauptstrasse?»

«Du meine Güte, nein. Den haben sie vor einer Ewigkeit verkauft. Warst du so lange nicht mehr hier? Das Wirtshaus ist abgerissen, dort stehen jetzt Büros. Und meine Eltern wohnen in der Lenzerheide, ganz in der Nähe meiner Schwester Barbara.» Sie hob die Schultern. «Sie sagen, das Landleben gefällt ihnen. Papi macht jetzt sogar Langlauf!»

Die Vorstellung von Vater Bernasconi mit dem mächtigen Bierbauch auf Langlaufbrettern liess Raab lächeln. «Und du hattest keine Lust auf die Berge?»

«Und das alles hier aufgeben?» Sie stiess ein freudloses Lachen aus. «Du weisst doch selbst, wie das ist.»

Sie stockte unvermittelt. «Sorry, das meinte ich jetzt nicht so.»

Raab wischte die Anspielung mit einer Handbewegung weg, obwohl er die Erfahrung gern gemacht hätte. «Wo arbeitest du?»

«Vor allem bin ich Grossmama, daneben habe ich ein kleines Geschäft. Ich verkaufe homöopathische Heilmittel, online, aus meiner Wohnung.»

«Läuft das gut?»

«Ganz okay, wir überleben. Und du? Damals gab es Gerüchte, dass du nach Basel gezogen bist. Jemand wollte dich in der Stadt gesehen haben.»

Nach dem Sommer 1984 hatten sie Birsfelden fluchtartig verlassen. «Stimmt, mein Alter und ich lebten für eine Weile im Kleinbasel. Danach war ich über dreissig Jahre im Ausland, vorwiegend in Schottland und Irland.»

«Das überrascht mich nicht. Mieses Wetter fandest du schon immer toll.»

Er lächelte. «Wir haben eben unterschiedliche Vorstellungen von miesem Wetter. Die Sonne ist zwar hübsch, aber auch langweilig. Regen und Wind sind doch viel spannender. Schau dir deinen Kleinen an, der ist gleicher Meinung.»

Ben vor ihnen steuerte zielgenau die Pfützen an, hob die Gummistiefel und jauchzte, wenn das Wasser hochspritzte.

«Ja, ihm gefällts.» Gaby lächelte. «Was hat du gemacht im Norden?»

«Als Handwerker gearbeitet. Mal als Automechaniker, mal als Schreiner«, log Raab. Es fiel ihm nicht leicht, da er schon immer eine spezielle Verbundenheit mit Gaby gespürt hatte. Auch er war nahe der Hauptstrasse aufgewachsen, dem Armenviertel von Birsfelden. Allerdings hatte es einen himmelweiten Unterschied gegeben zwischen dem Wirtshaus *Schwanen* und der schimmelverseuchten Absteige der Gisins.

«Bestimmt warst du gut darin. Geschickte Finger hattest du schon immer», antwortete Gaby und stutzte. «Sorry, das war wieder unpassend. Was ist nur los mit mir?»

Es war seine Fingerfertigkeit, die ihn damals in Schwierigkeiten gebracht hatte. «Vergiss es, das sind doch alte Kamellen.»

Schweigend gingen sie ein Stück. «Und jetzt bist du zurück?», fragte sie.

«Ja, ich lebe wieder in Basel und arbeite als Sicherheitsexperte. Alarmanlagen und solche Sachen.» Für einen Moment überlegte er, ob er ihr einen Prospekt aus dem Auto holen sollte. Er verwarf den Gedanken sogleich, da darauf ein weiterer falscher Name prangte.

Sie kamen am Sekundarschulhaus vorbei. «Hast du das von Mülli gehört?», fragte Gaby unvermittelt.

«Ja, furchtbar.» Er machte ein betretenes Gesicht. «Das ist ein Grund, weshalb ich heute hergefahren bin. Die Nachricht hat Erinnerungen geweckt.» Raab guckte sich um, registrierte die Tischtennistische, den kunstvollen Brunnen, die frisch gestrichenen Wände. Hier sah es auch heute noch einen Tick edler und gepflegter aus als drüben bei der Kirchmatte. Wo er, Gaby und der Grossteil der Migros-Mafia in die Primar- und später in die Realschule gegangen waren. Mülli war einer der wenigen aus der Sek gewesen, die nicht die Nase gerümpft hatten über die «Realschüler». Deswegen hatten sie ihn akzeptiert in der Clique. «Wer in aller Welt würde so einen lieben Kerl denn umbringen? Hattest du noch Kontakt zu ihm?»

Gaby zögerte und presste die Lippen zusammen. «Nicht mehr so wie damals, wir hingen ja ständig zusammen herum. Doch er kam regelmässig vorbei, für die Fasnacht zum Beispiel oder die Chilbi. Dann versuchte er immer, Leute für seine Sache zu gewinnen.»

«Welche Sache?»

«Mülli träumte von einem Fliegermuseum in Birsfelden. Er war ja schon damals in Gedanken ständig in der Luft. Weisst du, dass er tatsächlich Pilot geworden ist?»

«Ja, das habe ich in der Zeitung gelesen.»

«Sein Traum war ein Museum hier in Birsfelden, ständig suchte er Unterstützer.»

Mülli war als Sohn eines Zöllners in den Wohnblöcken im Sternenfeld aufgewachsen. Die Tatsache, dass auf dem Gelände einst der erste Basler Flugplatz gelegen hatte, war schon in der Schulzeit sein Lieblingsthema gewesen. «Und? War er erfolgreich?»

«Keine Ahnung. Ich weiss bloss, dass er einigen Leuten damit ziemlich auf den Wecker ging. Du konntest kaum mit ihm reden, ohne dass er das Thema anschnitt. Du müsstest Fips fragen, der hatte noch am meisten Kontakt zu Mülli.»

Philipp «Fips» Suter – noch so ein Name aus der Vergangenheit. Es hatte eine Zeit gegeben, in der Raab ihn als seinen besten Freund bezeichnet hätte, wenn er nicht… Raab schob es beiseite. «Lebt der noch hier?»

«Nein, in der Stadt. Er arbeitet beim Tiefbauamt des Kantons, ist stellvertretender Leiter der Stadtreinigung. Hat es ganz schön weit gebracht, der Fips.»

«Respekt.» Hatte er aber nicht. Bei wem sich Philipp dafür wohl eingeschleimt hatte? «Ich werde ihn mal anrufen.»

«Heute Nachmittag findest du ihn bestimmt im Sternenfeld. Er verpasst kein Spiel des FC Birsfelden.»

«Danke.» Ob er gleich heute hinfahren sollte?

Sie erreichten den Spielplatz im Rheinpark.

«Ich will aufs Gigampfi!» Ben hüpfte vom Rad und rannte darauf zu.

Raab liess den Blick über die Wiese und den Fluss gleiten. «Ich mache mich dann mal auf den Weg. Es war schön, dich wiederzusehen, Gaby.»

Sie drehte sich zu Raab um und schlang ihre Arme um ihn. «Das kannst du laut sagen.» Ihre Augen wanderten über sein Gesicht. «Komm wieder mal vorbei, Oli. Und nicht erst in vierzig Jahren.» Sie gab ihm einen Kuss auf die Wange.

Es fühlte sich angenehm an. «Das werde ich, versprochen.»

Gaby ging hinüber zu den Schaukeln, wobei sie sich nochmals umdrehte und winkte.

Er lächelte, nickte ihr zu und fragte sich, wo Gaby eigentlich gewesen war damals, im Sommer 1984.

7

Kurz vor Mittag stellte Raab den Golf im Parkhaus beim Badischen Bahnhof in Basel ab und bediente sich in seinem Kleiderfundus.

In einer Toilettenkabine im Bahnhof zog er sich um und schritt zwanzig Minuten später als uniformierter DHL-Bote mit Mütze, blonden Haaren, einem dunkelblonden Bart und einer Hornbrille zielstrebig durch das Matthäusquartier. Unter dem Arm trug er ein adressiertes leeres Paket. Zunächst machte er einen grossen Bogen um seine Wohnung an der Haltingerstrasse und checkte die Lage. Schugger konnte er keine ausmachen, die in einem Wagen warteten oder vor dem Haus herumhingen. Also hatten die ihn bisher nicht identifiziert. Immerhin etwas.

Das Mehrfamilienhaus betrat Raab durch den Hintereingang. Er zog die Glock aus dem Hosenbund und stieg langsam die Treppe hoch in den dritten Stock. Unterwegs legte er immer wieder Pausen ein und lauschte in die Wohnungen hinein. Er vernahm einen Fernseher und Kindergeschrei – nichts, das hier nicht hingehörte.

An seiner Wohnungstür horchte Raab erneut. Bewusst hatte er kein Sicherheitsschloss eingebaut, das hätte bloss die Nachbarn neugierig gemacht. In seiner Basler Wohnung befand sich nichts, was ihm wichtig war. Trotzdem wollte Raab Bescheid wissen, falls jemand bei ihm einstieg. Deswegen hatte er Überwachungskameras und Bewegungsmelder im Hausflur und in der Wohnung versteckt, sie waren über WLAN mit seinem Handy verbunden. Doch ein Alarm war bisher nicht ausgelöst worden.

Als er den Schlüssel ins Schloss steckte und das Türblatt aufschob, zog ein Hauch kalter Luft an ihm vorbei. Dabei nahm Raab einen Geruch wahr, eine kleine Spur von Seife oder Rasierwasser. Nicht seine Marke. *Wer zum Teufel wartete hier auf ihn?*

Mit vorgestreckter Pistole betrat er den Flur, checkte Wohnzimmer, Küche, Schlafzimmer und Büro. Er durchsuchte Schränke und guckte unter das Bett. Erst danach konnte er sich entspannen. Doch jemand war hier gewesen, das roch er einfach zu deutlich.

Aber warum? Raab stand mitten im Wohnzimmer, liess seinen Blick über den Sessel, den Couchtisch, den Fernseher, die Kunstdrucke an den Wänden und den grauen Schurwollteppich gleiten. Die Möbel stammten zu einem grossen Teil aus der Brockenstube und erfüllten bloss ihren Zweck. Auf den ersten Blick sah alles aus wie immer.

Eine persönliche Note verlieh seiner Wohnung einzig das Bücherregal. Raab mochte Geschichtsbände, Biografien, historische Romane, die er streng nach

Themen sortiert hatte. Doch jetzt ragte ein Buch über den spanischen Bürgerkrieg ein kleines Stück über den Rand eines Bretts hinaus und eine Hitlerbiografie war ein wenig zu weit nach innen geschoben worden. Raab checkte die Buchreihen ab und entdeckte, dass *Das antike Rom* und *Barack Obama* ihre Plätze getauscht hatten.

Unordnung hasste Raab. Seine Wohnung hielt er immer blitzblank und aufgeräumt, so sehr, dass sich Jo regelmässig darüber lustig machte. Raab musste zugeben, dass es ein Tick war. Frisch gewaschene Kleider faltete er ordentlich zusammen, gelesene Zeitungen landeten auf dem Stapel mit dem Altpapier, schmutziges Geschirr gab es nicht in seiner Welt. Er führte es nicht zuletzt auf diese Pingeligkeit zurück, dass ihn die Schugger nie geschnappt hatten.

Raab machte einen weiteren Rundgang durch die Zimmer, scannte alles auf Abweichungen. Er bemerkte, dass die Kristallvase, ein Geschenk von Jo, nicht mehr ganz im Zentrum der Anrichte stand. Ein Silberlöffel, den er nie benutzte, lag nun ganz zuoberst im Besteckfach. Ein Paar weisse Sportsocken befanden sich bei den schwarzen Anzugsocken. Je länger Raab suchte, desto mehr Unordnung fand er. Jede Schublade und jede Schranktür in der Wohnung war geöffnet und durchsucht worden. Und trotzdem wirkte alles ordentlich, stand mehr oder weniger an seinem Platz. Vieles war nur um eine Haaresbreite oder ein paar Millimeter verschoben worden – genug, um eine Symmetrie oder eine scheinbar zufällige Anordnung zu stören. Der Eindringling hatte sich viel Zeit gelassen.

Raab setzte sich an den Küchentisch und starrte durch das Fenster über der Spüle. Draussen nieselte es, Tropfen glitten die Scheibe hinunter. Sie hinterliessen Spuren, wie der Einbrecher.

Dieser arrogante Mistkerl.

Plötzlich war Raab überzeugt davon, dass der ungebetene Besucher seine Spuren absichtlich hinterlassen hatte. Sei es, um Raab zu testen oder zu ärgern. Und Letzteres war dem Kerl gelungen. Es nervte Raab, dass jemand hier eingedrungen war. Dass dieser Jemand seine Überwachungskameras entdeckt, das WLAN lahmgelegt und das Türschloss geknackt hatte. Okay, das bekäme jeder halbwegs begabte Amateur hin. Doch so einer hätte Schubladen durchwühlt, Schränke geleert und ein paar Wertsachen mitgehen lassen. Davon gab es zwar nicht viele, doch der Laptop und die Omega-Armbanduhr würden sich schon zu Geld machen lassen. Zudem lagen in einer Blechdose neben den Cornflakes fast zweihundert Franken. Wäre all das weg gewesen, hätte Raab mit den Schultern gezuckt und *Schwamm drüber* gedacht.

Doch diesen Kerl hatte etwas anderes interessiert. Raabs Blick streifte die Pinnwand über dem Esstisch mit Postkarten und einem Kinogutschein.

Der Fotostreifen fehlte!

Vier banale Bilder aus einem Automaten, schwarzweiss. Für Raab waren sie Gold wert. Denn sie zeigten ihn, Jo und deren Tochter Nora bei einem ihrer seltenen Ausflüge zu dritt. Die extrem introvertierte Nora verschanzte sich die meiste Zeit in ihrem Zimmer vor dem Computer, sie kommunizierte am liebsten per Chat und Mail. Die Sätze, die sie mit Raab im vergangenen Jahr gesprochen hatte, konnte man an einer Hand abzählen. Nur ein einziges Mal waren sie gemeinsam in der Stadt gewesen und hatten dabei den Automaten entdeckt.

So ein Bastard!

Raab ballte die Hände zu Fäusten und hieb auf den Tisch, dass es krachte. Es traf zu, was ihn sein Mentor René gelehrt hatte: dass es auch bei Einbrüchen Regeln gebe. Raab wählte seine Opfer sorgfältig aus – sie konnten es sich leisten, bestohlen zu werden. Deswegen empfand er nie Reue bei einem Bruch. Und die meisten Dinge liessen sich sowieso ersetzen, es war bloss Zeugs.

Doch manche Gegenstände fielen in eine andere Kategorie. Die hatten oft keinen realen Wert, trotzdem hing der Besitzer oder die Besitzerin daran. Wie

René so oft gesagt hatte: *Unser Geschäft verlangt Fairness. Dazu gehört, dass man nicht alles einsackt, was den Leuten wichtig ist. Lass immer etwas zurück, das ihnen am Herzen liegt. Dann kommen sie über den Verlust der anderen Sachen hinweg. Denn dann denken sie: Wenigstens hat er das nicht auch noch genommen.*

Raab holte eine Flasche Bier aus dem Kühlschrank, drehte den Verschluss ab, setzte sie an die Lippen. Das kühle Bier rann durch seine Kehle.

Sein Gegner hatte diese Regeln bewusst gebrochen. Er hatte das Einzige in der Wohnung herausgepflückt, das Raab am Herzen lag. Als Trophäe? Oder als eine Provokation? Möglicherweise eine Mischung aus beidem. Bereits zum zweiten Mal war der Kerl ihm einen Schritt voraus gewesen.

Er nahm einen weiteren Schluck und starrte durch das Fenster in den grauen Himmel.

Raab musste sich seine Besorgnis eingestehen. Vielleicht zum ersten Mal in seinem Leben hatte er es mit jemandem zu tun, der ihm möglicherweise handwerklich überlegen war. Wurde er jetzt zu alt, zu langsam? Der Gedanke gefiel ihm gar nicht.

Was für ein beschissenes Wochenende. Er fühlte sich wie gerädert, einmal mehr flackerte das Bild der leblosen Gesichter von Laura, Mülli und dessen Frau vor seinem inneren Auge. Raab brauchte dringend ein paar Stunden Schlaf und wusste gleichzeitig, dass er nicht würde schlafen können.

Doch aufgeben war keine Option. Sein Gegner mochte ein paar Treffer gelandet haben, aber jetzt war Raab am Zug. Er würde nochmals nach Birsfelden fahren müssen.

8

Zwischen Lagerhallen links und riesigen Mineralöltanks auf der rechten Seite schlenderte Raab durch den Hafen von Birsfelden. Hinter den Hallen erhaschte er immer wieder einen Blick auf den Rhein, wo ein Frachtschiff angelegt hatte.

Das war einst der Spielplatz ihrer Clique gewesen. Hier hatte es nicht nur Zäune zu überwinden gegeben, sondern auch Wachen, die ausgetrickst werden mussten. Als Lohn winkten den Jugendlichen spannende Streifzüge zwischen Lokomotiven, Kranen, Lastwagen und Schiffen. Fips und er waren hier unzählige Male unterwegs gewesen.

Für einen kleinen Jungen wie Oli Gisin war ein Freund wie Fips Suter ein unschätzbarer Vorteil gewesen. Sie kannten sich seit dem Kindergarten, wo sie mit Legosteinen Ritterburgen und Rennautos gebaut hatten. Ab der ersten Klasse sassen sie nebeneinander und ergänzten sich wunderbar. Oli meisterte die Regeln des Pausenplatzes mit seiner flinken Zunge spielend und brachte dem hölzernen Fips einiges bei. Der revanchierte sich auf seine Weise. Weil Fips grösser und kräftiger als die meisten anderen in der Klasse war, legte sich niemand mit ihm an. Und er beschützte seine Freunde. Als ein Zweitklässler mal Olis Znüni klaute – ein Mars –, stürzte Fips sich auf den Dieb und schlug ihm die Nase blutig. Zur Strafe musste er dem Abwart fünf Nachmittage lang helfen, den Keller im Schulhaus auszumisten; aber beschwert hatte er sich nie.

Zwischen zwei Tankwaggons überquerte Raab die Gleise, kurz darauf stand er am Rheinufer. Ein mulmiges Gefühl beschlich ihn, so nah am Wasser. Ein Kran hievte Frachtcontainer aus dem Schiff. Auf solche Lastkähne hatten sie sich ab und zu geschlichen, er und Fips, im Schutz der Dunkelheit. Ihre Eltern hatten sich nicht darum geschert, wo sie sich abends herumtrieben. Raabs Alter war ein Kleinkrimineller gewesen, der sich mit Sozialhilfe und Gaunereien durchs Leben geschlagen hatte. Dafür hatte er nicht übermässig gesoffen und ihn nicht misshandelt; so gesehen hätte es Klein-Oli übler treffen können – so wie Fips. Der verbrachte so wenig Zeit wie möglich zu Hause, um den Schlägen seines Alten zu entgehen.

Natürlich nutzten Fips und Oli die Freiheiten für jede Menge Dummheiten. Und mit dem Alter wuchs deren Ausmass. Den Höhepunkt erreichten sie im letzten Jahr der Realschule, als sich die vierzehn-, fünfzehnjährigen Jungs der Migros-Mafia ständig mit Mutproben übertrumpften. Die reichten von Schulstreichen über das Frisieren von Mofas bis hin zu Ladendiebstahl. Dabei war Oli immer der Antreiber gewesen, Fips der Zurückhaltende, Ängstliche. Dessen Fingernägel waren stets so abgekaut, dass es Oli beim Hinschauen schmerzte.

Raab drehte dem Wasser den Rücken zu und betrachtete die mächtigen Lagertanks auf dem Hafengelände. Er schüttelte den Kopf beim Gedanken an die waghalsigen Stunts, die er dort abgezogen hatte. Auf die Tanks zu klettern, hatte den Höhepunkt jedes Streifzugs durch den Hafen gebildet. Im Dunkeln die Metallleitern zu erklimmen im Wissen, dass jeder Fehlgriff zum Tod führen konnte, hatte Oli immer ein Gefühl von Macht gegeben. Oben bot sich ein herrlicher Blick über Birsfelden, den Rhein und Basel.

Doch Oli, dem verrückten Teenager, hatte das nicht genügt.

Mit dem Blick suchte Raab Metallbrücken, welche die gewölbten Kuppen der Tanks miteinander verbanden. Ob es die dort drüben gewesen war? Er wusste es nicht mehr genau. Doch er sah noch vor sich, wie er eines Nachts auf das Geländer einer dieser Brücken geklettert und dann zum anderen Tank hinüberbalanciert war, zwanzig Meter über dem Asphalt. Olis Angst vor einem Genickbruch war weitaus kleiner gewesen als vor einem Gesichtsverlust.

Raab entfernte sich vom Fluss und machte sich auf den Rückweg. Auf der Hafenstrasse kam ihm ein rotes Motorrad entgegen. Er checkte es ab, nein, es war keine Moto Guzzi.

Im Hinterhof ihres Wohnhauses hatte es eine Reihe von Schuppen gegeben, in einem davon hatte sein Alter seinen grössten Schatz verwahrt: eine knallrote Moto Guzzi Stornello 125 aus den Sechzigerjahren. Sorgfältig hatte er darauf geachtet, dass das Tor zum Schuppen immer abgesperrt war. Dadurch hatte Oli im letzten Schuljahr seine zweite Passion neben dem Hang zu waghalsigen Aktionen entdeckt. Denn das alte Bolzenschloss der Hütte zickte ständig, nur mit Murksen liess sich der Schlüssel drehen. Eines Tages hatte der Alte genug und baute ein neues Schloss ein. Das alte sollte Oli in den Mülleimer werfen, stattdessen zerlegte er es in Einzelteile. Sogleich verstand er die Funktionsweise des Sicherheitsschlüssels, des Schliesszylinders, der Sperrstifte und des Riegels. Was für eine wunderbare Konstruktion!

Raab erinnerte sich, als wäre es gestern gewesen. Wie er das alte Eisen vom Rost befreit und die Teile geölt hatte. Und wie er es wieder zum Funktionieren gebracht hatte. In den folgenden Wochen spielte er oft damit herum und entdeckte so sein Talent. Wenn er den Zylinder mit einem Stück Draht ein wenig unter Spannung setzte, konnte er die Sperrstifte mit einem flachen Stück Metall einzeln hinaufdrücken. Hatte er alle in einer Reihe, liess sich das Schloss öffnen – ganz ohne Schlüssel. Dieses magische Klicken! Das sagenhafte Gefühl unter seinen Fingern, wenn sich der Zylinder drehen liess, der Moment, wenn das Schloss aufsprang! Jedes Mal verspürte Oli einen Glücksmoment.

Sein Vater beobachtete ihn eine Weile dabei. Schliesslich schickte er Oli zu der Person, die Raabs Entwicklungspfad bestimmen sollte: René Niggli.

1984 betreibt Niggli eine Brockenstube im Kleinbasel. Als Oli zum ersten Mal bei dem gedrungenen Mann mit Hasenscharte durch die verschmutzte Glastür tritt, muss er für eine Weile stillstehen, um seine Augen an die Dunkelheit zu gewöhnen. Erst dann erkennt er eine riesige Ansammlung von Altmetall und Möbeln, Waschtrommeln, Autofelgen, Hochstühlen, Kommoden, Kühlschränken. Auf allem liegt eine dicke Schicht Staub. Ohne ein Wort führt René ihn über einen verwinkelten Weg durch das Gerümpel hindurch zu einem Hinterraum mit noch mehr Gerümpel und einer blitzblanken Werkbank. Darauf sind Schlüssel, Schlösser und fein gearbeitete Werkzeuge feinsäuberlich ausgelegt. René greift nach einem Stück Metall und entfernt eine Abdeckung, darunter werden die Stifte eines Schliesszylinders sichtbar. Er setzt seine Brille auf, öffnet eine Schublade der Werkbank und ersetzt einige der Stifte durch andere. Als er fertig ist, schiebt er die

Abdeckung wieder über das Schloss und streckt es Oli entgegen. «Zeig mal, was du kannst.»

Oli nimmt sich einen dünnen Stift in L-Form von der Werkbank, dann greift er nach einem zweiten Pick, dessen Ende leicht gebogen ist. Er schiebt das kurze Ende des ersten ins Schloss und setzt den Zylinder unter Spannung. René guckt ihm dabei über die Schulter und bläst ihm seinen heissen Atem in den Nacken. Doch Oli lässt sich nicht ablenken. Mit der anderen Hand steckt er das zweite Werkzeug in den Zylinder, erspürt die Sicherungsstifte des Schlosses und drückt sie einen nach dem anderen hinunter. Plötzlich bewegt sich der Spanner und das Schloss ist offen.

René schiebt die Brille auf die Stirn und schaut ihn eindringlich an. «Das hast du dir selbst beigebracht?»

Oli nickt.

«Nicht übel, Kleiner.» René spitzt den Mund. «Ich glaube, aus dir lässt sich was machen.»

Raab erreichte den Rand des Hafengeländes und bog in die Sternenfeldstrasse ein. Schrebergärten auf der anderen Strassenseite erinnerten ihn daran, dass auf diesem Feld an der Birs – dem Birsfeld – über viele Jahrhunderte bloss der Hof des Klosters St. Alban gelegen hatte. Auf einem Teil davon, dem Sternenacker, entstand 1920 der Flugplatz, der 1950 vom Flusskraftwerk und vom Hafen verdrängt wurde.

Rechts hinter den Schrebergärten ragten drei Hochhäuser in den Himmel. Im mittleren war Mülli aufgewachsen.

Nachdem Oli den ersten Test bestanden hat, besucht er seinen Mentor wöchentlich, bewundert mehr und mehr dessen messerscharfen Verstand. Und jedes Mal übt er mit anderen Schlössern, manche mit Schlüsseln, andere ohne. Er nimmt sie auseinander, setzt sie zusammen und übt mit unterschiedlichen Picks, sie zu knacken. Vieles bringt René ihm bei. Schnell begreift Oli, dass es vor allem auf das Gespür ankommt. Er muss mit den Fingerkuppen erfühlen, wie viel Spannung er dem Schloss geben und welchen Druck er auf die Stifte ausüben muss, damit sich ein Zylinder drehen lässt. Mit der Zeit wird er verdammt gut darin, so gut, dass René ihm wegen seiner kohlrabenschwarzen Haare und dem wachen Verstand den Spitznamen Raab verpasst.

Geradeaus sah er das Autocenter Sternenfeld auftauchen, gleich daneben lag der Sportplatz. Als er näherkam, hörte Raab einen Pfiff des Schiedsrichters, das Raunen des Publikums. Wenn Gaby recht hatte, befand sich Fips darunter. Ob er den tatsächlich sehen wollte?

1984, das letzte Schuljahr, hätte für Oli eine schöne Zeit sein sollen. Eine Erinnerung, die er ein Leben lang mit Freude und Wehmut hätte verknüpfen können. Doch Oli hatte den Fehler begangen, den fünfzehnjährige Dummköpfe leider allzu oft machten: Er hatte sich in Szene gesetzt. Und er hatte seinem Freund Fips vertraut – noch so ein Fehler. Doch leider kam Raab ohne ihn nicht weiter.

9

Mit seinen geschätzten eins fünfundachtzig war Fips immer noch grösser als der Durchschnitt. Doch der einst hagere Junge war in die Breite gegangen. Das feiste, hellhäutige Gesicht wies einige rötliche Stellen auf und um die Augen hatten sich tiefe Falten gebildet. Er trug eine schwarze Regenjacke über zerschlissenen Jeans und hatte seine Unterarme unweit der Eckfahne auf das Metallgeländer gelegt. Das Spiel auf dem Sportplatz Sternenfeld war bereits im Gang. «Sieh an, sieh an. Es ist also nicht bloss ein Gerücht.»

«Du weisst es also schon.» Raab machte die letzten Schritte auf seinen alten Schulfreund zu und streckte die Hand aus.

Fips schlug ein. «Nicht nur ich. Dank Gaby und WhatsApp weiss es halb Birsfelden.»

Shit. Da musste er sich wohl auf ein paar gehässige Reaktionen gefasst machen. Mit dem Kinn wies Raab auf den Platz. «Gegen wen spielen sie?»

«Pratteln, 2. Liga. Es ist ein Gemetzel. Noch nicht mal Halbzeit und schon null zu drei.»

«Ziemlich übel.» Raab stellte sich neben seinen ehemaligen Schulkollegen und guckte ihn von der Seite an. «Wie gehts denn so – mal abgesehen vom Fussball?»

«Ganz okay. Hab gehört, du bist jetzt Geschäftsmann und verkaufst Alarmanlagen.» Er fuhr sich mit dicken Fingern durch die dunkelblonden Haare, seine Fingernägel waren bis auf das Bett abgekaut. Manches änderte sich nie.

«Ist bloss ein Einmannbetrieb. Mit einem Vizechef der Basler Stadtreinigung kann ich aber nicht mithalten. Respekt.»

«Danke.»

«Hast du Familie?»

«Ich hatte eine, bis meine Frau mit einem Schreiberling abgehauen ist. Hat die Kinder mitgenommen. Ist vier Jahre her.»

«Ein Journalist?»

«Scheisse, nein! Lorenz Fässler, hält sich für einen Künstler. Obwohl noch nie jemand von dem Arsch gehört hat. Oder hast du jemals von Lorenz Fässler gehört?» Er starrte auf das Spielfeld.

«Ich habe mal einen Artikel über ihn gelesen. Er schreibt Gedichte und soll recht erfolgreich sein.»

Fips warf ihm einen bösen Blick zu. «Als Freund solltest du sagen, dass kein Schwein den Dreckskerl kennt.»

Freund? Die Zeiten, in denen er Fips als solchen bezeichnet hatte, waren lange vorbei. «Wie alt sind deine Kinder? Siehst du sie oft?»

«Lukas ist sechzehn und verbringt seine Zeit lieber am Handy als mit seinem Vater. Eva ist vierzehn, nennt mich Philipp und verdreht die Augen, wenn ich auftauche.» Er zuckte mit den Schultern.

«Tut mir leid, das zu hören.»

«Was solls …?» Fips hob den Kopf, wies mit dem Daumen auf einen Mittfünfziger und eine zehn Jahre jüngere Frau. Das Paar beobachtete die Fussballer etwa zwanzig Meter entfernt hinter der Torlinie. «Was kannst du mir über sie erzählen?»

Ihr altes Spielchen, wenn sie Langweile hatten. Es ging darum, nach einem kurzen Blick auf jemanden die Geheimnisse der Person aufzudecken.

«Also …» Raab musterte die Frau im schwarzen Mantel. Sie hatte einen dunklen Teint, kurze schwarze Haare und einen leuchtend rot geschminkten Mund. «Sie ist ein grosser Fussballfan.»

Fips schüttelte den Kopf. «Sie tut nur so.»

Nach dem Foul an einem Birsfelder Spieler gestikulierte sie wild mit den Armen. «Schau doch, wie sie mitgeht.»

«Fällt dir nicht auf, dass sie zwischendurch immer kurz zum Kerl rüberschaut? Sie spielt nur die Interessierte. Vermutlich hasst sie Fussball.»

Der gepflegte Mann mit Stirnglatze war einen halben Kopf kleiner als sie, der Knoten seiner Krawatte sass fest, die schwarzen Lederschuhe unter dem grauen Anzug glänzten. «Du glaubst, sie ist nur seinetwegen hier?»

«Ja.» Fips nickte sich selbst zu. «Aber ihm ist es auch unwohl.»

«Wie kommst du darauf?»

«Er guckt sie nie an, obwohl er seine Frau wegen ihr verlassen hat. Denn es ist ihm peinlich, dass sie mitkommen wollte. Eigentlich ist er hier, um seinen Sohn anzufeuern. Den linken Verteidiger.»

Raab hob einen Mundwinkel. Wie früher. Fips hatte schon immer einen Hang zum Fabulieren gehabt. «Du musst viel geübt haben, wenn du das auf einen Blick erkennst.»

Fips drehte ihm den Kopf zu und grinste. «Es hilft, dass wir seit zwanzig Jahren jede Woche jassen. Robert sitzt für die FDP im Gemeinderat, dort hat er sie kennengelernt. Anja gehört zu den Grünen.»

«Du Arsch…» Raab musste ebenfalls grinsen. Für einen kurzen Moment fühlte er sich neben Fips so unbeschwert wie früher.

Jubel hallte über den Platz, der Schiedsrichter pfiff.

«Vier zu null für Pratteln», brummte Fips. «Verdelli, Mann, es reicht. Ich bin doch kein Masochist. Gehen wir einen trinken?»

«Okay.» Raab spazierte mit ihm das Metallgeländer entlang, das hinter der Torlinie einen halbkreisförmigen Bogen machte. «Der arme Mülli. Schöne Scheisse. Hattest du noch Kontakt zu ihm?»

«Nicht wirklich.»

Da hatte Gaby aber etwas anderes erzählt. «Er soll einigen Leuten ziemlich auf den Wecker gegangen sein in der letzten Zeit mit seinem Fliegertick.»

Als sie am Paar hinter dem Tor vorbeikamen, nickten beide Fips zu. Die Frau wollte nach der Hand des Anzugträgers greifen, doch der zog seine weg.

«Ach, das Museum. Ja, da hatte Mülli echt einen an der Waffel. Nur weil es auf dem Flugplatz Bern-Belp diesen Oskar-Bider-Hangar von 1928 gibt. Bern möchte ihn loswerden, Langenbruck zeigte sich interessiert. Du weisst doch, dass Bider von dort oben kommt?»

«Das Schweizer Fliegerass?»

«Genau. Bider hat als Erster die Alpen mit dem Flugzeug überquert. Ein Langenbrucker Verein wollte ein Museum aus dem Hangar machen, das Geld für den Kauf, Transport und Umbau hatte er beisammen. Doch dann scheiterten die Verhandlungen über den Standort. Und jetzt will die Halle auf einmal niemand mehr.» Sie gingen um die Eckfahne, schritten hinter den Zuschauenden auf die Tribüne zu. Das Clubrestaurant *Goool 4127* befand sich in einem flachen Anbau.

«Lass mich raten: Niemand ausser Mülli.»

«Exakt. Er fand das eine tolle Gelegenheit, Schweizer Luftfahrtgeschichte nach Birsfelden zu holen. Es wird sich ja viel verändern hier in den nächsten

Jahren. Eine Menge Bauprojekte sind in der Pipeline, Hunderte neue Wohnungen sollen entstehen. Auch das Sternenfeld wird umgestaltet, die meisten Gebäude stammen ja aus den Sechziger- und Siebzigerjahren. Und Mülli fand, dass der ehemalige Flugplatz der ideale Standort für so ein Museum wäre. So ganz unrecht hatte er damit ja nicht.»

«Und was sollte der ganze Spass kosten?»

Einzelne Zuschauer drehten sich nach ihnen um und nickten Fips zu, ein alter Mann löste sich vom Metallgeländer. Sie machten einen Bogen um ihn.

«Die Halle selbst etwa eine Million. Dazu käme der Umbau-»

«Was tust du hier, verdammt noch mal?» Der Alte mit hochrotem Kopf und ungepflegtem Bart trat in ihren Weg. Er streckte einen zittrigen Zeigefinger in Raabs Richtung. «Ist Geri auch hier?»

«Was wollen Sie?» Raab blickte erst den Alten an, dann Fips.

Der legte dem Alten eine Hand auf den Oberarm. «Lass gut sein, Sämi.»

Raab sträubten sich die Nackenhaare. *Samuel Ziegler?* In seiner Erinnerung tauchte ein harter Mann mit schwieligen Händen und einem Stiernacken auf. Ein Schläger, der ihn lange in Träumen heimgesucht hatte. Doch vor ihm stand ein ausgemergelter Greis wacklig auf seinen Beinen, aus dem kahlen Schädel sprossen ein paar weisse Haarbüschel. Er musste inzwischen über achtzig sein.

Drei Zuschauer zwischen vierzig und sechzig drehten dem Spielfeld jetzt den Rücken zu und musterten Raab mit bösen Blicken.

Ziegler tippte ihm mit einem knochigen Finger auf die Brust. «Ich hab dich was gefragt, du Mistkerl. Ist dein Vater auch hier?»

Raab starrte Ziegler ins Gesicht. «Der ist schon lange tot.»

«Gut so.» Der Alte blinzelte in rascher Folge und es schien, als sähe er unscharf. «Du hast in Birsfelden ebenso wenig verloren wie er. Verschwinde! Viele Leute haben nicht vergessen. Wenn du dich trotzdem wieder herwagst, werde ich dich grün und blau schlagen.» Er ballte eine knochige Hand zur Faust. «Verpiss dich. Und komm nie wieder her.»

Die drei Männer bauten sich hinter Ziegler auf, sie schienen sich zu wappnen für eine Schlägerei.

Fips packte Raab am Arm. «Komm, lass uns abhauen.»

Die Wut frass ein Loch in Raabs Bauch. Wenn sich diese Idioten prügeln wollten, bitte sehr. Er gäbe ihnen den ganzen Dreck zu fressen, den er selbst vor Jahrzehnten hatte schlucken müssen.

«Mach keinen Scheiss, Oli!» Fips umklammerte Raabs Bizeps mit hartem Griff und zog ihn fort.

Nur widerwillig liess Raab von den Kerlen ab, doch schliesslich siegte die Vernunft. Eine Schlägerei mit diesen Idioten brächte nur die Schugger auf seine Spur.

10

Mit einem Löffel träufelte Raab Tomatensauce über den ausgerollten Teig, dann verteilte er klein geschnittene Peperoni, Zwiebeln, Pilze, Oliven und Schinken darüber. Am Schluss legte er Mozzarellascheiben auf seine Kreation, bevor er das runde Blech mit der Pizza in den heissen Ofen schob. Er setzte sich auf den Küchenstuhl und betrachtete mit Vorfreude sein Abendessen im erleuchteten Ofen.

Über Umwege war er in sein Haus in Lauwil gefahren, den Rückspiegel ständig im Blick. Auch wenn Raab sich sicher war, dass der Mörder nichts wissen konnte von seinem Rückzugsort – im Gegensatz zur Basler Wohnung. Um die, so hatte Raab beschlossen, würde er bis auf Weiteres einen Bogen machen.

Der Wind rüttelte an den Fensterläden. Die unfreundliche Begegnung mit Sämi in Birsfelden wirkte nach, weshalb Raab sich mit der Pizza ablenkte. Kochen und Autofahren hatten eine beruhigende Wirkung auf ihn, das hatte er über die Jahre feststellen können.

Sämi Ziegler.

Das Alter hatte den Kerl nicht milde gemacht, er war immer noch der gleiche bösartige Drecksack wie früher. Und jetzt ein Tattergreis, der nicht vergeben konnte.

Raab schenkte sich ein Glas Blauburgunder ein, ging damit ins Wohnzimmer und drückte den Startknopf des Plattenspielers. Ein Knistern folgte, als die Nadel aufsetzte, bevor die Stimme des Ansagers erklang, der B.B. King *Live at the Regal* ankündigte. Raab liess sich in seinen abgewetzten Chesterfield-Sessel fallen und nahm einen Schluck Rotwein.

Im Februar 1984 hatte er Lars Ziegler, Sämis Sohn kennengelernt. Der Alte, das wusste man im Dorf, hatte mit einem Lottogewinn einst einen Lastwagen gekauft und daraus in zwei Jahrzehnten ein Transportunternehmen gemacht. Ziegler junior war in einem anderen Schulhaus als Oliver unterrichtet worden, er hatte ihn nur aus der Ferne gekannt. Das hatte sich an dem Tag geändert, als sich Lars zum ersten Mal bei der Migros-Mafia blicken liess. Lars hatte die Runde gemacht und ihre Hände geschüttelt. «Ist das ein neuer Trend? Löcher in den Hosen?»

Der Witz auf seine Kosten hatte Oli nicht viel ausgemacht. Seine alten Jeans hatten tatsächlich Löcher, für neue fehlte ihnen die Kohle. Gewurmt hatte ihn jedoch, dass Fips laut mitgelacht hatte.

Der dumme Spruch hatte am Anfang von Olis Abneigung gegen Lars Ziegler gestanden. Und diese Abneigung wurde stärker, je mehr Fips seinen neuen Helden verehrte. Allein die Tatsache, dass Lars in einem Einfamilienhaus an der Buchenstrasse am

Hardhügel lebte, beeindruckte Fips damals schwer. Dass sie im Garten gar einen Pool hatten, haute ihn aus den Socken. Hinzu kam, dass Ziegler junior sogar Fips um einen halben Kopf überragte, ein kantiges Gesicht, strohblonde Haare und breite Schultern hatte. Die Mädchen schmachteten ihn an. Und die Jungs beeindruckte, dass er die Kapitänsbinde der B-Junioren beim FC Birsfelden trug.

Bald hatte Oli festgestellt, dass es Lars nicht auf ihn persönlich abgesehen hatte. Auf eine perfide Art machte Ziegler junior sich über alle lustig, Fips inklusive. Doch dessen Selbsterniedrigung ging so weit, dass er ernsthaft meinte, er verdiene die derben Spässe. Das hatte Oli so wütend gemacht, dass er aus der Migros-Mafia aussteigen wollte. Es war Gaby, die ihn davon abgehalten hatte. «Gerade jetzt braucht Fips einen guten Freund», ermahnte sie ihn.

Der Duft der Pizza liess seinen Magen knurren. Er ging in die Küche und holte das Blech aus dem Ofen, der Mozzarella blubberte auf dem Teig. Aus dem Schrank über dem Herd nahm Raab ein kleines Glas mit einer italienischen Gewürzmischung und verteilte sie über die Pizza. Dann schnitt er diese in zwei Teile, legte einen davon auf einen Teller und setzte sich an den Küchentisch. Er liess die Pizza ein wenig abkühlen, dann faltete er das Stück zusammen, nahm es in die Hand und biss hinein. *Wunderbar!*

Damals, 1984, hatte Oli sich mit der Situation arrangiert, indem er Lars möglichst aus dem Weg ging. Doch das gestaltete sich als schwierig, denn Lars tauchte häufig bei der Pyramide auf. Und dann kam der fatale Abend im Mai 1984.

«Du Idiot», seufzte Raab, obwohl es fast vierzig Jahre her war. Ein Mittwochabend wars, Birsfelden gegen Reinach, B-Junioren. Sie kamen früh auf dem Sportplatz Sternenfeld an, Olis damaliger Lieblingssong plärrte aus einem Lautsprecher: *Relax* von Frankie Goes to Hollywood …

Vor dem Materialraum drängt sich eine Traube von Spielern in blauen Vereinstrikots, von Weitem hört Oli die Stimmen. «Das kann doch nicht wahr sein.» – «Verficktes Scheissding!» – «Das Spiel verlieren wir Forfait.»

In Begleitung von Fips kommt Oli näher und entdeckt Lars Ziegler mit der Kapitänsbinde.

«Was ist denn los?», fragt Fips.

«Wir werden zur Lachnummer der ganzen Liga, das ist los!» Der Materialwart hat ein neues Schloss angebracht. Nur hat der Trottel vergessen, jemandem die Kombination mitzuteilen. Und jetzt ist er nicht erreichbar. Unser Trainer telefoniert gerade.» Mit dem Daumen weist er hinüber zum Clubhaus. «Wir haben keine Tornetze, keine Eckfahnen und keine Bälle.»

Oli lacht beinahe laut los, wie die Jungs an dem Ding rütteln.

«Es sind nur ein paar Zahlen«, sagt Torhüter Patrick, der ganz vorn an der Tür steht. «Das kann doch nicht so schwierig sein.»

«Zu Hause hätte ich eine Metallsäge«, meint der rechte Flügel Jan. «Damit brächten wir das Mistding auf.»

Fips tippt Lars auf die Schulter. «Oli schafft das im Handumdrehen.»

Er hätte es Fips nicht zeigen dürfen. Raab kaute auf dem Stück Pizza herum und spülte es mit Rotwein hinunter. Noch heute schüttelte er den Kopf bei der Erinnerung. Durch regelmässiges Training bei René hatte er seine Fingerfertigkeit im Frühjahr 1984 so weit verbessert, dass ihm das Knacken von Schlössern mit Nummernkombinationen keine grosse Mühe mehr bereitete. Doch dummerweise hatte er Fips damit beeindrucken wollen. Also hatte er eines seiner Übungsschlösser mit in die Schule gebracht und es vor Fips geknackt. Und dann hatte er auf dem Fussballplatz keinen Rückzieher machen wollen …

«Na los. Zeig ihnen, was du draufhast.»

Die ganze Fussballmannschaft starrt Oli an.

«Wie willst du das denn schaffen?», fragt Lars. «Alle

Kombinationen durchprobieren? Dann sind wir morgen noch hier.»

Oli zuckt bloss mit den Schultern, zwängt sich an den anderen vorbei und nimmt mit Kennermiene das Schloss in die linke Hand. Es handelt sich um ein Zahlenschloss mit vier Rädchen, das sich durch die passende Kombination öffnen lässt. Jedes Rädchen hat Zahlen von 0 bis 9.

Mit der Linken zieht Oli am Schloss und setzt so den Bügel unter Spannung. Dann dreht er am obersten Rädchen und achtet darauf, wie sich der Bügel verhält. Bei einer Zahl rastet er ganz leicht ein, das weiss er. Bei teuren Schlössern, das hat ihn die Erfahrung gelehrt, ist das fast nicht zu spüren. Und so eines hält er jetzt in seinen Händen.

«Das wird nichts. Hol mal besser deine Metallsäge», sagt Goalie Patrick zu Jan neben ihm.

«Gib ihm etwas Zeit», erwidert Fips. «Er hat magische Finger.»

Oli muss das erste Rad vier Mal ganz herumdrehen, bis er bei einer Nummer ein leichtes Ruckeln spürt: 5.

Lars klatscht seine flache Hand auf die Holztür, es knallt laut. «Willst du mir ernsthaft erzählen, dass der jetzt dieses Schloss knackt?»

«Schau zu und staune», sagt Fips.

Oli dreht sich zu ihnen um. «Könnt ihr bitte alle mal die Klappe halten? Und ich brauche Platz.»

Das Gemurmel verstummt, alle treten einen halben Schritt zurück.

Erneut setzt Oli den Bügel unter Spannung und dreht am zweiten Rädchen. Diesmal braucht er bloss zwei Umdrehungen, bis er bei der Nummer 0 etwas einrasten spürt. Die Jungs rücken wieder dicht heran, Oli spürt fast ihren Atem im Nacken. Beim dritten Rädchen gibt der Bügel bei der 3 ein klitzekleines Stück nach, beim vierten Rädchen bei der 9.

5-0-3-9

Oli wendet den Blick vom Schloss ab, zwinkert Fips zu, grinst Lars triumphierend an. Dann zieht er am Schloss, der Bügel gleitet aus der Verankerung. Oli fädelt ihn aus der Öse und zieht die Tür zum Materialraum auf.

Jubel bricht aus. «Genial!» – «Du hast uns gerettet.» – «Echt der Hammer.» Sie klopfen Oli auf die Schultern.

Alle hatten ihn bewundert, für einmal hatte er im Zentrum gestanden. Zugegeben, es war ein verdammt gutes Gefühl gewesen. Am Küchentisch in Lauwil nahm Raab einen Schluck Rotwein und konnte es wieder empfinden.

Er biss erneut in die Pizza. Leider hatte Klein-Oli, der dumme Junge, eine Lektion noch nicht gelernt: Wer hoch fliegt, fällt umso tiefer.

11

Am Montagmorgen beobachtete Raab in der Dämmerung zwei äsende Rehe am Ende der abfallenden Lichtung hinter seinem Haus. Er stand in T-Shirt und Boxershorts am Fenster seines Büros, in der Hand hielt er ein Glas kalte Milch, in die er zwei Löffel Ovomaltine gerührt hatte. Bei klarer Sicht ginge sein Blick jetzt bis in den Schwarzwald, doch heute lag Nebel über den Kronen der Tannen und Laubbäume. Es störte ihn nicht, im Gegenteil. Er liebte die trüben Herbsttage.

Ein Klingeln signalisierte, dass eine Nachricht für ihn eingegangen war. Er nahm sein Handy vom Schreibtisch und tippte auf den Bildschirm.

Schon wach?, fragte Nora, Jos Tochter.

Raab stellte das Glas auf das Pult und schrieb: *Senile Bettflucht.*

Ich habe dir eine Mail mit Unterlagen geschickt. Ein paar interessante Sachen.

Zwar kannte sich Raab durchaus mit Computern und Datenbanken aus. Doch an Noras Talente kam er bei Weitem nicht heran. Deswegen setzte er sie regelmässig für Recherchen ein, die sich die Achtzehnjährige gut bezahlen liess. Er respektierte dabei Jos Bedingung, dass ihre Tochter nicht bei der

Planung von Brüchen mithelfen durfte. *Warst du die ganze Nacht auf?*

Kein Problem, alter Mann.

Raab grinste und tippte. *In ein paar Jahren wirst auch du Schlaf brauchen.*

Kanntest du Oskar Bider? Ist ja fast dein Jahrgang.

Freche Göre. Ein wenig hatte Raab selbst nachgeforscht und gelesen, dass Bider 1891 zur Welt gekommen war. Doch Nora sollte tiefer graben, die Geschichte mit dem Hangar überprüfen und Informationen über Tom Müller zusammentragen. *Ja, ich habe ihn ab und zu auf ein Bier getroffen. Ein netter Kerl.* Er schickte die Nachricht ab und nahm einen Schluck Ovo.

Wusstest du, dass er sich das Leben genommen hat?

1919 war Bider bei einer Flugvorführung abgestürzt. *Kein Unfall?*

Das dachte die ganze Schweiz. Die Armee wollte, dass der Ruf des Fliegerhelden unbeschädigt blieb. Doch es gab Augenzeugen, die von einem Selbstmord sprachen.

Raab tippte: *Weshalb?*

Unglückliche Liebesgeschichten. Und er wusste nicht, wie es in seinem Leben weitergehen sollte. Noch trauriger finde ich, dass sich Biders Schwester Leny am Tag des Absturzes aus Kummer erschoss. Beide waren noch so jung! Oskar 28, Leny 24! Echt beschissen, das Ganze.

Vor seinem inneren Auge sah er die zierliche Nora mit ihren hellblonden Haaren und der hellen Haut niedergeschlagen in ihrem Zimmer sitzen. Wegen seiner Recherchen. Es gab Raab einen Stich. *Sorry, dass ich dich damit belastet habe.*

Nein, ist schon gut. Es macht mich zwar traurig, ist aber auch megaspannend. Will jetzt noch mehr über die Biders herausfinden. Aber zuerst muss ich pennen.

Dass sie ihm von ihren Gefühlen schrieb, betrachtete Raab als Beweis ihres Vertrauens. *Vielen Dank für alles, Nora! Schlaf gut.*

Er setzte sich ans Pult und klappte seinen Laptop auf. Noras Mail enthielt neun Anhänge: Zeitungsartikel über den Hangar, historische Berichte über den Absturz sowie ein paar weitere Dokumente, deren Bedeutung Raab auf den ersten Blick nicht einordnen konnte.

Er fing mit dem Hangar an und erfuhr, dass es sich um einen Holzbau aus dem Jahr 1928 handelte, der auf dem Flugplatz Bern-Belpmoos stand. Er war also erst nach Biders Tod erbaut worden. Architekten lobten ihn als «einzigartiges, national bedeutungsvolles Beispiel für diese Art von Konstruktionen» und als «wichtigen Zeugen aus der Pionierzeit der schweizerischen Zivilluftfahrt». Deswegen stand der Hangar unter Denkmalschutz. Auf Fotos sah Raab einen beeindruckenden, rostrot gestrichenen

Bau mit einem geschwungenen, orientalisch anmutenden Dach.

Wie ihm bereits Gaby in Birsfelden erzählt hatte, wollte der Flughafen den sanierungsbedürftigen Hangar durch einen Neubau ersetzen. Die Kosten für Abbau, Transport und Wiederaufbau wurden auf eine Million Franken geschätzt, eine weitere Million sollte die Sanierung und der Umbau in ein Museum kosten. Einen Grossteil des Geldes hatte der Langenbrucker Verein beisammengehabt, zum hundertsten Todestag Biders im Jahr 2019 hätte der Umzug über die Bühne gehen sollen. Doch daraus wurde nichts.

Raab lehnte sich zurück und guckte durch das Fenster in die Nebelschwaden. Zwei Millionen Franken, eine schöne Stange Geld. Bereits als Teenager war Mülli zielstrebig gewesen, bestimmt hatte er sich in das Projekt verbissen. Und kein Zweifel, aus diesem Orienthangar hätte sich ein schönes Museum machen lassen.

Er klickte auf das nächste Dokument. Es enthielt einen Brief des Ingenieurs Jakob Spalinger, der Augenzeuge von Biders Absturz gewesen war. 1919 hatte der junge Mann seinen Eltern geschrieben, der angetrunkene Bider habe vor seinem Flug kein Geheimnis daraus gemacht, dass er sich das Leben nehmen wolle. Die Lektüre sparte sich Raab für später auf.

Er klickte auf das nächste PDF, einen Artikel aus der *Basler Zeitung* vom Oktober 2011. Darin beschrieb Mülli als ehemaliger Swissair-Pilot, wie er das Grounding im Oktober 2001 erlebt hatte. *Es zog mir komplett den Boden unter den Füssen weg. Niemand wusste, wann wir wieder abheben durften. Die ersten Tage verbrachte ich weinend zu Hause.*

2011 arbeitete Mülli bei der Swiss, der Nachfolgegesellschaft der Swissair. *Für mich war das keine Firma, es war meine Familie. Nie sagte ich mir, morgen musst du arbeiten. Ich sagte mir immer, morgen darfst du fliegen.*

Das Foto zeigte Mülli ganz schlank in Uniform, mit Geheimratsecken, er grinste vom Pilotensitz eines Airbus A320. Raab rechnete kurz nach. Damals musste er Mitte vierzig gewesen sein. Im Text stand noch, dass Mülli auch Milizpilot der Schweizer Luftwaffe sei und einen F-5E Tiger fliege.

Wow, einen Kampfjet hatte er also auch gesteuert. Cool!

Der nächste Artikel stammte aus der *Handelszeitung* und stellte die Firma Flight Simulation Company FSC vor. Er war im März 2015 erschienen und zeigte *Thomas Müller, den ehemaligen Flugkapitän der Swiss,* der als Instruktor bei der FSC arbeitete. *Was unsere Kunden im Cockpit erleben dürfen, kommt der Realität sehr nahe,* liess sich Mülli im Text zitieren. Das Angebot der FSC richtete sich an Laien, die simulierte Flüge mit der Boeing 777, dem Airbus A320 oder dem F/A-18-Kampfjet machen wollten. Auf dem Foto war ein inzwischen etwas fülligerer Mülli mit Vollbart in Jeans und weissem Hemd zu sehen.

Eigenartig. Das Fliegen war doch Müllis Leben gewesen. Weshalb bloss hatte er den Job gewechselt und echte Cockpits gegen den Simulator getauscht?

Das nächste Dokument stammte aus *20 Minuten* vom März 2013:

Diebische Offiziere

Drei Angehörige der Schweizer Armee wurden wegen Diebstahls und illegalen Handels mit Armeematerial verurteilt. Die drei Offiziere, ein Berufssoldat und zwei Milizpiloten, wurden aus der Armee ausgeschlossen. Sie hatten mit gestohlenem Material der Luftwaffe – Helme, Anzüge, Fallschirme, Instrumente – einen Handel aufgezogen.

Noras nächster Fund war ein Urteil des Bundesverwaltungsgerichts. Ein *T. M.* hatte Beschwerde gegen das Kommando der Luftwaffe eingereicht, es ging um seinen Ausschluss aus der Armee *nach Artikel 22 des Militärgesetzes.*

Oben im PDF hatte Nora eine Notiz eingefügt:

So jemand wie dieser Müller gibt doch das Fliegen nicht freiwillig auf! Habe einen Grund dafür gesucht.

Alle Fliegerstaffeln der Armee haben Seiten im Web und bei Facebook. Müller ist dort über die Jahre auf vielen Fotos zu sehen, ab und zu schrieb er einen Kommentar. Doch ab Juni 2013 verschwindet er plötzlich aus Texten und Fotos. Stutzig macht, dass er auch nicht in der Liste der Ehemaligen auftaucht. Ich habe dann bei der Recherche nach Vorfällen im Jahr 2013 dieses Urteil von 2017 gefunden. Könnte es sich bei T. M. um Thomas Müller handeln? Habe das leider bisher nicht bestätigen können.

Echt der Hammer, die Kleine! Raab wusste nicht, was ihn mehr faszinierte. Dass Mülli tatsächlich illegalen Handel mit Militärmaterial betrieben haben könnte. Oder dass Nora den Zusammenhang so schnell entdeckt hatte.

Aus der Gerichtsakte ging hervor, dass T. M. Hauptmann gewesen war. Die Staatsanwaltschaft des Kantons Waadt hatte T. M. im Jahr 2013 des gewerbsmässigen Diebstahls schuldig gesprochen und ihn zu einer Geldstrafe von hundertachtzig Tagessätzen zu je hundert Franken verurteilt. Als Folge davon schloss das Kommando Luftwaffe T. M. 2014 aus der Armee aus.

In seiner Beschwerde vor dem Verwaltungsgericht argumentierte T. M. damit, dass er nur mit ausrangiertem Material gehandelt und somit nichts gestohlen habe. Auch habe er damit nur ehemalige Piloten beliefert und kein Geld verdient.

Keine schlechte Strategie, doch die Richter blieben hart. Sie fanden, dass T. M. dem Ansehen und der Glaubwürdigkeit der Armee geschadet habe. Acht Jahre lang habe er Material gestohlen, deswegen sei er für die Armee untragbar geworden.

Ein brutales Urteil. *Mistkerle!* Raab trank noch einen Schluck Ovo.

Der zeitliche Ablauf stimmte, vermutlich handelte es sich bei T. M. tatsächlich um Mülli. *Der arme Kerl.* Nach dem Urteil musste ihn auch die Swiss rausgeworfen haben. Wo ihm das Fliegen doch so viel bedeutet hatte. Schade, dass sie den Kontakt schon vor Jahrzehnten verloren hatten. Es hätte eine schöne Partnerschaft werden können, Armeematerial brachte gutes Geld. Und vielleicht hätte Raab seinen Jugendfreund vor dem Auffliegen bewahren können.

Raab klappte den Laptop zu, stand auf und starrte in den Nebel.

Das gab Müllis Ermordung eine neue Dimension. Möglicherweise hatte er weitere krumme Dinger gedreht, um das Geld für das Fliegermuseum aufzutreiben. Es war gefährlich, die falschen Leute zu beklauen. Dieser Spur musste Raab nachgehen. Zunächst brauchte er aber die Bestätigung, dass es sich bei T. M. tatsächlich um Thomas Müller handelte.

Er griff nach seinem Handy und scrollte durch die Namen. Dafür würde er eine Quelle in der Armee anzapfen, ob sie wollte oder nicht.

12

«Wissen Sie eigentlich, wer ich bin?» Der Adamsapfel von Caspar Röthlisberger, Major im Generalstab der Schweizer Armee, hüpfte auf und ab.

«Ein Informant», antwortete Raab. Er hatte sein Haar braun gefärbt und mit Gel an den Schädel geklebt sowie die Konturen seines Gesichts mit Polstern unter der Wange verändert. Neben einer stahlgefassten Brille trug er einen grauen Anzug und schwarze Lederschuhe. Als Angestellter einer Versicherung oder Bank ginge er jederzeit durch.

Röthlisberger, ein Fünfzigjähriger mit schütterem Haar, schmalen Schultern und einem ausladenden Bauch, schnaubte, fischte sein Handy aus dem dunkelblauen Jackett und hielt es hoch. «Ich rufe jetzt die Polizei an, dann wandern Sie wegen Erpressung in die Kiste.»

Gut drei Jahre war es her, dass Raab in eine Ferienwohnung in Pontresina eingestiegen war – ein Auftragsjob. Doch die Beute war bescheiden gewesen: Schmuck, etwas Bargeld in verschiedenen Währungen, ein paar Goldmünzen, nicht einmal zehntausend Franken im Wert. Eigentlich hätte im Haus des Berufsoffiziers laut Raabs damaligem Hehler ein echtes Katana hängen sollen, ein Samuraischwert aus dem siebzehnten Jahrhundert. Gegen hunderttausend Stutz hätte das einbringen können.

Raab hatte beim Bruch auch ein Smartphone eingesackt, so etwas liess sich rasch zu Geld machen. Doch bei der späteren Begutachtung hatte er Fotos im Speicher entdeckt, die Röthlisberger in Washington, D. C. zeigten: Selfies vor dem Weissen Haus, dem Lincoln Memorial, dem Washington Monument, der Schweizer in Uniform und in Begleitung von hohen Offizieren anderer Länder. Beim Abendessen im *Capital Grille* – Filet Mignon mit Kartoffelstock – war von den Kollegen nur noch eine Frau der deutschen Bundeswehr übrig geblieben. Die letzten Bilder zeigten die beiden dann ganz ohne Uniformen in einem Hotelzimmer.

Dass ein Schweizer Berufsoffizier solche Aufnahmen überhaupt erst machte und dann noch aufbewahrte in einer Kassette, die jedes Kind aufbrächte, liess Raab an der Wehrhaftigkeit der Armee zweifeln.

«Nur zu.» Er zuckte mit den Schultern, der Bluff mit der Polizei beeindruckte ihn nicht. Weshalb sonst hätte Röthlisberger zum Treffen um halb eins im *Coffee Fellows* auf der Passerelle des Berner Hauptbahnhofs erscheinen sollen? Vor drei Stunden hatte Raab ihm eine Mail mit Anhang geschickt.

«Sie glauben mir nicht? Dann machen Sie sich auf eine Überraschung gefasst.» Der Offizier reagierte genau so, wie Raab es erwartet hatte: aggressiv und laut. Typen wie er hielten sich für unantastbar. Über die Jahre hatten sie sich an kritiklosen Gehorsam aus ihrem Umfeld gewöhnt. Wenn sie dann selbst herumkommandiert wurden, kamen sie nur schlecht damit zurecht.

Raab seufzte, holte ein Handy aus der ledernen Aktentasche und tippte darauf herum. «Mal sehen … *Blick … Berner Zeitung … Rundschau … Weltwoche …* Wen soll ich anrufen?» Er guckte hoch.

Röthlisberger starrte ihn mit zusammengepressten Lippen an und schob trotzig das Kinn vor. «Denken Sie wirklich, dass ich mich so einfach einschüchtern lasse?»

«Ich führe Ihnen bloss die Konsequenzen vor Augen. Sobald Sie die Polizei anrufen, werde ich die nicht ganz stubenreinen Fotos an verschiedene Medien schicken. Man wird sich bestimmt dafür interessieren, was ein Offizier im Generalstab so treibt im Ausland.»

«Sie Drecksack.» Röthlisberger blieb äusserlich ruhig, doch seine Augen zwinkerten unablässig. Er verströmte den Duft von zu viel Aftershave – *Old Spice*. «Für wen arbeiten Sie? Ich weiss, dass mich einige Leute loswerden wollen, weil ich unbequem bin, weil ich auf Missstände hinweise. Nur weil ich nicht die Klappe halte, wenn-»

Mit einer Handbewegung schnitt ihm Raab das Wort ab. «Sparen Sie sich das für die Journalisten. Ich brauche bloss eine Information.»

«Diese Fotos sind belanglos.» Mit dem Kinn deutete Röthlisberger auf das Handy. «Kein Richter würde mich deswegen verurteilen.»

«Da haben Sie natürlich recht. Aber Sie wissen ja, wie die hinterfotzigen Medien solche Dinge aufbauschen. Ein Offizier, der im Auftrag der Armee in den USA weilt, bestimmt grosszügig Spesen für Essen und Übernachtung einstreicht. Und zudem verheiratet ist, Vater von vier Kindern. Die linken Armeegegner in den Redaktionen lieben so was.»

«Sie mieser kleiner Erpresser.» Die arrogante Maske begann zu bröckeln. «Wenn Sie denken, dass ich Ihnen irgendwelche militärischen Geheimnisse verrate, haben Sie sich geschnitten.»

«Denke ich gar nicht.» Raab nahm einen Schluck Lemon-Ginger-Booster und holte die Gerichtsakte aus der Ledertasche. Er legte sie vor Röthlisberger auf den Tisch. «Ich brauche bloss eine Bestätigung.» Er reichte das Papier rüber. «Wer ist dieser T. M.?»

«Das ist alles?», fragte Röthlisberger mit ungläubiger Stimme.

«Fast. Ich brauche noch die Namen und Adressen seiner beiden Komplizen.»

Röthlisberger räusperte sich. «Und was bekomme ich dafür?»

«Zunächst einmal Ihr altes Handy.» Raab hielt es hoch. «Und das Versprechen, dass ich nie wieder etwas von mir hören lasse.»

Röthlisberger schnaubte. «Sehr beruhigend.» Er studierte ein paar Absätze der Akte, dann liess er seinen Blick durch die Halle und zum Migros-Take-away gegenüber gleiten. In der Fressmeile mit Burgern, Donuts, Pizzas und Coffeeshops herrschte ein reges Kommen und Gehen, niemand schenkte ihnen Beachtung. «Thomas Müller. Aber das wissen Sie bereits, Sie brauchen ja bloss eine Bestätigung.»

«Das müssen Sie nicht mal nachschlagen?»

«Es mag Sie überraschen, aber der Militärspitze ist nicht entgangen, dass Müller am Samstag ermordet wurde. Wir haben die Akten zum Fall bereits an die Polizei weitergeleitet, schliesslich könnte es einen Zusammenhang geben. Ich befasse mich zwar nicht persönlich damit, doch so etwas spricht sich herum.»

«Und die beiden anderen Männer?»

«Die kenne ich nicht. Das dürfte aber kein Problem sein.»

«Okay, hier.» Raab schob das Handy über den Tisch. «Als Zeichen meines Vertrauens.»

«Behalten Sie das alte Ding.» Röthlisberger grunzte. «Kopien besitzen Sie ja sowieso.»

Raab sackte es wieder ein und schwieg. Sie erhoben sich beide gleichzeitig. «Schicken Sie die Namen an die Mailadresse, die Sie kennen.» Raab wollte ruhig aus dem Café hinausgehen, doch Röthlisberger hielt ihn am Arm zurück.

«Es war der Handwerker, nicht wahr?» Er nickte sich selbst zu. «Der Kerl, der den Abfluss im Bad repariert hat. Ein Tscheche oder Slowake. Er hat sich sehr für das Katana interessiert, hat Fragen dazu gestellt. Von dem haben Sie damals den Tipp bekommen. Nur deswegen sind Sie in Pontresina in mein Ferienhaus eingestiegen.» Der Anflug eines Lächelns huschte über sein rötliches Gesicht. «Zwei Wochen vor dem Einbruch habe ich das Schwert in einem Bankschliessfach deponiert. Sie werden es nie in Ihre dreckigen Finger bekommen.»

Zum Abschied nickte Raab. Er schenkte Röthlisberger den kleinen Triumph. Es wäre kindisch gewesen, dem Offizier unter die Nase zu reiben, dass er den Auftrag von dessen Frau erhalten hatte.

13

Nach der Auseinandersetzung mit Röthlisberger hatte Raab Hunger. In der Unterführung des Berner Hauptbahnhofs blieb er vor der Theke einer Bäckerei stehen, um sich ein Sandwich zu kaufen. Er reihte sich in die Schlange ein und schaute sich um. Zehn Meter entfernt wandte sich ein Mann rasch ab, machte drei Schritte zu einem Kiosk und zog eine Zeitschrift aus einem Ständer, ohne sie vorher anzuschauen. Er war Mitte dreissig, trug Jeans und ein dunkelgrünes Sweatshirt. Darunter zeichnete sich ein sportlicher Körper ab. Die dunkelblonden Haare hatte er kurz geschoren und der gebräunte Teint passte zu jemandem, der viel Zeit draussen verbrachte.

Ein Soldat in Zivil?

Offenbar hatte er den Major unterschätzt und der hatte jemanden auf ihn angesetzt. Aus dem Augenwinkel sah Raab, dass der Mann in der Zeitschrift blätterte, sie schliesslich auf die Theke legte und sein Portemonnaie hervorkramte.

Raab verliess die Schlange und spazierte zurück in Richtung Migros. Auf der Höhe des Kiosks verriet ihm ein kurzer Seitenblick, dass der Mann eine *LandLiebe* kaufte. Wie jemand, der sich für Wanderungen oder selbst gemachte Serviettenringe interessierte, sah der nicht gerade aus. Also wurde Raab beschattet.

Er eilte die Rolltreppe hoch zur Haltestelle vor der Heiliggeistkirche und stieg in das erstbeste Tram. Nach zwei Stopps wechselte er in eins in die Gegenrichtung.

Das Gleiche tat er drei weitere Male an unterschiedlichen Haltestellen in der Stadt. Eine gute halbe Stunde später kehrte Raab zum Bahnhof zurück, setzte sich vor dem Haupteingang auf eine Bank und checkte die Umgebung. Touristinnen und Touristen machten Selfies vor der Heiliggeistkirche, eine Frau fütterte ihr Kleinkind mit Brei. Niemand schien sich für ihn zu interessieren.

Moment!

Hatte er die rote Baskenmütze und den schwarzen Bubikopf dieser Frau dort nicht vor zwanzig Minuten schon mal beim Zytgloggeturm gesehen? Nur die Farbe ihres Mantels passte nicht. Möglicherweise hatte sie ihn von innen nach aussen gedreht. Oder litt er unter Paranoia? In seinem Geschäft war das an sich nichts Schlechtes.

Raab brauchte ein Ablenkungsmanöver.

Er stellte die Aktenmappe auf die Knie und klappte sie auf. Im Innern griff er nach einem Couvert, stopfte zwei Blatt Papier hinein und befestigte einen langen Klebestreifen daran. Die nächsten fünf Minuten sass Raab einfach nur da und beobachtete die Busse, die Fahrgäste, die Taxis. Schliesslich nahm er den Umschlag aus der Mappe, beugte sich vor und klebte ihn an die Unterseite der Sitzbank. Nach einem kurzen Blick auf die Armbanduhr stand er auf und überquerte den Bahnhofplatz mit raschen Schritten.

Raab gestattete sich ein Grinsen. Hingen tatsächlich Beschatter an ihm dran, so blieb ihnen keine Wahl: Sie würden den Umschlag überprüfen und sich aufteilen müssen. Einer holte das Couvert, der oder die übrigen blieben ihm auf den Fersen.

Auf dem Weg durch die Spitalgasse in Richtung Bundeshaus schaltete Raab einen kleinen Störsender in seiner Jacketttasche ein. Möglicherweise hatte ihm Röthlisberger beim Abschied ja einen Ortungschip untergejubelt. Allzu einfach wollte Raab es seinen Verfolgern nicht machen.

In der nächsten halben Stunde betrat er Geschäfte durch den Vorder- und verliess sie durch den Hintereingang. Er nahm ein weiteres Tram, stieg nach einem Spaziergang in einen Bus um und stattete dem Kunstmuseum einen kurzen Besuch ab. Dort zog er sich in der Toilette um, entfernte Brille, Wangenpolster, Jackett, Anzughosen und Lederschuhe. Aus der Mappe nahm er Turnschuhe, Funktionshosen, eine Regenjacke mit dem Logo der New York

Yankees und ein Baseballcap. Zudem klebte er sich einen Schnurrbart an.

Wie ein Tourist schlenderte Raab schliesslich zurück zum Bahnhof, durchquerte ihn und fuhr mit dem Aufzug zum zweiten Parkdeck, wo er seinen Golf abgestellt hatte. Als er darauf zuging, spürte er ein Kribbeln, das seine Wirbelsäule heraufkroch.

Was, wenn ihm nicht die Armee, sondern der Mörder auf den Fersen war? Er beschleunigte seinen Schritt und trabte fast. Mit einigem Aufwand hatte Raab dafür gesorgt, dass niemand seinem VW einen zweiten Blick zuwarf: verbeultes Blech, verkratzter Lack, schiefer Aussenspiegel. Doch das hässliche Äussere verbarg einen Motor mit dreihundert PS, Turbolader und Direkteinspritzung sowie renntaugliche Bremsen und Stossdämpfer.

Rasch stieg er in den Golf und drehte den Zündschlüssel. Der Motor sprang beim ersten Versuch an. Er schaltete das Licht ein, fuhr an, lockerte seine Schultern. Im Rückspiegel sah er jemanden aus dem Halbschatten neben einem Minivan treten, nur wenige Meter von seinem Parkplatz entfernt. *Verdammt!*

Reg dich ab. Er durfte sich nicht verrückt machen lassen. Menschen gehörten in ein Parkhaus, der holte bloss sein Auto.

Raab fuhr über den Nordring in Richtung Wankdorf. Als er das Stadion erreichte, reihte er sich in die

Spur für die Autobahn ein. Doch dann riss er ohne zu bremsen oder zu blinken das Steuer nach rechts und bog scharf in die Papiermühlestrasse ab. Er drückte das Gaspedal herunter, der Golf reagierte sofort, beschleunigte in vier Sekunden von null auf hundert.

Raab überquerte bei Gelb die Viktoriastrasse und bog in den Aargauerstalden ein. Er folgte ihm bis hinunter zum Bärengraben, wo er in hohem Tempo nach rechts abbog und schliesslich auf dem Parkplatz Klösterlistutz anhielt.

Bei laufendem Motor wartete er und beobachtete. Elf Autos kamen in den folgenden fünf Minuten die Strasse herunter, keines hielt auf den Parkplatz zu. Falls Raab tatsächlich Verfolger hatte, dürfte er sie jetzt endgültig abgehängt haben. Oder aber die waren so gut, dass sie ihn bewusst an der langen Leine hielten.

Vielleicht hatten es die Beschatter auch gar nicht nötig, an ihm dranzubleiben. Jemand könnte einen GPS-Sender an seinem Golf angebracht haben. «Oh, Mann …»

Es war so eine Sache mit der Paranoia. Sie konnte einem zwar helfen, voll konzentriert zu bleiben. Doch schnell blockierte sie auch jeden vernünftigen Gedanken.

Auf dem Weg zur Autobahn zwang sich Raab dazu, nicht ständig in den Rückspiegel zu gucken.

14

Bei Kriegstetten verliess Raab die A1 und fuhr in Richtung Gerlafingen. Nach wenigen Hundert Metern fand er, was er suchte: ein Industriequartier mit Tankstelle, Pneuhaus und einer Autogarage.

Er bog auf den gut gefüllten Parkplatz davor ein und stellte den Golf neben ein Auto mit ähnlich demolierter Karosserie. Raab stieg aus, schlug im Nieselregen den Kragen seiner Jacke hoch und beobachtete die Zufahrt zwei, drei Minuten lang. Kein weiteres Fahrzeug kam von der Autobahn her zur Werkstatt.

Raab schritt auf das geschlossene Tor zu, durch das ihm laute Schlagermusik entgegenplärrte. Er öffnete eine Schlupftür.

Drinnen herrschte Ordnung, der Boden war frisch geschrubbt, Pneus stapelten sich an allen Wänden, ein BMW stand auf einer Hebebühne. Am linken Vorderrad schraubte ein massiger Mann in rotem Overall Radmuttern an. Er entdeckte Raab, schnappte sich einen Putzlappen aus der Werkzeugkiste, wischte sich die Finger ab. «Sorry», rief er über die Musik hinweg, «die nächsten zwei Wochen bin ich ausgebucht.» Der Typ Mitte vierzig hatte dichtes schwarzes Haar, ein rötliches Gesicht und X-Beine, der Overall spannte sich über seinem Bauch. «Der früheste Termin wäre Anfang Dezember.»

Raab ging auf ihn zu und brauchte einen Moment, bis er begriff: November, Radwechsel. Er checkte kurz die Hände des Mechanikers ab, ein Ehering. «Ich fürchte, ich habe einen GPS-Tracker am Auto. Wahrscheinlich von meiner Frau.»

Der Mechaniker reagierte mit einer Kombination aus schwachem Nicken und Schulterzucken, schwieg aber.

«Sie bildet sich ein, dass ich sie betrüge. Ich glaube, dass sie mich sogar von einem Detektiv beschatten lässt. Möglicherweise hat der den Tracker angebracht. Ich würde Sie gut dafür bezahlen, wenn Sie sich das kurz ansehen könnten.»

«Tut mir echt leid für Sie. Aber wie gesagt, ich bin völlig ausgebucht. Vielleicht kann ich Sie nächste Woche irgendwo einschieben.»

Raab zog sein Portemonnaie aus der Jacke, nahm ein paar grosse Geldscheine heraus. «Dreihundert Franken bar auf die Hand, wenn Sie das gleich jetzt tun.»

Mit dem Handrücken fuhr der Mann über seine Stirn, was einen schwarzen Streifen hinterliess. Er stierte auf die Noten in Raabs Hand. «Steht Ihr Auto draussen?»

«Ja.»

Mit dem Putzlappen deutete er zur Mitte der Halle. «Dann fahren Sie es herein, zur zweiten Hebebühne.» Er ging zur Wand und drückte einen Knopf, woraufhin das Garagentor hochfuhr.

Raab schritt zu seinem Golf und steuerte ihn in die Halle. Nachdem ihn der Mechaniker in die richtige Position gelotst hatte, stieg er wieder aus. «Haben Sie ein WC?»

«Ja, draussen, gleich um die Ecke.» Er liess den Golf auf der Hebebühne nach oben gleiten und griff nach einer Halogenlampe. Sobald das Auto hoch genug war, schritt er darunter und suchte im gleissenden Licht den Unterboden ab. Auf jeden Fall fing er an den richtigen Stellen an.

Auf der Toilette checkte Raab seine Nachrichten. Eine Mail von Major Röthlisberger enthielt zwei Namen:

Benedikt Probst, Liestal, 14. April 1973

Oskar Gruber, Riehen, 21. Dezember 1975

Der Mann arbeitete speditiv. Raab leitete die Mail an Nora weiter und schrieb: *Bitte beide überprüfen.* Danach spazierte er hinüber zur Hauptstrasse, wo er im Tankstellenshop ein Birchermüesli kaufte.

Auf dem Rückweg verschlang er es. In der Werkstatt wischte der Mechaniker gerade die Hände am Lappen ab. Der Golf stand wieder auf dem Hallenboden.

«Und?»

Der Mechaniker zeigte zur Werkbank, wo ein kleines schwarzes Plastikteil lag. «Der Sender war mit einem Magneten unter dem rechten Kotflügel befestigt. Läuft mit Batterie, ein ziemlich billiges Teil. Bekommt man heute in jedem Elektroshop.»

«Wie lässt sich damit mein Standort kontrollieren?»

«Mit einer App auf dem Handy oder Laptop.»

«Sie sind gut informiert.»

«Ich habe selbst an die vierzig Tracker für eine Transportfirma verbaut, die ihre Lastwagen immer im Blick haben will. Aber das waren gute Modelle, die an die Batterie angeschlossen sind.»

«Saubere Arbeit, danke.» Raab drückte ihm die dreihundert Franken in die Hand. «Sind Sie sicher, dass es der einzige ist?»

«Absolut.»

«Und der funktioniert jetzt nicht mehr?»

Der Mechaniker ging zur Werkbank, nahm einen Hammer vom Haken an der Wand und zerschlug den Tracker mit drei gezielten Schlägen. Die zersplitterten Plastikteile warf er in den Abfall. «Zufrieden?»

«Merci.» Raab tippte sich mit zwei Fingern an die Stirn.

«Gute Fahrt. Und viel Glück mit Ihrer Frau.»

Raab nickte zum Abschied, lenkte den Golf aus der Garage und zurück auf die A1.

Also verfolgte ihn tatsächlich jemand. Der Kerl, der ihm den Mord am Ehepaar Müller anhängen wollte? Oder Röthlisberger?

So oder so, Raab kurvte in einem Auto durch die Gegend, das «verbrannt» war. Jemand kannte sein Nummernschild und somit auch seinen Tarnnamen Roman Keller. Wenn er als Keller ein Auto mieten würde, liesse sich auch das aufspüren. Zwar bunkerte Raab in den Schliessfächern von vier Banken Geld, falsche Pässe, Kreditkarten und Führerscheine. Doch die sparte er besser auf, falls er irgendwo eine neue Existenz aufbauen müsste. Für den Notfall.

Auf die Schnelle blieb ihm bloss eine Möglichkeit: Er musste ein Auto klauen.

Statt die A1 in Oensingen zu verlassen, bog Raab in Egerkingen auf die A2 ab, fuhr nach Basel und über die Nordtangente zum EuroAirport. Dort passierte er die Schranke am Langzeitparkplatz. Im November standen erwartungsgemäss nicht viele Fahrzeuge herum. Raab suchte sich einen Platz mitten in einer Reihe, stieg aus und checkte die grosse Fläche. Nachmittags um Viertel nach drei war keine Menschenseele unterwegs, Überwachungskameras deckten nur die Ein- und Ausfahrt ab.

Er holte einen Rucksack aus dem Kofferraum, packte Werkzeuge und ein paar weitere nützliche Dinge ein, streifte Latex-Handschuhe über. Dann schritt Raab die Reihen der Fahrzeuge ab. Mercedes, Lancia, Fiat, Toyota – alle ziemlich neu, mit Alarmanlage. Schliesslich entdeckte er fünfzig Meter weiter einen ramponierten Subaru Forester, dunkelblau, bestimmt zwanzig Jahren alt. Der fiele nirgends auf, genau so etwas brauchte er für die nächsten Tage. Nur das Thurgauer Nummernschild stellte ein Problem dar. *Zu auffällig.* Aber das liess sich lösen.

Er testete die Fahrertür – abgeschlossen. Das Schloss verfügte über einen alten Zylinder. Aus dem Rucksack zog Raab einen kleinen Akkubohrer, setzte eine Spezialschraube auf, drehte diese tief in den Schlüsselkanal. Er entfernte den Bohrer und befestigte ein Gerät aus Metall an der Schraube, ein Zieh-Fix. Damit konnte Raab nun mit der Schraube den Zylinderkern aus dem Gehäuse ziehen, die Schliessmechanik lag frei. Er steckte einen Schraubenzieher hinein und drehte – das Auto war offen.

Jetzt das Kennzeichen.

Nach einem kurzen Kontrollblick über den Parkplatz – niemand in Sicht – schritt Raab erneut die Reihen der parkierten Wagen ab. Zürcher, Berner und Basler Nummernschilder lieber nicht. Solothurn… Damit fiele er weder in der Stadt noch in Lauwil oben jemandem auf. Die Kantonsgrenze befand sich nicht weit entfernt von seinem Haus hinter dem übernächsten Hügel.

Mit einem Schraubenzieher löste er schnell die beiden Schilder des Renaults. Zurück am Subaru tauschte Raab sie gegen die Thurgauer Kennzeichen aus. Ein Auto ohne Nummernschild wäre allerdings zu auffällig. Er befestigte diese wiederum rasch am Renault.

Raab schlüpfte hinter das Lenkrad des Subaru, legte den Rucksack auf den Beifahrersitz und klappte die Sonnenblende auf. Das Parkticket flatterte herunter. Das Datum darauf zeigte, dass das Auto vor zwei Tagen hier abgestellt worden war. Die Chancen standen gut, dass der Besitzer nicht vor Ende Woche zurückkehrte.

Endlich mal gute Nachrichten.

Raab untersuchte das Armaturenbrett und fand den OBD-Stecker für die Diagnose des Fahrzeugs. Dort steckte er eine Drive Box ein, ein kleines schwarzes Kästchen aus Plastik. Er klickte den Kippschalter daran auf *Aus* und wartete eine Minute. Das deaktivierte die Wegfahrsperre. Anschliessend entfernte er die Abdeckung der Lenksäule, legte mehrere Kabel frei und verband zwei von ihnen. Es gab einen Kurzschluss, der Motor stotterte, ruckelte, ächzte – und sprang schliesslich an. Raab gab Gas, bis er einigermassen ruhig lief. Die Abgase stanken nach Öl, die Tankuhr stand fast bei null. Er würde unterwegs bald anhalten müssen.

Raab fuhr den Subaru zum Ticketautomaten, bezahlte, setzte sich wieder ans Steuer und verliess den Parkplatz. Auf dem Weg über die Zollfreistrasse bockte und spuckte der Motor erneut. Neben Benzin würde er dem Subaru einen Liter Motoröl spendieren. Doch das musste warten, Raab war in Eile. Er hatte ein Rendezvous mit Jo.

15

Seit einer Stunde wanderten sie nun bergwärts in der Dunkelheit. Raab ging voraus und beleuchtete den schmalen Pfad mit seiner starken Taschenlampe.

«Und der Major hat dir die Namen geschickt?», fragte Jo in der Dunkelheit hinter ihm.

«Ja. Ich habe Nora gebeten, sie abzuchecken», sagte er über seine Schulter hinweg. Kurz vor achtzehn Uhr hatte er den Subaru auf dem Dorfplatz von Reigoldswil abgestellt, danach hatte er Jo bei der Bushaltestelle getroffen. Anschliessend waren sie gemeinsam mit dem 71er ins benachbarte Lauwil gefahren.

«Du deckst Nora ganz schön mit Arbeit ein. Ich bin fast ein bisschen neidisch. Vermutlich kennst du sie zurzeit besser als ich. Mir gegenüber sagt sie kaum mehr als ‹Hallo› und ‹Tschüss›.»

«Ist unser Kontakt ein Problem für dich?»

«Ein wenig. Dir werfe ich nichts vor, im Gegenteil. Dass ihr euch so gut versteht, freut mich sehr. Und Nora liebt diese Recherchen, das merke ich ihr an. Du musst es mir einfach sagen, wenn es… ich weiss nicht… mal etwas gibt in ihrem Leben, das ich wissen sollte.»

«Versprochen.» Im Lichtkegel tauchte der Waldrand auf. Raab blieb stehen und liess Jo aufschliessen.

Klasse sah sie aus mit der roten Winterjacke und der schwarzen Wollmütze, unter der die Spitzen ihres silbergrauen Haars hervorlugten. Jo entsprach nicht dem klassischen Schönheitsideal, dafür war ihre Nase einen Tick zu schief und der Mund zu gross. Aber ihre Sommersprossen und die dunkelbraunen, wachen Augen hatten Raab von Beginn weg in ihren Bann geschlagen. «Bereit?»

«Jetzt bin ich ja mal gespannt auf deine Überraschung. Ein Chalet? Ein Baumhaus?» Dampfwolken bildeten sich um ihren Mund.

Raab schwenkte den Lichtkegel über die Lichtung zu seinem Bauernhaus. Eine Eiche überragte das alte, verlotterte Gebäude, Risse überzogen die Mauern, Unkraut wucherte darum herum. «Voilà.»

Es dauerte einen Moment, bis Jo «Oh» sagte – eine Silbe voller Enttäuschung. «Und hier schlafen wir? Auf dem Heuboden?»

Er verkniff sich ein Grinsen. «Ich dachte, du magst es rustikal. Ich habe Isoliermatten und warme Wolldecken besorgt.»

Jo sparte sich einen Kommentar.

«Komm.» Er ging voran über die Lichtung, als sein Handy zu surren begann.

«Was ist das?», fragte Jo.

«Ein Alarm. Bewegungsmelder sind aktiv.»

«Verstehe. Damit ich nicht abhauen kann.»

An der Haustür kramte Raab drei Schlüssel aus der Jacke. Unter dem Eichenholz verbargen sich ein Stahlkern, eine Fünf-Punkt-Hakenverriegelung und zwei Tresorbolzenschlösser. Sie knackten leise in den gut geölten Zylindern, als er die Schlüssel drehte. «Du bist die erste Frau, die ich herbringe.»

«Ich sehe, weshalb …»

Er blickte ihr in die Augen. «Es ist mein grösstes Geheimnis.» Raab öffnete die Tür und knipste das Licht an. Er nahm sich nicht die Mühe, die Schuhe im Vorraum abzustreifen, sondern ging gleich voraus ins Wohnzimmer.

Vom Feuer im Kaminofen war nur noch Glut übrig, sie verströmte eine angenehme Wärme. Er stand auf dem beigen Schurwollteppich, der über den polierten Eichenboden ausgebreitet war. Mit offenem Mund betrachtete Jo seine Bücherregale aus Kirschbaumholz, das Lowboard daneben und die Stereoanlage darauf. Sie umkreiste den Chesterfield-Sessel aus braunem Leder und blieb vor den Lithografien von Klee und Modigliani am freigelegten Mauerwerk stehen.

Bei der Renovation der Bruchbude hatte Raab sich grosse Mühe gegeben, das heruntergekommene Äussere zu bewahren. Doch das Innere liess keine Wünsche nach Behaglichkeit übrig.

Sie drehte sich zu ihm um. «Du Mistkerl.»

Er grinste sie an und ging geradeaus in die Küche, wo er einen Boden mit schweren, hellgrauen Fliesen verlegt hatte. An Haken über dem Gasherd hingen Töpfe und Pfannen, die Ecke füllte ein grosser Kühlschrank aus Edelstahl aus.

«Tee?»

«Gern.»

Raab stellte das Wasser an, das aus einer gefassten Quelle gleich hinter dem Haus floss. Er hielt einen Wasserkessel darunter, füllte ihn zur Hälfte, stellte ihn auf die Heizplatte und kramte nach dem Earl Grey im Schrank.

Er hörte Jos Schritte auf dem knarzenden Holzboden im Schlafzimmer, im Büro, im Bad.

Als das Wasser kochte, goss er Tee auf. Mit zwei Bechern schlenderte er zurück ins Wohnzimmer, stellte sie auf den Beistelltisch, streifte Jacke und Schuhe ab und brachte beides in den Vorraum.

Es dauerte eine Weile, bis Jo zu ihm an den Ledersessel zurückkehrte. Sie strahlte über das ganze Gesicht. «Ich liebe es.»

«Ich habe gehofft, dass es dir gefällt.»

«Gehört es dir?»

«Ja. Ich habe es über ein Treuhandbüro gekauft, damit mein Name nirgends in den Papieren auftaucht. Und ich gebe mir grosse Mühe, damit mich niemand hier in der Gegend kennt.»

«Hast du alles selbst renoviert?»

«Das meiste. Für einige Sachen habe ich tageweise Handwerker in Süddeutschland angeheuert.»

Jo schüttelte den Kopf. «Wie hältst du es bloss in deiner Studentenbude in Basel aus, wo du so etwas hast? Ich würde jede Minute hier verbringen wollen.» Sie streifte Schuhe, Jacke und Mütze ab. Darunter trug sie einen Pullover, einen knielangen Rock und Wollstrümpfe – alles in Schwarz. Raab mochte, wie alles ihre schlanke Figur betonte.

«Es ist zwar wunderschön, aber zu abgelegen für meinen Job. Hier bin ich, wenn ich Ruhe brauche, wenn ich mich erholen will. Aber später mal möchte ich schon hier leben.»

«Unbedingt!»

Sie ging vor dem Regal in die Knie und studierte kleine Objekte, die er über die Jahre gesammelt hatte: südamerikanische Pfeilspitzen, römische Münzen, japanische Netsuke, mittelalterliche Türschlösser. «Interessante Dinge. Geklaut?»

Er breitete die Arme aus. «Ich bin doch nicht blöd. Gekauft, ganz legal.»

Sie nahm ein angerostetes Türschloss in die Hand und betrachtete es von allen Seiten. «Ein eigenartiges Hobby hast du.»

«Das stammt aus dem sechzehnten Jahrhundert. Schau dir nur mal an, wie kunstvoll es gefertigt ist mit all diesen Verzierungen. Allerdings taugt es nicht viel, was die Sicherheit angeht. Schon damals konnte das jeder Dieb leicht knacken.»

«So alt? Wow. Ich wusste gar nicht, dass es damals schon so etwas gab.»

«Das ist noch gar nichts. Das älteste bekannte Türschloss ist viertausend Jahre alt! Überreste davon wurden in Ninive im heutigen Irak gefunden. Ganz aus Holz. Die Tür hatte einen Schlitz mit mehreren Löchern und Holzstiften in der Oberseite, dort passte der Riegel hinein.» Mit seinen Händen zeichnete er die Form in der Luft nach. «Das Prinzip ist das Gleiche wie heute, das ist fantastisch.»

«Ich liebe deine Begeisterung.» Sie stand mit dem Schloss in der Hand auf, kam herüber, legte es auf den Beistelltisch und setzte sich seitlich auf Raabs Schoss. Er liess zu, dass sie ihre Arme um seinen Hals schlang, sich an ihn drückte und sanft auf den Mund küsste.

Jo schmeckte nach Pfefferminze. «Du musst ausgehungert sein nach der Wanderung.»

«Ein wenig. Was hast du denn im Angebot?»

«Steaks mit Kartoffeln und Salat.»

«Nicht schlecht.» Sie schmiegte sich enger an ihn. «Gibt es noch etwas anderes?»

Er räusperte sich. «Ich könnte auch ein Müesli mit frischen Früchten machen.»

Sie küsste Raab erneut, biss ihn auf die Lippe und schob eine Hand unter seinen Pullover. Die Luft schien plötzlich wie elektrisch aufgeladen. «Sonst noch was?»

Er spürte ihre kühlen Finger auf seiner nackten Haut. «Chips hätte ich auch. Paprika.» Mit der Hand streichelte er über ihren Rücken, die Rundung ihres Pos, ihre Brust.

«Hmm …» Nachdenklich spitzte sie die Lippen. «Hast du auch ein Kondom?»

Er biss in ihr Ohrläppchen. «Noch nie hatte ich eine Frau hier oben. Und da fragst du mich das?», flüsterte er.

«So gut organisiert wie du sonst bist … Hast du das denn nicht eingeplant?»

Er küsste ihre Wange, ihr Kinn. «Möglicherweise.»

«Ich habe volles Vertrauen in dich.» Jo rutschte von seinem Schoss und stellte sich vor ihn hin. Sie griff mit beiden Händen zum Saum ihres engen schwarzen Rocks und zog ihn hoch.

Er legte seine Hände auf ihre Pobacken und zog sie näher an sich, hakte die Daumen in den Bund der Wollstrümpfe und des Slips, zog beides nach unten und biss sanft in ihren linken Hüftknochen.

Jo streifte Rock, Strümpfe und Slip ab, zog den Pullover und das Unterhemd über ihren Kopf, hakte den Spitzen-BH auf und liess ihn zu Boden gleiten. Ganz nackt und ungeniert stand sie vor ihm.

Raab spürte sein Herz klopfen. Er liess beide Hände über ihren flachen Bauch gleiten, griff nach den schönen Brüsten. «Mir wird ganz schwindlig.»

Sie beugte sich hinab, küsste ihn auf den Mund. «Dann solltest du dich hinlegen.» Sie nahm seine Hand und führte ihn ins Schlafzimmer, in dem ein Doppelbett aus dicken Eichenbrettern, eine Kommode und ein Nachttisch standen.

Jo legte sich seitlich auf die Matratze, den Kopf auf den Arm gestützt.

Er blieb davor stehen und bewunderte im Halbdunkeln ihren schönen Körper. «Ich wünschte, ich könnte zeichnen.»

Jo verzog den Mund. «Wenn du jetzt Bleistift und Papier suchen gehst, esse ich doch lieber erst das Müesli.»

«Nicht doch …» Hastig stieg Raab aus seinen Kleidern, hechtete neben Jo aufs Bett, nahm sie in die Arme und küsste ihren Mund. Die frischen Laken fühlten sich ganz kühl an auf seiner Haut. Aber nur für einen Augenblick.

16

Durch das Fenster über dem Kopfteil des Betts bewunderte Raab die Sterne. Er lag auf dem Rücken und genoss den warmen Körper an seiner Seite.

Jo.

Er hörte sie atmen, lang und tief. Noch gestern hatte sich Raab Sorgen gemacht darüber, ob es sich nicht komisch anfühlen würde, eine Frau an seinen Rückzugsort zu bringen. Nein, das tat es nicht, im Gegenteil.

Er drehte sich vorsichtig und griff nach der Armbanduhr auf dem Nachttisch. *4.25 Uhr.* Er würde nicht wieder einschlafen können, das wusste er. Sachte stieg Raab von der Matratze, griff nach den Kleidern, verliess das Schlafzimmer und schloss die Tür leise hinter sich.

Im Wohnzimmer machte er Licht und zog sich an. Dann zerknüllte er Zeitungspapier, legte es in den Kaminofen, stapelte dünne Holzscheite darauf und entfachte das Feuer.

Mit einer kalten Ovo aus der Küche setzte er sich in den Sessel vor dem Ofen, in dem das Holz knisterte. Vom Beistelltisch nahm Raab das Tourschloss aus der Renaissance, das Jo dort abgelegt hatte. Dank der Zuhaltungsfeder ein Meilenstein in der Entwicklung.

Er betrachtet es von allen Seiten, strich mit den Fingern darüber. Die Liebe zu historischen Schliessvorrichtungen hatte Raab von seinem Mentor René geerbt. Schon als Fünfzehnjähriger war er über Flohmärkte geschlendert auf der Suche nach alten Schlössern. Seine frisch erworbenen Schätze hatte er zerlegt, poliert, geölt und neu zusammengesetzt, bevor er mit seinen Picks daran geübt hatte.

Raab stand von seinem Sessel auf und legte zwei grössere Scheite ins Feuer. In seinen Jugendjahren hatte er eine uneingeschränkte Freude empfunden beim Erforschen der Schliessmechaniken. Keinen Gedanken hatte er darauf verschwendet, wie leicht er sich mit diesem Wissen die Finger verbrennen konnte. Bis zu jenem Samstagabend im Juni 1984.

In der Schule hatte es sich herumgesprochen, dass Raab das Schloss zum Materialraum geknackt und den Fussballjunioren den Arsch gerettet hatte. Sein Status stieg dadurch markant, sogar die Mädchen betrachteten ihn mit anderen Augen. Plötzlich galt er als cool. Raabs Selbstvertrauen wuchs derart, dass er gar ein bestimmtes ansprechen wollte: Corinne Karrer mit den langen schwarzen Locken, dem fein geschnittenen Gesicht und den braunen Augen. Sie ging eine Klasse unter ihm an die Sekundarschule, spielte Klavier, ruderte bei Blauweiss Basel und lächelte immer mit perfekten Zähnen, wenn sie Raab über den Weg lief.

Tagelang brütete er darüber, ob er sie zum neuen Star-Wars-Film im Kino Roxy einladen sollte. Doch dann getraute er sich doch nicht.

An jenem Samstagabend, dem letzten Schultag vor den Sommerferien, hatte Lars Ziegler ihn und Fips zu einer Party beim Kraftwerk Birsfelden eingeladen …

Als sie gegen zwanzig Uhr auf der künstlichen Insel am Rheinufer eintreffen, sind bereits viele Jugendliche da. Ein paar von ihnen kennt Oli von der Realschule, andere von der Migros-Mafia. Aus grossen Lautsprechern dröhnt laute Musik: Eddy Grant, Michael Jackson, Nena. Auf einem Grill brutzeln Hamburger und Bratwürste, jemand hat Lampions in einen Baum gehängt.

«Wahnsinn», raunt Fips.

Viele tanzen, einige spielen auf der Wiese Volleyball, andere sitzen am Flussufer. Die Party, wie Oli zu seinem Schrecken feststellen muss, findet ganz am östlichen Ende statt, wo die Insel spitz zuläuft und das Wasser links und rechts vorbeirauscht. Viel zu nah. Hoffentlich kommt niemand auf die blöde Idee, schwimmen zu gehen!

Er macht mit Fips die Runde, quatscht mit Gaby Bernasconi. Sie nehmen einen Hamburger und einen Becher Bier, obwohl er sich nichts aus Alkohol macht. Das Zeugs schmeckt ihm einfach nicht. Doch hier haben sie Zitronenlimonade hineingemixt und servieren Panaché. Das findet er gar nicht mal so übel. Kaum hat er den ersten Becher leer getrunken, steigt seine Stimmung – ein gutes Gefühl. Sogar der Rhein sieht plötzlich nicht mehr so bedrohlich aus.

Dann stösst ihm Fips den Ellbogen in die Rippen. «Schau mal da.»

Corinne.

Sie steht am Rheinufer und redet mit ein paar Freundinnen.

Es mag am Alkohol liegen oder an seinem frisch gewonnenen Selbstvertrauen. Jedenfalls leert er nochmals einen halben Becher Panaché, greift nach einem zweiten und bahnt sich einen Weg durch die Tanzenden.

Corinne sieht ihn kommen, lächelt und löst sich von ihren Freundinnen. Sie trägt weisse Shorts und ein blaues T-Shirt, ihre Haut ist braun gebrannt. Sie treffen sich nahe der plärrenden Lautsprecher, Corinne hält ein Schälchen Chips in der Hand. Sie streckt es ihm hin, er reicht ihr den Becher Panaché. Sie sagt etwas, doch er versteht es nicht wegen der Musik. Also beugt er sich vor, so nahe, dass sie sich fast berühren.

«Schön, dass du auch hier bist», ruft Corinne in sein Ohr.

Er riecht Moschus, spürt den Atem an seiner Wange, die Locken berühren sein Gesicht. Oli nimmt seinen

Mut zusammen. «Möchtest du tanzen?» Mit Gesten unterstreicht er seine Frage.

Corinne nickt.

Die Holzscheite knisterten. Raab stand von seinem Sessel auf und legte ein paar nach. Noch vierzig Jahre nach der Party sah er Corinnes braune Augen vor sich, konnte ihr Parfum riechen. Er ging in die Küche und holte sich ein Mokkajoghurt aus dem Kühlschrank. Damit setzte er sich wieder vor das Feuer. Wäre aus ihnen ein Paar geworden, wenn er damals tatsächlich mit Corinne getanzt hätte?

Sie stellen Chips und Panaché auf den Boden und schlendern hinüber zu den Tanzenden zwischen den beiden Pappeln.

Da sackt eine Hand auf seine Schulter. «Super, dass du gekommen bist», brüllt Gastgeber Lars Ziegler in sein Ohr. «Alles klar bei dir?» Er trägt ein hellblaues Lacoste-Hemd, gelbe Shorts und weiss-blaue Adidas Rom.

Oli hebt einen Daumen.

«Hast einen Moment? Ich muss dich was fragen.» Mit Gesten macht er Corinne klar, dass er Oli nur für eine Minute entführen will.

Oli zögert, sieht sie fragend an.

Corinne zwinkert und nickt.

Am Arm führt ihn Lars ein Stück weg von der Tanzfläche und der lauten Musik zur offenen Grasfläche. «Du und Corinne? Respekt! Echt stark, Mann.» Hinter ihnen auf der Wiese haben ein paar Jungs mit Taschen und Rucksäcken Tore markiert und spielen Fussball. «Schaut mal, wen ich gefunden habe», ruft Lars ihnen zu.

Die meisten sind Fussballer beim FC. Sie kommen herüber, klopfen Oli auf die Schultern. «Superman!» – «Unser treuster Fan.» – «Der Lebensretter.»

Er fühlt sich geschmeichelt.

Die Jungs gehen wieder kicken. Lars setzt sich ein Stück abseits ins Gras. «Also, was du da mit diesem Vorhängeschloss angestellt hast, war echt grossartig. Wie hast du das bloss hingekriegt?»

Oli zuckt mit den Schultern. «So ein Zahlenschloss ist nicht kompliziert. Bei der richtigen Nummer rastet jedes Rädchen ein. Das kann man spüren. Mit etwas Übung kriegt das jeder hin.» Er gibt sich grosse Mühe, ganz locker zu wirken.

«Wahnsinn.» Lars Ziegler, der Mädchenschwarm, hört sich an wie ein Groupie. «Wie sieht es denn mit anderen Schlössern aus? Kriegst du die auch auf?»

Oli hebt einen Mundwinkel, zuckt mit den Achseln. «Die meisten.»

«Türschlösser auch?»

Er nickt.

«Brauchst du Werkzeug dafür?»

Er greift in seine Hosentasche, fischt ein kleines Etui heraus und klappt es auf. Im Innern steckten fünf kleine schwarze Picks, die er unter Renés Anleitung selbst gebastelt hat. «Nur die hier.»

Lars zieht einen Dietrich heraus. Er wiegt ihn in seiner Hand, betrachtet das Metall von allen Seiten. «Zu gern würde ich mal sehen, wie das geht.» Er schürzt die Lippen, runzelt die Stirn. «Hey. Ich weiss, wo du mir das zeigen kannst. Bist du dabei?»

Obwohl der Alkohol ihn benebelt, beschleicht Oli ein ungutes Gefühl. «Ich weiss nicht recht…»

«Alles absolut harmlos», sagt Lars verschwörerisch. Er legt Oli eine Hand auf die Schulter. «Wir spielen bloss jemandem einen Streich.»

Raab schaufelte mit dem Löffel den letzten Rest Joghurt in den Mund und wünschte, sein Teenager-Ich könnte ihn aus der Zukunft rufen hören: *Hau ab!*

17

Mit einem Stück Brot wischte Jo die letzten Reste Rührei vom Teller und steckte es in den Mund. «Lecker. Hast du noch mehr Toast?»

Raab lächelte, stand vom Küchentisch auf und guckte durch das Fenster zum Waldrand hinüber. «Ich hätte dir gern die Rehe in der Morgendämmerung gezeigt.» Doch bis jetzt, kurz nach sieben, waren sie nicht aufgetaucht. Der Nebel hingegen schon. Er nahm eine frische Packung Toast aus dem Schrank und stellte sie auf den Küchentisch. In kluger Voraussicht hatte er seine Vorräte aufgestockt: Brot, Joghurt, Eier, Butter, Milch, Speck, Müesli, Kaffee. Denn er kannte keine Frau, die so viel futterte wie Jo. Wie sie trotzdem so dünn bleiben konnte, betrachtete er als eines der letzten ungelösten Rätsel dieser Welt.

Sie steckte zwei Scheiben in den Toaster und nippte an ihrem Kaffee. «Zieh dich mal aus.»

Er grinste. «Gern …»

Jo verdrehte die Augen. «Ich will mir bloss deine Verletzungen ansehen.»

«Welche Verletzungen?»

«Spiel nicht den Macho. Die Beule an deiner Stirn ist ja nicht zu übersehen. Und letzte Nacht habe ich gemerkt, wie du zusammengezuckt bist, wenn ich mal ein bisschen fester zugepackt habe.»

Raab streifte Pullover und Leibchen über den Kopf.

Scharf sog sie Luft ein. «Oh, Mann. Grün und blau! Gut sieht das nicht aus. Wie ist es passiert?»

«Ich bin eine Treppe runtergefallen.»

Sie quittierte das mit einem schrägen Blick und kam in einem seiner karierten Flanellhemden um den Tisch herum. Mit den Fingern inspizierte sie Rippe für Rippe.

Raab zuckte zusammen. «Deine Hände sind eiskalt.»

Jo schüttelte den Kopf. «Wie kann ein Profiverbrecher bloss so ein Baby sein?»

«Ich bin eben zart gebaut.»

Sie schnaubte. «Dreh dich mal um, Prinzessin.»

Er stellte sich vor die Spüle und stützte die Arme darauf.

«Am Rücken ist der Bluterguss noch grösser. Vielleicht hast du ein paar Rippen sogar gebrochen.»

«In dem Fall fiele mir das Atmen schwerer. Das weiss ich aus Erfahrung.»

«Sag mir, wenn es wehtut.» Sachte strich sie mit ihren Fingern über seine Haut. «Hast du etwas von Nora gehört?»

«Sie hat mir Informationen über die beiden Männer geschickt, die mit Mülli aus der Armee geflogen sind.»

«Und?»

«Der eine von ihnen, Benedikt Probst aus Liestal, ist verheiratet und Vater von drei Kindern. Machte eine Lehre als Automechaniker, wurde dann Berufssoldat bei den Fliegertruppen in Payerne, stieg bis zum Chef der Logistik auf. Damit war er natürlich der ideale Mann, um Material abzuzweigen. Nachdem die Diebstähle aufgeflogen waren und die Armee ihn rausgeworfen hatte, verkaufte er Autos. Das ist die Kurzfassung. Nora hat noch mehr Material über ihn zusammengetragen.»

«Sie macht das richtig gut, nicht?» Die Finger drückten sanft, sie wanderten in die Mitte seines Rückens, zeichneten die Wirbelsäule nach.

«Ich selbst käme nie an all diese Informationen ran.»

«Schön, das freut mich.» Sie legte beide Hände auf seine Schulterblätter. «Ist wohl doch nichts gebrochen. Aber die Prellung wird eine Weile wehtun. Im Badezimmerschrank habe ich eine Tube Voltaren entdeckt, damit reibe ich dich nachher ein. Das hilft ein bisschen.» Jo setzte sich wieder an den Küchentisch, griff nach einer Scheibe Toast und bestrich sie dick mit Butter und Konfitüre. «Und was gibt es zum zweiten Mann?»

«Oskar Gruber aus Riehen ist wie Mülli Pilot, fliegt allerdings Helikopter. Im Militär war er beim

Lufttransport. Im zivilen Leben ist er Chef der Firma Euroheli. Der Rauswurf aus der Armee hat ihm offenbar nicht gross geschadet. Ist verheiratet, keine Kinder, strebt eine Karriere als Politiker an. Er sitzt im Basler Grossen Rat. Den Medien, BaZ inklusive, ist seine Vergangenheit egal. Oder sie ist ihnen entgangen. Jedenfalls war sie nie ein Thema.»

«Mit dem hatte ich schon zu tun im Kantonsparlament, ein ziemlich arroganter Typ, baggert alle Journalistinnen auf primitive Art an. Hast du etwas dagegen, wenn ich die Informationen für einen Artikel verwende?»

«Nein, aber warte noch ein wenig ab damit. Ich möchte die beiden nicht aufschrecken.»

«Abgemacht.» Jo zögerte, setzte zum Sprechen an, liess es dann doch bleiben.

«Was ist?»

Sie betrachtete sein Gesicht. «Ich mache mir Sorgen.» Er wollte etwas erwidern, aber sie stoppte ihn mit der erhobenen Hand. «Ich weiss, dass du gut bist in deinem Job. Deine Einbrüche rauben mir heute nicht mehr den Schlaf. Jedenfalls nicht mehr so oft. Aber das hier …» Mit dem Fingernagel tippte sie auf den Tisch. «… ist etwas anderes. Du hast es mit einem Mörder zu tun, der vielleicht dein Auto verwanzt hat.»

Natürlich hatte sie recht. «Mit solchen Typen schlage ich mich nicht zum ersten Mal herum. Viele von denen sind rücksichtslos und eiskalt. Aber sie sind auch nicht besonders clever. Dass ich hier stehe, ist der Beweis dafür. Also zermartere dir nicht das Hirn. Ich kann gut auf mich aufpassen.»

«Das sagst du so einfach.» Jo seufzte und zögerte. Schliesslich griff sie nach dem Toast, biss ein Stück ab und spülte es mit Kaffee hinunter. «Was ist eigentlich mit Frau Müller?»

«Was soll mit ihr sein?»

«Du konzentrierst dich auf den Mann, weil du denkst, dass der Mord mit seiner Vergangenheit zu tun hat. Wer sagt denn, dass es nicht auch in ihrem Leben dunkle Seiten gibt?»

Er lehnte seinen Hintern gegen die Spüle und fasste nach Leibchen und Pullover. «Das ist mir schon klar. Aber ich kannte Mülli und weiss, wo ich bei ihm ansetzen kann. Bei ihr fällt mir das schwerer. Ich kann nicht einfach in Liestal ans Gym oder sonst wohin spazieren und Fragen stellen. Da muss ich mir noch eine passende Geschichte überlegen.»

«Du könntest zur Abwechslung ja mal Journalist spielen. Sie kam doch aus der Ostschweiz, aus Herisau, wenn ich mich recht erinnere. Es wäre nicht ungewöhnlich, wenn die *Appenzeller Zeitung* einen Nachruf schriebe. Wenn du willst, kann ich dir ein paar Tipps dafür geben, wie ich das normalerweise anbahne.»

Die Idee gefiel ihm. Er streifte den Pullover über, ging zu ihr und küsste sie auf die Wange. «Wenn du jemals den Job wechseln willst, solltest du eine Karriere als Gaunerin in Betracht ziehen.»

«Ist das ein Kompliment? Vermutlich schon, wenn es von dir kommt.» Jo lächelte schelmisch und warf einen Blick auf die Küchenuhr an der Wand. «Jetzt muss ich aber rasch unter die Dusche. Sonst schaffe ich es nicht zur Redaktionssitzung.»

Er betrachtete ihr zerzaustes Haar, ihre samtweiche Haut. «Wir könnten schnell zusammen duschen.»

«Das ist ein Oxymoron.»

«Ich mag es, wenn du schmutzige Wörter brauchst.»

Sie stand mit einem Lächeln auf und umarmte ihn. «Ein Oxymoron ist die Verknüpfung von zwei widersprüchlichen Wörtern. Hassliebe zum Beispiel. Oder bittersüss.»

Er spürte den warmen Busen unter dem Hemd, seine Hände fuhren über ihren Rücken. «Du denkst also, dass ich nicht schnell duschen kann?»

«Mit mir zusammen bestimmt nicht.»

«Das ist eine unbewiesene Behauptung.» Er öffnete den obersten Knopf des Hemds unter ihrem Kinn. «Ich könnte dir jetzt gleich das Gegenteil beweisen. Oder wir lassen uns Zeit und ich bringe dich später nach Basel. Mein Motorrad steht im Schuppen.»

«Bei der Kälte?»

«Warme Sachen habe ich genug. Und wir müssen damit nur runter zum Auto in Reigoldswil. Was denkst du?»

«Verlockend… Aber ich möchte dich nicht von etwas Wichtigem abhalten. Musst du auf deiner Alp nicht Kühe melken oder so?» Ihre Hände zogen wandernde Kreise über seine Brust. Dann fanden sie seinen Bauch und seine Hüften.

Theatralisch kratzte sich Raab am Kopf. «Melken oder Duschen mit dir, eine schwierige Wahl.»

«Dann überleg mal gut…» Jo löste sich von ihm und nahm ihren Kaffee vom Tisch.

In der Küchentür zog sie für einen neckisch kurzen Moment den Rücken ihres Hemds hoch und zeigte ihm ihren nackten Po.

Der Entscheid fiel ihm nicht schwer.

18

Kurz vor neun Uhr trat Raab am Basler Aeschenplatz auf die Bremse. Jo drückte ihm einen Kuss auf die Wange, stiess die Beifahrertür auf und hastete hinüber in die Redaktion der *Basler Zeitung.* Sie dürfte es gerade noch schaffen zur Morgensitzung.

Er fuhr wieder an und steuerte den Subaru geradeaus durch die St. Alban-Anlage. Kein Wort hatte Jo über das Auto mit Solothurner Kennzeichen verloren. Es musste ihr sehr schwergefallen sein, war sie doch notorisch neugierig. Doch sie hatte akzeptiert, ihm nicht zu viele Fragen zu stellen.

Der Verkehr kam zum Stillstand. Zwei Autos vor Raab wollte ein Sattelschlepper bei einer Kreuzung die Strasse überqueren, dort stand ihm aber ein Peugeot im Weg. Der Lkw-Chauffeur stieg schliesslich aus, ein bulliger Kerl mit Glatze, verwarf die Arme und ballte die Fäuste. Durch das Seitenfenster beschimpfte er den Peugeot-Fahrer.

Der stieg jetzt ebenfalls aus, ein Mann mit den Gesichtszügen eines streitlustigen Babys.

«Dummer Wichser», hörte Raab noch auf die Entfernung. Glatzkopf warnte mit dem Stinkefinger und fluchte weiter, Baby verschränkte die Arme vor der Brust und schüttelte den Kopf. Auf dem Trottoir blieben einige Passantinnen und Passanten stehen, hinter Raab bildete sich eine Kolonne.

Der Fahrer hinter ihm hatte die grandiose Idee, auf die Hupe zu drücken. Sofort brach ein Hupkonzert von allen Seiten aus. Aus dem CD-Player lugte eine Disc, Raab schob sie ein, es surrte und die rauchige Stimme von Joe Cocker klang aus den Lautsprechern: «Unchain my heart.» Er entdeckte eine Packung Baumnüsse im Ablagefach und steckte sich ein paar in den Mund.

Aus der Reihe der Gaffenden löste sich ein verhutzeltes Männchen mit braunem Regenmantel und Baskenmütze. Er trat auf die Streithähne zu, die ihn beide um einen Kopf überragten, sprach auf sie ein, klopfte einem auf die Schulter, tippte dem anderen auf den Unterarm. Sie glotzten.

Er musste einen Spruch oder Witz gemacht haben, denn Glatzkopf lachte plötzlich, Babyface schüttelte den Kopf und schmunzelte.

Der Alte gab beiden die Hand, Baby stieg in seinen Peugeot und setzte ein Stück zurück. Glatzkopf kletterte hoch in die Fahrerkabine, hob einen Daumen, überquerte die Fahrbahn und fuhr in die Gegenrichtung davon. Die Gaffer auf dem Trottoir zerstreuten sich, die Kolonne setzte sich wieder in Bewegung.

Raab liebte diese Stadt.

Fünf Minuten später fuhr er mit dem Subaru hinter dem 3er-Tram auf der Hauptstrasse von Birsfelden. Er bog bei der Gemeindeverwaltung links ab und stoppte das Auto nach fünfzig Metern mitten auf der Schulstrasse.

Es stand also noch da, sein Elternhaus. Autoabgase hatten auf der gräulichen Fassade einen schwarzen Film hinterlassen, zwei Satellitenschüsseln hingen im ersten und dritten Stock daran, Farbe blätterte von den Fensterläden ab, am rostroten Zaun hing ein uralter Kondomautomat. Im Vorgarten dahinter wuchsen tatsächlich ein paar kümmerliche Rosen. Es sah so schäbig aus wie früher.

Hinter ihm liess ein Automobilist seinen Motor aufheulen. Raab steuerte nach links auf den Parkplatz der Gemeindeverwaltung und stieg aus.

Irgendwo hatte er gelesen, dass das Gebäude die letzte übrig gebliebene Mietskaserne aus dem neunzehnten Jahrhundert in Birsfelden sei. Früher hatte es eine ganze Reihe davon gegeben. Wer sich die Mieten in Basel damals nicht hatte leisten können, war hierher in die Vorstadt gezogen. Ins Armenhaus.

Ein Arme-Leute-Haus war es auch in seiner Kindheit gewesen. Raab konnte sich sogar daran erinnern, dass sie ein Klo am Ende des Flurs mit den Nachbarn geteilt hatten. Irgendwann – war er sieben oder acht gewesen? – hatten sie ein eigenes WC bekommen, doch selbst danach war die Wohnung im dritten

Stock kümmerlich geblieben. Zwei kleine Zimmer, Küche, Schimmel und Kälte. Freunde hatte er aus Scham nie mit nach Hause gebracht. Heute wurde darüber diskutiert, dieses Taunerhaus unter Denkmalschutz zu stellen. *Vielen Dank auch!* Ginge es nach ihm, könnte man es jederzeit plattmachen.

Raab guckte die Fassade hoch. Mit einem Mal empfand er eine schmerzliche Sehnsucht nach allem, was hätte sein können. Was er nie gehabt hatte. Eine Familie. Eine Mutter, die abends nach ihm rief, endlich hereinzukommen. Die das Essen auf den Tisch stellte und ihn zu Bett schickte. *Na los, Oli. Es ist schon spät.*

Über Mutter hatte sein Alter praktisch nie gesprochen. Also hatte sich Klein-Oliver in seiner Fantasie eine ausgemalt. Hatte sich eingebildet, ihre Schritte zu hören, ihre Stimme, ihren Gesang. Hatte geglaubt, ihre Anwesenheit zu spüren, ihr Parfum zu riechen. Diese Pfanne hatte sie in der Hand gehalten, mit diesem Frottiertuch hatte sie ihr Gesicht abgetrocknet.

Er spazierte über den schmalen Weg zur Rückseite des Hauses.

Aus der Distanz von Jahrzehnten betrachtet, war sein Vater kein wirklich mieser Kerl gewesen. Und doch hatte er Oli zeit seines Lebens nie ein Fitzelchen Liebe geben können. Gute Noten in der Schule oder Erfolg im Sport hatten den Alten nie interessiert. Als

Junge hatte Oli schnell kapiert, dass sich die Mühe um Anerkennung nicht lohnte.

Gelernt hatte er stattdessen andere Dinge. Ohne Schamröte konnte Klein-Oliver einen fiktiven Ausflug vom Wochenende detailreich schildern, wenn ein Lehrer danach fragte. Er konnte Krankheiten oder Verletzungen überspielen, damit keine Arztrechnungen ins Haus flatterten. Mit den Jahren perfektionierte er die Kunst der Täuschung, etwas, das ihm in seinem späteren Leben als Profigauner zugutekommen sollte.

Und deshalb war er schon damals auch gut darin gewesen, Menschen zu lesen. Oli konnte an der Stimmlage erkennen, wenn eine Kollegin oder ein Klassenkamerad eine gut erfundene Lügengeschichte auftischte. Manchmal versuchte er ihm oder ihr mit einem Nicken zu vermitteln, dass er verstand, dass sie ein gemeinsames Schicksal teilten.

Die Laubengänge auf der Rückseite des Hauses waren auch heute noch mit verwittertem Holz eingefasst, die Schuppen mit den blassblauen Toren hatten die Jahrzehnte überdauert. Im zweiten von rechts hatte sein Alter die rote Moto Guzzi aufbewahrt. Vergilbte Fähnchen irgendeines längst vergessenen Fests hingen an der Wand, Holzpaletten und ausrangierte Stühle stapelten sich auf einem Haufen. Raab fragte sich, weshalb er hergekommen war. Hier gab es nichts für ihn, keine bedeutsame Erinnerung. Es war bloss ein altes Haus.

Als er sich abwandte, ging im ersten Stock ein Fenster auf. Eine Frau streckte den Kopf aus dem Rahmen, kurzes braunes Haar, feiste Wangen, eine Zigarette im Mund. «Wollen Sie etwas?»

Er fühlte sich wie auf frischer Tat ertappt und ärgerte sich darüber. Wenn er ein Zielobjekt erkundete, legte er sich immer eine Geschichte zurecht für solche Fälle. «Nein, ich …»

Die Frau beäugte ihn misstrauisch, zog an der Zigarette. «Ja?» Im Innern bellte ein Hund.

«Dieses Haus … Ich bin hier aufgewachsen.» Mit dem Finger deutete er nach oben. «Im dritten Stock.»

«Und?»

«Ich wollte bloss sehen, wie es sich verändert hat.»

«Ist immer noch eine Bruchbude, das kann ich Ihnen sagen.»

«Das sehe ich.»

Irgendjemand rief etwas im Haus, die Frau drehte sich halb um. «Jaja, ich komme gleich.» Der Hund bellte weiter. Sie wartete einen Moment und wandte sich dann wieder Raab zu. «Wir mögen es nicht, wenn Fremde hier herumschleichen. Es gab in der Gegend ein paar Einbrüche in letzter Zeit.»

Er hob beide Hände. «Okay, kein Problem. Ich gehe schon.»

«Besser ist es. Sonst lasse ich nämlich Rex raus.» Sie neigte den Kopf in Richtung Strasse.

Raab machte, dass er wegkam. Sentimentalitäten hatten keinen Platz in seinem Leben.

19

Zurück beim Subaru öffnete Raab die Fahrertür und warf einen letzten Blick über das Autodach zum Elternhaus – da nahm er jemanden wahr.

Vorn bei der Einmündung zur Schützenstrasse stand eine Gestalt, fünfzig Meter entfernt, halb verdeckt durch ein Gebüsch. Raab konnte das Gesicht nicht erkennen, nur die dunklen Umrisse eines Körpers hinter Geäst. Die Person verharrte regungslos. Raab wartete halb eingestiegen darauf, dass sie sich fortbewegte, dass sie einen Hund an der Leine zog oder etwas vom Boden aufhob. Zehn, zwanzig Sekunden lang. Doch die Person stand einfach regungslos da.

Raab hätte darauf gewettet, dass der ihn beobachtete. Er holte tief Luft, zählte herunter. *Drei, zwei, eins.* Er warf die Autotür wieder zu, rannte los. Er brauchte zehn Schritte, um die Strasse zu überqueren und hetzte an seinem Elternhaus vorbei.

Die Gestalt stand für einen Moment noch wie versteinert da, drehte sich abrupt um und lief die Schulstrasse hoch.

Jetzt konnte Raab mehr erkennen: schwarzer Pulli, Kapuze über dem Kopf, Jeans, Turnschuhe. Aus dem Körperbau schloss er, dass es sich um einen Mann handelte.

Der Kerl spurtete am Birsfelder Dorfmuseum vorbei und hetzte geradeaus über die Friedhofstrasse, ohne nach links oder rechts zu blicken. Vor der reformierten Kirche guckte er kurz über die Schulter.

Ein junger Typ mit Dreitagebart. Raab holte auf, bis er vor dem Feuerwehrmagazin beinahe einen Alten über den Haufen rannte, der Blätter zusammenkehrte. Er musste ausweichen, stolperte über etwas, kam ins Straucheln und konnte sich im letzten Moment auffangen. Dann preschte er weiter. Doch er hatte den Beschatter aus den Augen verloren, hörte nur noch schnelle Schritte.

Los, den holst du dir. Du trainierst, bist in Form.

Er erreichte die Sonnenbergstrasse, keuchte, seine Rippen taten höllisch weh. Gegenüber sah er den Rücken des Kerls hinter einer Hecke verschwinden.

Raab sprintete über die Strasse. Reifen quietschten, ein Auto hupte. Er blieb mitten auf dem Asphalt stehen, einen halben Meter von der Stossstange eines weissen Opel entfernt.

«Kannst du nicht aufpassen, du Idiot», schrie der Fahrer durch das halb geöffnete Seitenfenster.

Entschuldigend hob Raab eine Hand, rannte wieder los, machte einen Sprung über die Hecke, überquerte eine Grasfläche, bog um die Ecken von zwei Wohnblocks. Auf einem Spielplatz drehten sich ein

Mann und seine zwei Kinder nach ihm um, als er in vollem Tempo an ihnen vorbeiflog.

Zweige von Haselnusssträuchern peitschten ihm ins Gesicht, er überquerte eine weitere Strasse, erreichte einen Parkplatz und blieb stehen.

Der Kerl ist weg…

Langsam drehte sich Raab um die eigene Achse, suchte mit dem Blick Bäume, Büsche und Mauervorsprünge ab. Vorsichtig bewegte er sich vorwärts, es wimmelte von möglichen Verstecken. Jeder tanzende Schatten, jedes raschelnde Blatt schreckten ihn auf.

In der Ferne, fünfzig bis hundert Meter entfernt in Richtung Rhein, bellte ein Hund. Laut und aggressiv. Dort musste der Kerl sein.

Raab folgte dem Gebell. Als er die Strasse bei der Schleuse erreichte, sah er zunächst die Dogge, die sich von der Leine und seiner Besitzerin losreissen wollte. Dann entdeckte er den Flüchtenden auf der Brücke vor dem Flusskraftwerk.

Raab spurtete weiter, spürte den Aufprall seiner Füsse auf dem harten Boden, jeder Schlag wanderte direkt in seine Rippen. Seine Lunge brannte und er hoffte inständig, dass dem Flüchtenden ebenfalls die Luft ausginge.

Bestimmt ist er kaputter als du, bald hat er keine Kraft mehr.

Raab erreichte das Kraftwerk und setzte die Verfolgung über die Rheinbrücke beim Stauwehr fort. Seine Arme pumpten, er japste nach Luft.

Der Kerl hatte noch achtzig Meter Vorsprung, siebzig, fünfzig. Die Kräfte schienen ihn zu verlassen. Er blieb mitten auf der Brücke stehen, drehte den Kopf wie ein gehetztes Tier, erblickte Raab und lief wieder los.

Raab sprintete, Schweiss rann ihm in die Augen, er kam Stück für Stück näher. *Dich kriege ich, du Mistkerl.* Sein Mund formte die Worte ohne Ton.

Am anderen Ende des Stauwehrs wollte der Typ über die Treppe zur Grenzacherstrasse hoch. Doch er rannte jetzt nicht mehr, schleppte sich nur noch in kleinen Schritten vorwärts. Als er seinen Fuss auf die unterste Stufe stellte, preschte Raab in vollem Lauf heran, ballte beide Hände zu Fäusten und streckte sie wie einen Rammbock vor. Er erwischte ihn zwischen den Schulterblättern.

Die Wucht des Schlags liess den Kerl vorwärtsfliegen und mit dem Gesicht auf die Treppe krachen. Dort blieb er keuchend liegen.

Raab stand über ihm, röchelte und gab dem Mann noch einen harten Tritt in den Oberschenkel. «Du bleibst jetzt hier liegen…», presste er zwischen den Atemzügen heraus, «…sonst schlage ich dich zu Brei.»

Die Gestalt stöhnte bloss.

«Dreh dich um», knurrte Raab.

«Tu mir nichts, Mann.» Die Stimme war ein brüchiges Flehen. «Ich habe nichts getan.»

«Umdrehen!»

Langsam rollte sich die Gestalt auf den Rücken, streckte die Handflächen abwehrend vor. «Bitte, Mann, bitte nicht schlagen.» Der Typ war jung, abgemagert, unrasiert, mit hohlen Augen. Seine Lippen zitterten. Aus einer breiten Wunde an der Stirn sickerten Blutstropfen. Es war ein Gesicht, wie es Raab aus Parkanlagen in Glasgow, Berlin oder Basel kannte. Ein Junkie.

Scheisse!

Er setzte sich auf die Treppenstufe neben den Jungen, er konnte nicht viel älter als zwanzig sein, schnaufte eine, zwei Minuten durch. «Weshalb bist du hinter mir her?»

Mühsam rappelte sich der Kerl in eine sitzende Position auf. «Bin ich nicht, Mann», sagte er schleppend.

«Verarsch mich nicht.» Raab hielt ihm die Faust unter die Nase.

Der Junkie hob beide Hände. «Da war so ein Typ, der hat mir gestern fünfzig Stutz in die Hand gedrückt, wenn ich mich dort in die Schulhausstrasse stelle.»

«Weshalb?»

Blut rann ihm von der Stirn über die Nase. «Ich sollte mich einfach umschauen. Und es ihm sagen, wenn mir etwas auffällt. Oder jemand.»

Jemand wie Raab. «Wie sah der Kerl aus?»

«Ich weiss nicht, Mann. Irgendein Typ. Trug eine Baseballkappe und eine Sonnenbrille.» Die Hände zitterten heftig. «Mich hat nur der Fünfziger interessiert. Er sagte, das sei für heute. Wenn ich es gut mache, gibt er mir in den nächsten Tagen noch was.»

«Du solltest ihn informieren, wenn ich dort auftauche?»

Der Junkie schien verwirrt. «Nein, Mann. Ich kenne dich doch gar nicht.»

«Weshalb bist du dann weggerannt?»

«Weil du mich erschreckt hast, Mann. So wie du auf mich losgestürmt bist.»

Raab kam auf eine Idee. «Hast du mich gestern in Bern beobachtet?»

Der Junkie schüttelte den Kopf. Sein Blick war wild und verzweifelt. «Was soll ich denn in Bern?»

Raab starrte ihn an. Der brauchte bald wieder was, so weinerlich, wie er klang.

«Ehrlich, Mann. Nur hier. Dich habe ich noch nie in meinem Leben gesehen.»

Raab wollte ihm das nicht abkaufen. Doch weshalb sollte der Bursche jetzt noch lügen? «Wo wollte dich der Mann treffen?»

«Er sagte, er werde mich finden. Ich hänge immer unter der Schwarzwaldbrücke herum. Und bei schönem Wetter am Birsköpfli, wenn ich was brauche.»

«Hat er deinen Kollegen auch Geld gegeben?»

«Nein, Mann.»

Er guckte zu Boden, wahrlich kein guter Schauspieler. Raab wechselte in eine beruhigende Tonlage. «Ich werde sie in Ruhe lassen, versprochen. Ich will bloss wissen, wo sie sind.»

Der Junkie schniefte. «Beni hängt bei der Migros ab und Chris im Sternenfeld», sagte er schliesslich kleinlaut.

«Okay. Du hast Blut im Gesicht.» Raab holte ein Papiertaschentuch aus der Jacke, hielt es ihm hin. «Wie heisst du?»

«André.» Er nahm das Taschentuch, verschmierte das Blut damit.

«Also.» Raab zückte sein Portemonnaie und fischte eine Hunderternote sowie ein Visitenkärtchen heraus. «Damit kannst du dir was besorgen. Dafür gehst du morgen aber wieder zur Schwarzwaldbrücke. Wenn der Kerl auftaucht, dann sagst du ihm, dass dir nichts aufgefallen ist. Verstanden?»

André tupfte sich die Lippen und stierte auf den Geldschein. «Bist du ein Schugger?»

«Nein. Aber falls der Mann zurückkommt, verfolgst du diesmal *ihn*. Das hier ist ein Vorschuss.»

Raab wedelte mit der Hunderternote, dann mit dem Kärtchen. «Und hier findest du meine Telefonnummer. Wenn du mir eine brauchbare Information über ihn lieferst – eine Autonummer, eine Adresse, einen Namen –, bekommst du nochmals fünfhundert Stutz. Kapiert?»

Andrés Blicke wanderten vom Geld zu Raabs Gesicht und zurück. «Klar, Mann. Morgen werde ich ihn beobachten. Wie ein Detektiv.»

Raab drückte ihm die Hunderternote und das Kärtchen in die Hand und stand auf. «Aber kein Wort zu deinen Kollegen.»

«Klar, danke. Und vergiss beim nächsten Mal die fünf Hunderter nicht. Du weisst, wo du mich findest.»

Raab packte ihn am Unterarm und zog André auf die Beine. Der wankte, steckte das Geld in die Gesässtasche seiner schmutzigen Jeans.

Mit unsicheren Schritten und hochgezogenen Schultern stolperte er die Steinstufen zur Grenzacherstrasse hoch. Ein paar Mal drehte er sich dabei nach Raab um, der noch am Treppenfuss wartete, wie um sicherzugehen, dass ihm keine weiteren Schläge drohten.

Nach dem Rennen fühlten sich Raabs Rippen an, als sei er soeben vermöbelt worden. Mit dem Ärmel wischte er sich den Schweiss vom Gesicht, bevor er sich auf den Rückweg über das Stauwehr machte. Er hegte nicht die Hoffnung, dass er für sein Geld eine brauchbare Information bekäme. Oder dass André die Klappe hielte. Egal. Auch der grosse Unbekannte konnte von den Junkies nichts wirklich Nützliches erwartet haben. Die Aktion glich dem Einbruch in Raabs Wohnung. Jemand trieb bloss beschissene Spielchen mit ihm.

Aber niemand spielte ohne Grund.

20

Probst Occasionen prangte in grünen Lettern am Flachdach des verglasten Baus, der früher eine Tankstelle gewesen sein musste. Davor standen etwa zehn Fahrzeuge, noch recht passable Renaults, Mercedes, VWs, Suzukis und ein Fiat.

Mit dem Feldstecher konnte Raab durch die Frontscheibe des Subaru im Innern des Glasbaus einen silbergrauen Porsche auf einem kleinen Podest erkennen. Es musste das Prunkstück im Angebot von Benedikt Probst sein, der an einem Schreibtisch nahe der bodentiefen Scheibe in einem Stuhl fläzte und auf einen Computermonitor starrte: kurz geschorenes graues Haar, langes schmales Gesicht, ausgeprägtes Kinn.

Raab griff nach der Akte mit den Ausdrucken auf dem Beifahrersitz, die Nora zusammengestellt hatte. Das Foto von der Website der Modellfluggruppe Liestal zeigte zweifellos den Mann dort drüben. Probst war neunundvierzig Jahre alt, in Liestal aufgewachsen und Vater von zwei Kindern. Er wohnte in einem Mehrfamilienhaus an der Heidenlochstrasse, war aktiver Fasnächtler und Modellflugzeugbauer. Der gelernte Automechaniker hatte sich auf dem Militärflugplatz Payerne bis zum Chef Logistik hochgearbeitet, bevor der illegale Handel mit Armeematerial aufgeflogen war.

Nochmals guckte Raab mit dem Fernglas vom Parkplatz eines Industrieunternehmens über die Rheinstrasse in Füllinsdorf. Probst trug Hemd und Jackett, aber keine Krawatte. Hochbetrieb schien dort drüben nicht zu herrschen, Probst spielte Onlinepoker.

Dass Raab auf seinen Golf verzichten musste, stellte ein Problem dar. Mit dem Kleider- und Schminkfundus im Kofferraum könnte er sich jetzt umstylen. Er hatte nichts in den Subaru gepackt, weil er den schon bald irgendwo stehen liesse. Trotzdem wollte er Probst auf den Zahn fühlen, einen Eindruck von dem Kerl bekommen.

Raab stieg aus, überquerte die Rheinstrasse und schob die Glastür zum Showroom auf. Daran stand in weisser Schrift, dass das Geschäft ab zwölf für eine Stunde geschlossen wäre. In dreissig Minuten. Er warf einen kurzen Blick in die Runde, entdeckte das Steuerteil der Alarmanlage an der Wand hinter Probst, ein Mittelklassemodell, sowie ein Oberlicht an der Decke. Entspannt umkreiste er den Porsche 911, ein Carrera Cabrio. Das Preisschild hing am Rückspiegel: *CHF 27 800.–*

«Ein wunderbares Auto.» Fast lautlos hatte sich Probst vom Schreibtisch her genähert und neben ihn gestellt.

Raab drehte sich um und tat, als sähe er ihn zum ersten Mal. «Was können Sie mir darüber erzählen?»

Der Anzug von Probst hatte einen sonderbaren Blauton, seine Hände waren beinahe so gross wie Suppenteller und er trug einen goldenen Ehering. «Unser Spitzenmodell. Dreihundert PS, Ledersitze, Navigationssystem, Freisprechanlage, Stabilitätskontrolle. Übrigens, ich bin Benedikt Probst.»

Er streckte die Hand aus, Raab griff danach. «Hasler.»

«Es freut mich, Sie kennenzulernen. Was möchten Sie wissen über das Schmuckstück?»

«Wie viele Kilometer?»

«Hundertzehntausend. Erst ein Vorbesitzer.»

Raab biss sich auf den Daumennagel wie ein unschlüssiger Kunde und blickte auf seine Uhr. «Heute habe ich leider nicht viel Zeit.»

«Kein Problem.» Probst überspielte seine Enttäuschung gut.

«Mir war nicht bewusst, dass ein Occasions-Porsche so teuer ist. Dafür bekomme ich ja ein neues Auto.»

«Das schon, aber bestimmt keinen 911er. Neu kostet so einer über hundertfünfzigtausend. Der hier ist jeden Franken wert. Deswegen habe ich auch zwei Kunden, die den Kauf ernsthaft in Betracht ziehen.»

Ziemlich durchschaubar, der Köder. «Welches Baujahr?»

«2001. Aber unfallfrei, wie ich betonen möchte.»

Raab hatte im Leben genug an Karosserien geschraubt, um zu wissen, dass das eine Lüge war. Das bewies die leicht unregelmässige Fuge zwischen Fahrertür und Kotflügel. «Ist der Preis verhandelbar?»

«Durchaus, allerdings ist der Spielraum klein. Das ist jetzt schon ein Schnäppchen.»

Raab rümpfte die Nase. Nach seiner Einschätzung war der Porsche ein paar Tausend Franken zu teuer.

«Aber wir können Ihnen bei der Finanzierung helfen», ergänzte Probst. «Wir bieten Kredite mit fünf Prozent Zinsen an.»

Kein Wucher, aber auch nicht günstig. «Kommt der mit Garantie?»

«Ein Jahr ab Kauf.» Probst öffnete die Fahrertür und forderte Raab mit einer Handbewegung auf, sich hineinzusetzen.

Raab nahm Platz und umklammerte das Lenkrad. Mit den Fingerspitzen prüfte er die Nähte der Ledersitze und die Tasten des Navigationsgeräts. Er musste sich eingestehen, dass ihm das Auto gefiel. «Ist das der einzige Porsche in Ihrem Angebot?»

«Zurzeit ja. Aber es kommen immer wieder neue Fahrzeuge rein. Sie können mir gern Ihre Nummer hinterlassen. Dann würde ich Sie anrufen.»

Mit dem Fingernagel schnippte Raab gegen das schwarze Verdeck aus Stoff. «Ein Cabrio suche ich eigentlich nicht.» Er stieg aus dem Porsche. «Im Winter bin ich oft in den Bergen, wissen Sie. Aber ich fahre jeden Tag hier vorbei. Ich schaue einfach wieder rein.»

«Gern, jederzeit.»

Probst holte eine Visitenkarte vom Schreibtisch und drückte sie Raab in die Hand. «Ich wünsche Ihnen einen schönen Tag, Herr Hasler.»

Raab verliess den Showroom und kehrte zu seinem Subaru zurück. Probst hatte einen professionellen Eindruck auf ihn gemacht. Den potenziellen Kunden hatte er geködert, ohne aufdringlich zu sein. Die Lüge mit dem unfallfreien Wagen kreidete Raab ihm nicht an. Das gehörte zum Geschäft.

Raab wartete, bis Probst sich wieder dem Pokerspiel auf dem Monitor widmete. Er startete den Subaru und nahm die Rheinstrasse in Richtung Liestal.

Am Kreisel hinter dem Aldi wendete er, fuhr zurück und an der Garage vorbei bis zum Parkplatz eines Waschmittelherstellers. Zehn vor zwölf. Vermutlich fuhr Probst über Mittag nach Hause, mit dem Auto hätte er bloss zehn Minuten. Vielleicht bot sich Raab ja die Gelegenheit, die Geschäftsräume etwas genauer unter die Lupe zu nehmen.

Er lehnte sich zurück in seinen Sitz und schloss die Augen. Die Nacht mit Jo war wunderbar gewesen, doch jetzt zahlte er den Preis dafür. Wie gern würde er eine Stunde pennen.

Als Raab die Augen öffnete, fuhr Probst gerade an ihm vorbei in Richtung Pratteln. Er blickte auf die Uhr am Armaturenbrett, Punkt zwölf. Er musste eingenickt sein.

Mist. Und wieso fuhr Probst nicht nach Hause?

Raab nahm die Verfolgung auf. Der Verkehr war spärlich und der kleine weisse Mercedes nicht zu übersehen. Er liess sich weit zurückfallen.

Probst blieb auf der Rheinstrasse, ignorierte den Abzweiger zur Autobahn und lenkte das Auto ins Zentrum von Pratteln. Beim Schloss bog er links ab und gelangte über mehrere Strässchen in ein Wohnquartier. Dort musste Raab aufschliessen, viel zu nahe für seinen Geschmack.

Kurz darauf stellte Probst den Mercedes am Höhenweg auf dem Vorplatz eines einstöckigen Hauses mit grünen Fensterläden ab. Es machte einen gepflegten Eindruck, gestutzte Büsche schmückten den Vorgarten, ein braun gestrichener Lattenzaun umgab das Grundstück.

Fünfzig Meter hinter Probst bremste er den Subaru am Trottoir ab, schaltete den Motor aus und rutschte auf dem Sitz nach unten. Nur knapp konnte er über das Armaturenbrett blicken.

Probst stieg aus und schaute über die abschüssige Strasse her. Als sein Blick den Subaru erfasste, liess er ihn einen Moment darauf ruhen.

Raab sank noch tiefer in den Sitz. Er glaubte nicht, dass Probst ihn wahrgenommen hatte. Aber der Wagen hätte ihm auffallen können.

Probst machte ein paar Schritte auf ihn zu.

Raab griff nach den Kabeln unter der Lenksäule, um den Motor zu starten.

Da blieb Probst stehen, drehte sich um und schaute zurück zum Einfamilienhaus.

Eine Frau um die dreissig mit schwarzen krausen Haaren stand in braunem Lederrock und mit einem beigen Cardigan vor dem Eingang. Sie sagte etwas und winkte.

Probst hob die Schultern. Kurz blickte er nochmals zum Subaru, zögerte, wandte sich aber um. Er übersprang die zwei Stufen hoch zur Tür und küsste die Frau auf den Mund, bevor sie ins Haus verschwanden.

Nora hatte ihm kein Foto von Frau Probst geschickt. Doch Raab vermutete vom Alter her, dass es nicht die dort vorn war. Er griff nach dem provisorischen Zündschlüssel, wollte ihn schon drehen, da wischten Gardinen am Fenster neben der Haustür zur Seite. Probst starrte zum Subaru.

Raab regte sich nicht im Sitz.

Das Gesicht der Frau erschien neben Probst. Sie küsste ihn auf die Wange, dann drehten sich beide weg vom Fenster.

Raab setzte sich auf. Zweifellos hatte Probst Verdacht geschöpft. Aber was auch immer die Frau ihm zu bieten hatte – ein warmes Mittagessen oder Sex –, interessierte ihn zurzeit mehr als ein alter Subaru. Das würde sich nach der Mittagspause ändern.

Raab startete den Motor. Ob Frau Probst wohl Bescheid wusste über die Affäre ihres Mannes?

21

Shit. Raab stopfte die Hände in die Taschen seiner Lederjacke. Hinter einem Zaun rechts der Strasse erstreckte sich eine grosse Parkfläche, links reihten sich hinter Gehegen mehrere drei- und viergeschossige Industriebauten aneinander. *SR Technics* prangte in grossen Lettern an einem davon, *DHL* an einem anderen. Und geradeaus, hinter einer Absperrung mit Überwachungskameras am oberen Rand, ragte der fünfstöckige Betonbau in die Höhe, in dem die Firma Euroheli ihren Sitz hatte.

Den einzigen Weg dorthin blockierte eine rot-weiss gestrichene Schranke, über die ein Uniformierter in einem Häuschen wachte. Keine Chance, auch nur in die Nähe von Oskar Gruber zu kommen. Der Chef von Euroheli und zweite Komplize von Mülli war gut abgeschirmt.

Raab machte sich auf den Rückweg zum Flughafenterminal. Das einzig Positive an seinem Abstecher war, dass er die Autos mit den vertauschten Kennzeichen auf dem Langzeitparkplatz unverändert vorgefunden hatte. Offenbar hatte niemand den Autoklau bemerkt.

Nach fünf Minuten Fussmarsch erreichte Raab die Bushaltestelle vor dem EuroAirport; der nächste 50er würde in zehn Minuten fahren – genug Zeit zum Pinkeln.

In der Ankunftshalle des Terminals herrschte an einem Dienstagnachmittag im November nicht viel Betrieb. Im Café blätterte eine Mutter mit ihrer Tochter durch ein Bilderbuch, zwei Männer spielten am Flipperkasten und lästerten in schottischem Akzent über den Torhüter von Celtic Glasgow, eine Businessfrau checkte vor den Toiletten ihr iPhone.

Ein kurzer Blick durch die offene Tür zum Herren-WC zeigte Raab einen Teenager, der am Pissoir stand.

Deswegen ging er ein paar Schritte weiter zum Informationsschalter und tat, als ob er die Flugblätter an einem Anschlagbrett lese. Raab wollte nicht eingepfercht sein in einem hellen Raum mit jemandem, der sich unnötig an ihn erinnern könnte.

Mann, brauchte der vielleicht eine Zeit… Raab überflog den Veranstaltungskalender und die Filme in den Basler Kinos. Sein Blick blieb an einem A4-Blatt hängen. Zunächst hielt er es für Werbung. Doch ein kalter Schauer schoss ihm über den Rücken, als er das abgebildete Gesicht erkannte. Fast genau sein eigenes, nur gezeichnet von einem Computer und verdammt nahe dran an der Wirklichkeit.

Doppelmord in Hölstein – Zeugen gesucht

In der Nacht auf Samstag wurde in Hölstein BL ein Ehepaar von einem Unbekannten ermordet. Eine sofortige Fahndung nach dem Täter blieb ohne Erfolg. Der Mann wird wie folgt beschrieben: zirka 175 Zentimeter gross, 40 bis 50 Jahre alt, schlanke Statur, er trug eine schwarze Windjacke und schwarze Jeans. Zudem führte er einen dunklen Rucksack mit sich. Die Polizei sucht Zeugen. Personen, die Angaben über den Täter machen können, werden gebeten, sich bei der Einsatzleitzentrale der Polizei Basel-Landschaft in Liestal zu melden, Telefon 061 553 35 35.

Ein Dutzend Gedanken gingen Raab gleichzeitig durch den Kopf. Niemals hätten die so ein Phantombild allein mit dem Video der Überwachungskamera zeichnen können. Wer also hatte ihn beobachtet? Jemand im Bus nach Hölstein vielleicht? Einem der jungen Nachtschwärmer hätte er durchaus auffallen können. Ob die Wartenden im Terminal das Bild auch gesehen hatten und ihn jetzt anstarrten? Raab zwang sich dazu, sich nicht umzudrehen.

Der Teenager verliess die Herrentoilette.

Mit gesenktem Blick lief Raab zu einer Kabine und schloss sich ein. Er befand sich auf französischem Boden. Falls ihn tatsächlich jemand erkannt hatte, würde draussen jetzt ein Trupp der Gendarmerie mit Maschinenpistolen im Anschlag aufmarschieren. Er musste weg, irgendwie!

Er öffnete die Kabinentür. Es gab keine Fenster im Toilettenraum, nur ein Weg führte hinaus.

Bleib cool, verdammt!

Die Leute in der Ankunftshalle hatten ihm keinerlei Beachtung geschenkt. Wer guckte sich schon die Aushänge an so einem Anschlagbrett genau an? Er selbst war ja bloss durch Zufall auf den Zeugenaufruf gestossen.

Trotzdem schloss Raab die Kabine noch mal. Er lehnte sich gegen die Holzwand, atmete durch. Wer auch immer den Aufruf ausgehängt hatte – ein Polizist oder ein Angestellter des Flughafens – hatte das Bild bestimmt genau studiert. Möglicherweise waren weitere Kopien an alle Zöllner verteilt worden. Bis auf Weiteres würde er einen weiten Bogen um den Flughafen machen müssen. Oder sein Aussehen verändern. Am besten tat er gleich beides. Aber zuvor müsste er noch heil aus dem Terminal kommen und die Busfahrt in die Stadt überstehen. Zu Fuss gehen kam nicht infrage, auf der Zollfreistrasse fiele er sofort auf.

Raab kramte in seinen Jacken- und Hosentaschen. *Idiot!* Hätte er vorhin beim Auto doch ein paar Sachen aus dem Kleiderfundus eingepackt. Wenigstens fand er eine Sonnenbrille, ein Baseballcap sowie eine Hygienemaske.

Raab setzte alles auf und schlüpfte hinaus in den Toilettenraum. Er war allein. Im Vorbeigehen kontrollierte er sein Spiegelbild. Wer trug heutzutage noch eine Hygienemaske? Er nahm sie schnell ab und stopfte sie in die Hosentasche. Mütze und Brille mussten genügen. Den Schirm der Mütze tief im Gesicht, sammelte er sich und verliess die Toilette.

Draussen warteten keine Gendarmen.

Auf dem Weg zum Ausgang lag eine Zeitung auf einer Bank. Er steckte sie im Vorbeigehen ein.

Vor dem Terminal wartete der 50er, ein grosser Gelenkbus, einige Passagiere sassen bereits drin. Raab stieg ganz hinten ein und setzte sich in die letzte Reihe, von wo aus er den Fahrgastraum im Blick hatte: zwei Teenager, die am Handy klebten, eine Grossmutter mit Dutt und einem grossen Koffer, ein weissbärtiger Mann mit Aktentasche, ein junges Paar mit einem Kinderwagen.

Raab klappte die Zeitung auf – eine *L'Équipe* – und verbarg sein Gesicht dahinter. Die Türen schlossen sich und er atmete auf, als der Bus losfuhr. Doch nach ein paar Metern stoppte er nochmals und ganz vorn stiegen drei BVB-Kontrolleure ein.

Verfluchte Scheisse!

Wären ihm die drei Männer bloss draussen aufgefallen, dann hätte er den nächsten Bus genommen. Wenigstens war Raab nie so blöd, schwarzzufahren.

Die drei Kontrolleure verteilten sich, einer kam direkt auf Raab zu. Der liess die Zeitung sinken und kramte in seiner Jacke nach dem U-Abo, einer

Jahreskarte. In den Aussentaschen fand er es nicht, in der Innentasche ebenso nicht.

«Ticketkontrolle.» Der Mann, ein kleiner, stämmiger Kerl mit Halbglatze und Ring im Ohrläppchen, baute sich vor ihm auf.

«Moment, ich hab es irgendwo…» Raab stand auf und suchte in den Taschen seiner Jeans. Verflucht noch mal, hatte er das Abo etwa doch nicht eingesteckt?

Der Mittfünfziger machte ein Gesicht, als ob er diese Schwarzfahrer-Show mehr als zur Genüge kenne. Er musterte Raab von Kopf bis Fuss.

«Einen Moment, ich hab es gleich…»

Ein zweiter Kontrolleur gesellte sich dazu, ein hagerer Kerl, der wohl kurz vor der Pensionierung stand. Die beiden Männer wechselten einen wissenden Blick.

Raab überlegte eine Flucht. Die beiden sollte er problemlos überwältigen können, wenn er mit der Notbremse den Bus stoppen würde. Draussen auf der Zollfreistrasse trennte ihn nur ein Maschendrahtzaun von Frankreich. Den hätte er im Nu überwunden.

«Was ist jetzt mit Ihrem Ticket? Haben Sie alle Taschen durch?», fragte der Kleine mit dem Ring im Ohr.

Jetzt kam auch der dritte BVB-Mann heran, vielleicht dreissig Jahre alt, mit Bürstenschnitt und kräftiger Statur. Der Kerl fiel in eine andere Kategorie, den müsste er sich zuerst vornehmen.

Die drei taxierten Raab mit ihren Blicken. Die übrigen Passagiere drehten sich zu ihnen und Raab her.

Er ballte die Fäuste in den Jackentaschen und ging leicht in die Knie, bereit für den Angriff. Da streiften die Knöchel seiner linken Hand etwas in der Jackenaussentasche, einen harten Plastikrand. Das U-Abo! Raab zog es schnell heraus und hielt es den Kontrolleuren vor die Nasen. «Bitte schön.»

Die Passagiere wandten sich ab.

«Danke», sagte der Kleine. Es klang enttäuscht.

Raab setzte sich schnell und blätterte die Zeitung wieder auf.

Zwei Minuten später hielt der Bus vor dem *Airport Hotel*. Raab verliess ihn, obwohl er den Subaru zwei Haltestellen weiter parkiert hatte. Auf dem Trottoir atmete er durch, als der Bus anfuhr. Die paar Hundert Meter ging er gern zu Fuss.

22

Am Abend in Lauwil schnitt sich Raab im Badezimmer vor dem Wandspiegel die Haare mit einer Schere ab. Als die Büschel weg waren, verteilte er Rasierschaum über die verbliebenen Stoppeln und fuhr sich mit einem Nassrasierer über den Schädel, bis er kahl war. Nachdem er die letzten Reste Rasierschaum abgewaschen hatte, sah Raab einen asketisch wirkenden Mann mit Glatze im Spiegel – einen Geistlichen oder Professor vielleicht. Um das Bild zu vervollständigen, setzte er eine rahmenlose Brille mit Fenstergläsern auf.

Okay.

Mit ein paar Polstern unter Wangen und Oberkörper sowie einem Bart – vielleicht einem borstigen Schnauzer – könnte er sich morgen wieder unter Menschen wagen. Er legte die Brille am Rand des Waschbeckens ab und begab sich in die Küche, wo er das Frühstücksgeschirr abwusch. Die Luft fühlte sich ungewohnt kühl an auf der Kopfhaut.

Er beschloss, dem Abwasch gleich eine Putzaktion folgen zu lassen. Der Besuch von Jo hatte seinen Blick geschärft für Dinge, die er in den letzten Wochen vernachlässigt hatte. Raab schrubbte den Kühlschrank, taute das Gefrierfach ab, säuberte Herd und

Backofen. Er warf alte Gewürze weg, brachte schrumpelige Tomaten zum Kompost und sortierte Dosen aus. Wieso hatte er Ananasscheiben im Schrank, wo er das Zeugs doch hasste? Schliesslich saugte er die Fliesen und ging mit einem Wischmopp darüber.

Zufrieden mit sich selbst machte er sich eine Tasse Tee. Er setzte sich an den Küchentisch, löschte das Licht und genoss die Stille der Nacht. Es hatte aufgeklart, durch das Fenster konnte er Sterne am Himmel funkeln sehen. *Schön.* Seit seiner Jugend betrachtete er die Nacht als Verbündete. Kein Wunder, schliesslich half sie ihm seither dabei, seinen Lebensunterhalt zu verdienen. Doch es gab weitere Gründe, weshalb er die Dunkelheit mochte: Sie war nicht einfach schwarz, vielmehr bestand sie aus zahlreichen Grautönen, in die sich zuweilen ein Hauch von Blau oder Grün mischte. Besonders intensiv empfand er das Farbenspiel bei Neumond, bei dem auch die hässlichsten Orte ihre Kanten verloren.

Er überlegte, ob er einen Spaziergang machen sollte. Doch für einmal musste Raab sich eingestehen, dass er diese Nacht mit jemandem teilen möchte. Er fühlte sich einsam und wünschte, Jo wäre hier. Mit ihr könnte er die Dunkelheit erkunden, über das Fahndungsplakat und seine Blödheit reden. Und bestimmt hätte Jo ein paar Tipps für morgen. Auf dem Rückweg zum Auto hatte Raab das Gymnasium

Liestal angerufen und – nach einigem Herumfragen – eine Kollegin der ermordeten Judith Müller ans Telefon bekommen. Sie würde dem vermeintlichen Journalisten der *Appenzeller Zeitung* am Mittwochvormittag Auskunft über ihre Freundin geben. Immerhin.

Genug, er mochte nicht länger Trübsal blasen. Raab machte Licht und mischte sich aus Naturejoghurt, Bananen und Flocken ein Müesli. Mit der Schale in der Hand begab er sich ins Wohnzimmer, wo er das Radio anknipste und sich in den Sessel plumpsen liess. Es lief gerade die Übersicht der Nachrichten: «Terroranschlag in Grossbritannien, Kinderschänder in der katholischen Kirche, lukrative Nebenverdienste von Schweizer Politikern …» Raabs Stimmung sackte wieder in den Keller, er schaltete das Radio aus.

Vielleicht half eine Platte von John Lee Hooker. Er kramte *The Healer* aus dem Stapel und legte sie auf. In seinem Sessel löffelte er das Müesli, als ein Signalton den Eingang einer Nachricht anzeigte. Raab griff nach dem Handy, sie stammte von Gaby Bernasconi, seiner Kindheitsfreundin aus Birsfelden:

Rate mal, wen ich heute getroffen habe: deinen Schulschatz.

Er starrte auf das Display und tippte: *Wen?*

Corinne Karrer. Sie würde dich gern mal wieder sehen. Sie meint, du schuldest ihr noch einen Tanz.

Dass er vor vierzig Jahren in Corinne verknallt gewesen war, hatten einige gewusst – und sich darüber lustig gemacht. Doch die romantische Bezeichnung «Schulschatz» traf nun wirklich nicht zu. Leider. Noch lange nach der Party auf der Kraftwerkinsel hatte sich Raab gefragt, was hätte sein können.

Er überlegte noch, was er Gaby schreiben sollte, als das Handy klingelte. *Jo!*

«Schön, von dir zu hören.»

Jo seufzte unerwartet tief und mit einem seltsamen Timbre. «Bei uns ist eingebrochen worden», sagte sie leise.

Er setzte sich kerzengerade auf. «Alles okay?»

«Ja, uns geht es gut. Wir waren in der Stadt, Nora brauchte neue Jeans. Vor einer halben Stunde sind wir zurückgekommen, da haben wir es entdeckt.»

Bestimmt war es der gleiche Mistkerl, der das Foto von der Pinnwand seiner Basler Wohnung geklaut hatte. «Was fehlt?»

«Mein Laptop, dazu etwas Bargeld aus der Kommode in der Diele. Der Fernseher und Noras Computer sind aber noch da, genau wie das wenige an Schmuck, das wir besitzen.» Es folgte eine kleine Pause. «Es ist ein bisschen unheimlich, dass das schon wieder geschieht.»

Bereits vor einem guten Jahr war in die Wohnung von Jo und ihrer Tochter im Gundeldingerquartier eingebrochen worden, als Raab einem römischen Silberschatz hinterherjagte.

«Packt zwei Taschen mit etwas Kleidung, dann kommt zu mir nach Lauwil. Du kannst die Polizei von hier aus anrufen.»

«Nein», antwortete sie bestimmt. «Von so etwas lasse ich mich nicht aus meiner Wohnung vertreiben. Nora sieht das ähnlich. Wir verkraften das. Und die Polizei ist schon unterwegs hierher.»

«Soll ich zu euch kommen? In einer Stunde wäre ich da.»

«Das ist nicht nötig. Ich wollte es dir nur sagen. Und deine Stimme hören.»

Raab stellte die Müeslischale auf den Beistelltisch und lehnte sich zurück in seinem Sessel. «Mir tut es auch gut, mit dir zu reden. Ich hatte gerade den Blues.»

«Kein Wunder, wenn du John Lee Hooker auflegst.»

Sie kannte sich mittlerweile gut aus mit Bluesmusik, er musste schmunzeln. «An meiner Stimmung ist der nicht schuld. Ich vermisse dich. Mit einem einzigen Besuch hast du mir mein Einsiedlerleben verdorben. Jetzt fehlt etwas.»

«Das höre ich gern.»

«Wie wäre es, wenn wir in Basel zusammen eine Wohnung suchen würden?» Kaum waren die Worte aus seinem Mund geschlüpft, bereute er sie schon. Solange er Brüche machte, würde Jo unmöglich mit ihm leben wollen – nur schon Noras wegen. «Sorry, das war dumm von mir. Ich weiss, dass das nicht geht.»

«Danke, dass du das verstehst.» Sie seufzte. «Der Einbruch heute macht mir zu schaffen. Der Kerl hat meinen Schreibtisch durchwühlt. Und auf meinem Laptop sind alle meine Artikel und Recherchen drauf. Dazu persönliche Briefe, Familienfotos, Banksachen, meine Mails. Mein ganzes Leben. Es kotzt mich an, dass irgendein Arsch jetzt darin herumschnüffelt. Und wenn ich dann daran denke, dass solche Diebstähle praktisch Alltag für dich sind …»

Darauf fiel Raab keine passende Antwort ein.

Jo schwieg lange, viel zu lange.

Raab schloss die Augen, sackte tiefer in seinen Sessel. Die Worte kamen ihm nur schwer über die Lippen. «Willst du mich nicht mehr sehen?»

Wieder folgt eine Pause. «Vermutlich wäre das klug. Doch ich kann nicht», sagte sie schliesslich. «Ich liebe dich, Raab. So, jetzt habe ich es gesagt.»

Sein Herz machte einen kleinen Sprung. «Ich dich auch, Jo.»

«Schön. Dann haben wir das jetzt mal geklärt.» Sie schwieg für eine Weile. «Aber irgendwann wirst du dich entscheiden müssen zwischen deinem Job und mir.»

Augenblicklich wurde ihm klar, dass das der Wahrheit entsprach. Er blieb stumm.

«Aber ich setze dich nicht unter Druck. Möglicherweise sehe ich das wieder entspannter, wenn ich darüber geschlafen habe.»

«Okay.» Mehr fiel ihm nicht ein. Obwohl er es sich wünschte, wusste Raab, dass ihre beiden Welten nicht auf Dauer zusammenpassten.

Sie atmete laut hörbar ein und aus. «Einen Schlüsseldienst muss ich jetzt noch anrufen, der mir etwas einbaut. Und morgen dann die Versicherung.»

«Wie ist der Kerl reingekommen?»

«Klassisch. Das Schloss ist aufgebrochen.»

«Das muss ganz schön Lärm gemacht haben.»

«Frau Studer oben hört schlecht. Und das Paar unter uns hat zwei kleine Kinder.»

Trotzdem war der Einbrecher ein grosses Risiko eingegangen. Ob Müllis Mörder in Panik geriet, weil Raab ihm auf den Fersen war? Raab biss sich auf die Zunge, er wollte Jo nicht beunruhigen.

«Denkst du, dass es Müllis Mörder war?», fragte Jo.

Sie war zu schlau. «Schwer zu sagen. Er weiss einiges über mich, also kennt er vermutlich auch deinen Namen. Vielleicht gehört das zu den Spielchen, die er treibt. Oder es war doch ein ganz normaler Einbruch. Bist du sicher, dass du nicht mit Nora nach Lauwil kommen willst?»

«Absolut.»

«Wenn die Polizei auftaucht, lass dir einen Ausweis zeigen. Lass sie nicht vorher rein, okay?»

«Ja, Chef.»

«Und vergiss den Schlüsseldienst, der ist nur unnötig teuer. Verbarrikadiere die Tür irgendwie, ich werde morgen bei dir ein paar richtig gute Türschlösser einbauen. Die bricht keiner so leicht auf. Du hättest nach dem letzten Mal-»

«Ich weiss, ich weiss», unterbrach sie ihn. «Ich hätte auf dich hören sollen. Danke, dass du das tust. Diesmal darfst du dich austoben mit deinen Spielsachen. Versprochen.»

Er grinste. «Du klingst schon fast wieder wie du.»

Einen Augenblick herrschte Schweigen. Niemand wollte zuerst auflegen.

«Hast du das Fahndungsplakat der Baselbieter Polizei gesehen?», fragte Raab.

«Nein.»

«Es gibt eine Phantomzeichnung von mir, die ziemlich gut ist. Deswegen bin ich ab sofort als Glatzkopf unterwegs. Alain Berset und Gölä können einpacken.»

«Das ist nicht lustig. Woher wissen die, wie du aussiehst?»

«Das frage ich mich auch. Das Plakat hing am EuroAirport, vielleicht ist es über die ganze Region verteilt. Habt ihr es bei der Zeitung denn nicht gekriegt?»

«Gesehen habe ich nichts bis jetzt, aber ich werde mich schlaumachen. Könnte Regierungsrat Kaiser dahinterstecken?»

Bei einem Bruch im vergangenen Jahr, als Raab die Escortdame Laura kennenlernte, hatte er den Tresor des korrupten Basler Baudirektors leergeräumt. Der wusste das und hatte Rache geschworen. Weil Raab darin aber gestohlene Artefakte gefunden und alles mit Fotos dokumentiert hatte, waren Kaiser die Hände gebunden. «Wie kommst du auf den?»

«Er ist nicht nur Bau-, sondern auch Verkehrsdirektor. Deswegen sitzt Kaiser von Amtes wegen im Verwaltungsrat des Flughafens. Und er weiss, wie du aussiehst.»

Shit. «Sein Name ist bisher nirgends aufgetaucht, aber überraschen würde es mich nicht. Der hat doch überall seine Finger drin.»

«Nimm dich vor dem in Acht, der kennt keine Skrupel.» Im Hintergrund erklang eine Glocke. «Ich muss Schluss machen, das ist bestimmt die Polizei.»

Als Jo die Verbindung getrennt hatte, starrte er lange auf das Handy in seiner Hand. Sollte Kaiser wirklich mitmischen, sässe Raab tief in der Tinte. Wie kam er da bloss wieder raus?

23

Die zweite Nacht in Folge fand Raab kaum Schlaf. Um zwei Uhr starrte er immer noch auf die Holzbalken an der Decke.

Sie sagt, du schuldest ihr noch einen Tanz.

Wieso bloss liess ihn eine so banale Sache nicht zur Ruhe kommen? Seine Gedanken kreisten um Corinne, die bestimmt längst nicht mehr so hübsch aussah. Erinnerungen aus der Jugend liessen sich leider nicht abstreifen wie eine zweite Haut.

Draussen hörte er ein eigenartiges Naturgeräusch. Er hob den Kopf, lauschte. Klang so nicht das Heulen eines Wolfs? Letzte Woche hatte er von einem Jungtier gelesen, das Bauern in der Region gesehen haben wollten. Raab hatte es als Märchen abgetan.

Er legte den Kopf wieder auf das Kissen und kehrte zurück zum Juni 1984. Zur Party auf der Kraftwerkinsel. Statt mit Corinne zu tanzen, hatte er sie stehen lassen und sich mit Lars und Fips auf den Weg nach Muttenz gemacht. Um jemandem einen Streich zu spielen. Der Jungfussballstar Lars besass ein Puch Maxi, metallisch-blau lackiert. Der letzte Schrei…

Fips und Oli auf ihren Fahrrädern krallen sich an Lars' Armen fest und lassen sich mitziehen.

«Wusstet ihr, dass Birsfelden früher zu Muttenz gehörte?», ruft Lars über den Motorenlärm hinweg. «In unserer Gemeinde lebten viele Arbeiter und die stinkreichen Muttenzer behandelten sie wie Dreck. Nicht mal eine Schule wollten sie ihnen hinstellen. Irgendwann hatten die Birsfelder die Nase voll und verlangten eine eigene Gemeinde. Doch Muttenz wehrte sich lange dagegen. Erst 1875 wurde Birsfelden selbstständig.»

Zu dritt querten sie die Passerelle über der Autobahn und den Bahngleisen, danach erreichten sie Muttenz.

«Es wird Zeit, dass wir diesen Schwachköpfen eine Lektion erteilen», ruft Lars.

Der kühle Fahrtwind lässt Olis Kopf wieder halbwegs klar werden. Er vermutet, dass Lars' Pläne mehr mit der Eins-zu-vier-Niederlage zu tun haben, welche die Birsfelder B-Junioren kürzlich von den Muttenzern kassiert haben. Was Lars wohl unter einer «Lektion» versteht?

Sie kreuzen die St. Jakobs-Strasse, bei den Sportanlagen Margelacker stoppt Lars sein Mofa schliesslich vor einer riesigen Baustelle. Ein zwei Meter hoher Zaun umgibt das Gelände, Stacheldraht verläuft über dessen Krone.

«Sie bauen einen neuen Fussballplatz mit Leichtathletik-Laufbahn, es gibt Tribünen mit Garderoben und einem Café, alles topmodern. Diese Angeber.» Lars tritt

vor das Tor aus Maschendraht und deutet auf das Schloss. «Jetzt bist du dran, Oli.»

Kurz nach zehn Uhr abends ist es noch viel zu hell für seinen Geschmack. Ein Parkplatz und eine Strasse trennen sie von den nächsten Wohnhäusern, sie stehen bloss einen Steinwurf entfernt. «Weshalb sind wir hier?», flüstert er.

«Geschenke übergeben.» Lars zieht seinen Rucksack von der Schulter und öffnet den Schnappverschluss. Er holt ein rotes Stück Stoff heraus und spannt es zwischen seinen Händen auf: eine grosse Flagge von Birsfelden mit den drei gelben Sternen auf rotem Grund – dem Sternenfeld – und dem weissen Wellenbalken darüber – der Birs. «Die hängen wir schön sichtbar auf. Das zweite Geschenk ist noch besser.» Er fischt ein aufgerolltes Banner aus dem Rucksack. «Halt mal, Fips.»

Der greift sich ein Ende und Lars rollt den Stoff ab. Einen halben Meter hoch und zwei Meter breit steht darauf in grossen schwarzen Lettern: «Muttenz stinkt!!»

Lars grinst. «Die werden sich grün und blau ärgern.»

Er muss den Streich vor Tagen ausgeheckt haben. Die «spontane Idee» vorhin auf der Kraftwerkinsel ist also bloss Show gewesen. Die Bauarbeiter werden Flagge und Banner am Montag einfach in den Müll schmeissen, kein Fussballer wird sie je zu Gesicht bekommen. Trotzdem spürt Oli sich selbst lächeln. Wenigstens über das Wochenende bleiben die Dinger hängen. Und in Birsfelden werden sie angeben können mit ihrer Aktion.

«Ich weiss nicht recht.» Fips klingt, als sei er auf dem Weg nüchtern geworden. «Das ist doch Einbruch, oder?»

«Wir wollen ja nichts stehlen, im Gegenteil«, erwidert Lars. «Wir bringen ihnen etwas.»

«Und wenn sie uns erwischen?», jammert Fips.

Lars wendet sich Oli zu. «Und was ist mit dir? Scheisst du dir auch in die Hose?»

Statt einer Antwort zückt er das Etui mit den Picks aus der Hosentasche. Er hat das Gefühl, als ob ihn das Torschloss schon magisch anzieht.

«Du bist mein Mann.» Lars klopft ihm auf den Rücken. «Und du kannst an der Strasse Schmiere stehen», befiehlt er Fips.

Oli kniet sich vor den Griff und sieht sich das Schloss an. Es ist ein einfaches Modell, vermutlich nur fünf schlichte Stifte. Unter normalen Umständen könnte er es rasch knacken. Aber mit der Aufregung und dem ganzen Panaché intus ist er sich seiner Sache nicht so sicher.

Er schiebt den Spanner ins Schloss und setzt den Zylinder unter Druck. Mit der anderen Hand steckt er den Haken hinein, tastet nach dem hintersten Stift und drückt ihn mit dem Haken leicht nach oben. Einer geschafft. Er blendet alles andere aus: die Helligkeit, den Schwindel, die Wohnhäuser, den Verkehr, Lars und Fips. Alles tritt in den Hintergrund, während er tastend einen Stift nach dem anderen bearbeitet. Jeden setzt er genau in die richtige Position. Als er zum letzten kommt und auch den hinaufschiebt, springt das Schloss geradezu von selbst auf. Oli drückt den Griff und öffnet das Maschendrahttor.

«Hammer!» Lars zieht ihn auf die Beine und gibt ihm einen Boxhieb an die Schulter.

Sie gehen hintereinander durchs Tor. Über das Gelände verteilt stehen Bagger, Radlader und Planierraupen, zwei Kipplaster, ein kleiner Kran, mehrere Zementmischer. Dem Zaun entlang stapeln sich Abflussrohre und Holzbretter, neben einem Baucontainer lagern Säcke.

«Wo sollen wir unsere Geschenke aufhängen?», fragt Lars.

Oli bewegt sich nicht und geniesst das Gefühl. Er verspürt keinerlei Unsicherheit mehr, jeder Zweifel ist verflogen. Stattdessen lässt er seinen Blick über die weite Fläche gleiten, sucht automatisch nach Fluchtwegen und Gefahrenquellen. Die Angst, die er noch vor fünf Minuten verspürt hat, ist einem erregenden Kribbeln gewichen.

«Hier.» Lars drückt ihm die Flagge, eine Rolle Schnur und ein Sackmesser in die Hand. «Häng das an den Kran dort drüben.»

Oli macht sich auf den Weg quer über den Platz, den Gräben für die Rohre überziehen. Der Kran steht am Rand einer betonierten Baugrube, die gelben Metallverstrebungen reichen zehn Meter hoch, er wird über eine Fernsteuerung bedient. Oli steckt die Flagge in den Bund seiner Hose und klettert hinauf.

Rasch gelangt er auf eine Höhe, von der aus er einen guten Rundblick hat. Das dürfte reichen. Er schneidet ein Stück Schnur ab, fädelt es durch eine Öse der Flagge und befestigt sie auf der Seite des Krans, die der Strasse zugewandt ist.

In dem Moment springt unten auf der Baustelle ein Motor an.

Was zum Teufel?

Ein Minibagger bewegt sich auf seinen Raupen vorwärts und zerquetscht ein Abflussrohr.

«Lars, verdammt noch mal, bist du verrückt?», schreit Oli. Er lässt die Flagge an nur einer Ecke flattern und klettert so rasch wie möglich hinunter. Zwei Meter über dem Boden springt er ab.

Als er schwer auf hartem Grund landet, hat Lars mit der Schaufel eine mobile Toilettenkabine zerstört, Zementsäcke aufgerissen und deren Inhalt über einen Muldenkipper verstreut. Dabei lacht er hysterisch in der Fahrerkabine. Als Nächstes nimmt er sich einen Lastwagen vor und drückt dessen Frontscheibe ein.

Fips kommt angerannt. «Was tut der Idiot?»

Sie laufen zum Bagger, rudern mit ihren Armen, wollen Lars stoppen.

«Hast du sie noch alle?», schreit Fips. «Hör auf!»

Doch Oli erkennt, dass es zwecklos ist. Lars starrt mit einem verzerrten Grinsen und aufgerissenen Augen auf die Trümmer und sucht sich neue Ziele für seine Zerstörung.

In der Ferne hören sie eine Sirene.

Fips packt ihn am Arm. «Wir müssen abhauen!»

Oli macht einen letzten Versuch, winkt. «Die Schugger! Wir müssen verschwinden.»

Fips ist losgerannt und hat bereits das halbe Feld überquert. «Oli! Komm schon!», ruft er.

Die Sirenen nähern sich.

Oli schaut Lars in die Augen. Okay, wenn der es so haben will. Er sprintet hinter Fips her. Fast hat er das Maschendrahttor erreicht, als er hinter sich ein lautes Knirschen hört. Er dreht sich um und bekommt gerade noch mit, wie der Minibagger rückwärts in die Baugrube abstürzt.

«Oli, nicht!» Fips schreit panisch.

Doch Oli hat bereits kehrtgemacht und rennt zurück. Am Grubenrand sieht er den Bagger vier Meter unter sich gekippt auf dem Beton liegen, das zertrümmerte Führerhaus und darin das reglose, blutüberströmte Gesicht von Lars. Die Sirenen …

Hinein mischte sich das Heulen aus dem Wald. Es brachte Raab zurück nach Lauwil. Er lauschte, vernahm es ein weiteres Mal. Jetzt war er sich sicher, dass da draussen tatsächlich ein Wolf herumstreunte. Raab machte das keine Angst, im Gegenteil. Es vertrieb das Gefühl von Einsamkeit.

24

Gemütlich wirkte die Mensa am Gymnasium Liestal nicht: Wände aus Beton und Glas, blau-graues Linoleum auf dem Boden, viel Chromstahl an Tischen und Stühlen. Am Mittwochmorgen um zehn nach neun wartete Raab an der Glasfront, die hinaus auf eine Terrasse mit kahlen Bäumen und Sonnenschirmen führte; sie waren in blaue Schutzfolie verpackt. Drüben bei der Theke hatte er sich eine kalte Ovomaltine geholt, zum Mittagessen gäbe es Pouletgeschnetzeltes Casimir und Gnocchi an Gorgonzolasauce. Mitte Vormittag beugten sich bloss einzelne Schülerinnen und Schüler über Bücher oder tippten auf Handys herum.

Raab hatte seinen Wollmantel über die Lehne des Stuhls neben sich gelegt, er trug einen dunkelbraunen Leinenanzug und ein weisses Hemd, keine Krawatte. Es war seine erprobte Allzweckkleidung für die Rolle als Geschäftsmann, Anwalt oder heute eben Journalist der *Appenzeller Zeitung*. Über den kahlen Schädel hatte er eine dunkelbraune Perücke gestülpt und den Bluterguss auf der Stirn mit professioneller Filmschminke überdeckt. Unter den Wangen steckten kleine Polster, die sein Gesicht fülliger wirken liessen, ein falsches Muttermal dominierte das Kinn und Kontaktlinsen verliehen seinen kühlen blauen Augen einen warmen Braunton.

Eine mittelgrosse, hagere Frau kam auf ihn zu. Sie war vermutlich Anfang vierzig und auf jene Art attraktiv, die eine Menge Aufwand erforderte: modisch geschnittenes hellbraunes Haar, dezent gepuderter Teint, ovales Gesicht mit blauer Designerbrille. Die Brille passte farblich zum Hosenanzug, der sicher keiner von der Stange war. «Tut mir leid, dass Sie warten mussten», sagte Barbara Gratwohl mit ausgestreckter Hand. «Eine Schülerin war nicht zufrieden mit der Note für einen Vortrag.»

«Kein Problem. Danke, dass Sie sich Zeit für mich nehmen.» Er zog ein Visitenkärtchen aus seinem Portemonnaie, auf das er das Logo der *Appenzeller Zeitung, Georg Kuster, Redaktor,* und die Anschrift in Herisau gedruckt hatte. Der Name stammte aus dem Impressum der Zeitung.

Sie setzte sich ihm gegenüber ans Fenster und betrachtete es in ihren Händen. «Mir gefällt, was Sie tun. Einen kurzen Moment innehalten und sich an Verstorbene erinnern. Leider ist der Tod aus der Mode gekommen. Wer heute darüber sprechen will, wird schräg angeschaut. Schreiben Sie oft Nachrufe?»

«Nein, eher selten.» Er holte einen Notizblock aus seiner Aktentasche und schlug ihn auf.

«Schade. Da sollten sich die Journis eine Scheibe bei den angelsächsischen Medien abschneiden, bei denen gehört das zum Alltag.» Sie faltete die Hände auf der Tischplatte und schaute Raab erwartungsvoll an. «Was möchten Sie über Judith Müller wissen?»

«Erzählen Sie mir einfach, woran Sie erinnern möchten.»

«Sie war sehr beliebt, sehr engagiert. Nicht nur im Beruf, überall. Halbe Sachen kannte Judith nicht. Im Tennis brachte sie es zur Regionalmeisterin in ihrer Altersklasse. Sie war eine begeisterte Segelfliegerin und brach Distanzrekorde. Vor acht Jahren gründete sie eine Stiftung für Waisenhäuser in Rumänien und brachte viele Firmen sowie ihren halben Freundeskreis dazu, dabei mitzuhelfen – mich eingeschlossen. Kennen Sie diesen Duracell-Hasen aus der Werbung? So ein Mensch war Judith.» Gratwohl seufzte.

«Wissen Sie, ob sich Frau Müller noch mit dem Appenzell verbunden fühlte?»

Auf ihren Lippen zeichnete sich ein Schmunzeln ab. «Gesprochen hat Judith zwar nicht oft über ihre Heimat. Aber ich weiss, dass sie ihr stets am Herzen lag. Wehe, jemand machte mal einen dummen Witz darüber, da verstand sie keinen Spass.»

«Davon gibt es leider mehr als genug.» Raab blätterte im Notizblock zu einer leeren Seite vor und kritzelte hinein.

«Bitte keine Namensnennung, das möchte ich nicht.» Sie deutete mit dem Finger darauf. «Der Nachruf soll einzig und allein Judith gewidmet sein. Wenn Sie ein Zitat von mir verwenden wollen, reicht es, wenn Sie mich als ‹eine Freundin› bezeichnen.»

Eine Glocke erklang und zeigte den Beginn der nächsten Schulstunde an.

«Einverstanden. Haben Sie eng mit Frau Müller zusammengearbeitet?»

«Nicht wirklich, da sie Biologie unterrichtete und ich Chemie. Aber Frauen in den Naturwissenschaften sind heute immer noch eine Minderheit, da müssen wir doch zusammenhalten. Und Judith war eine hervorragende Lehrerin. Sie hat sich weit über das Normalmass hinaus engagiert. Sie hat an neuen Lehrmitteln mitgearbeitet, hat junge Frauen gefördert, die sich für Naturwissenschaften interessieren. Sie backte für jede ihrer Maturandinnen einen Kuchen, die sich an der Uni für Chemie, Bio oder Mathematik einschrieb.»

«Wissen Sie, ob es auch einmal Probleme oder Spannungen gab bei so viel Engagement?»

«Wie gesagt, Judith war sehr beliebt.» Sie kratzte einen unsichtbaren Fleck von der Tischplatte. «Aber wo Sie gerade fragen. In den letzten Wochen wirkte sie doch etwas angespannt. Manchmal schien sie unkonzentriert, was sehr ungewöhnlich war. Aber das ist leider verständlich in dem Umfeld, in dem wir heutzutage arbeiten. Offenbar gab es in einer Klasse einen Vater, der ihr mit dem Anwalt drohte. Seine Tochter könnte vom Gymi fliegen, wenn ihre Noten nicht besser werden. Judith musste Beschimpfungen und Beleidigungen einstecken. Leider ist so etwas schon fast alltäglich.»

Aber ein Vater, der mit Klagen drohte, mordete nicht gleich. «Sind die Eltern tatsächlich so schwierig heute?»

Gratwohl schnaubte. «Das können Sie sich gar nicht vorstellen. Es ist nicht so, dass es nur noch Mühsame gibt. Die machen vielleicht zehn Prozent aus. Aber diese Leute rauben uns extrem viel Zeit und Energie.»

Er beugte sich auf seine Unterarme. «Wie äussert sich das denn? Können Sie mir ein Beispiel geben?»

«Mehr als eins! Eine Mutter zum Beispiel will, dass ihr Sohn in jeder Zehn-Uhr-Pause zu Hause anruft. Also steht der arme Kleine immer mit seinem Handy auf dem Flur und telefoniert mit Mami. Andere Eltern lassen Prüfungen von einem befreundeten Lehrer nachkorrigieren. Und wenn der eine Note für zu tief hält, beschweren sie sich per Mail und setzen den Rektor gleich ins cc. Da finden Sie dann auch gleich Terminvorgaben drin, bis wann der Fehler gefälligst zu beheben sei.» Mit Daumen und Zeigefinger strich sich Gratwohl über den Nasenrücken. «Manche Eltern können einfach nicht akzeptieren, dass ihr Kind vielleicht nicht ganz so hochbegabt ist, wie sie denken. Jede Woche lese ich Hausaufgaben mit perfekten Herleitungen und Lösungen. In der Klasse kann das Kind aber nichts davon anwenden. Wenn ich dann ein wenig nachbohre, stellt sich heraus, dass Papi oder Mami einen ganzen Abend über den Aufgaben gebrütet hat.» Sie schüttelte den Kopf. «Leidtun können einem die Kinder solcher Eltern. Im Umgang sind sie oft extrem still und schüchtern, weil sie auf keinen Fall etwas falsch machen wollen.»

«Machte Frau Müller den Eindruck, dass sie Angst vor solchen Eltern hatte?»

Sie studierte sein Gesicht. «Ich verstehe nicht ganz, was das mit dem Nachruf zu tun hat?»

«Sie haben mich ertappt.» Raab lächelte. «Als Reporter bin ich auch regelmässig am Strafgericht und schreibe über Kriminalfälle. Da stelle ich quasi automatisch solche Fragen.»

«Ja, Judiths grausamer Tod …» Sie knabberte an ihrem Daumennagel. «Ich kann mir eigentlich nicht vorstellen, dass Eltern zu so etwas fähig wären», sagte sie mit gesenkter Stimme. «Wenn ich dann aber sehe, mit welcher Wut einige Väter oder Mütter durch das Schulhaus stampfen, dann frage ich mich schon, wie weit die noch gehen für ihren Nachwuchs …»

Raab nickte, nippte an seiner Ovomaltine und überlegte, ob er diese Spur weiterverfolgen sollte. Nein, einen so brutalen und kaltblütigen Mord beginge niemand wegen schlechter Noten. «Was können Sie mir über die private Seite von Frau Müller erzählen?»

«Ich glaube, sie führte eine glückliche Ehe. Mit ihrem Mann teilte sie das Faible für Aviatik. Er war mal Pilot bei der Swiss, sie besass den Pilotenschein für Segelflugzeuge. Beide verfolgten diese irre Idee für ein Fliegermuseum in Birsfelden. Es traf sie schwer, als sie diesen Traum begraben mussten.»

Das war Raab neu. «Wieso?»

«Solche Kulturbauten kosten ja Unsummen. Ihr Mann war ein ewiger Optimist und überzeugt, dass sich alles zum Guten wenden würde. Aber Judith, ganz die Realistin, sah wenig Hoffnung für eine Finanzierung. Schade. Wie sie mir erzählt hat, gab es bereits in den 1920er-Jahren mutige Pilotinnen in der Schweiz. Heute kennt die niemand mehr. Ihnen hätte Judith gern einen Teil der Ausstellung gewidmet.»

«Kannten Sie Thomas Müller gut?»

«Nicht wirklich. Meine Partnerin und ich waren zwei-, dreimal zum Essen eingeladen in Hölstein. Ich sah ihn auch manchmal bei Schülerkonzerten oder Maturfeiern. Er war ein netter Kerl, der sich für

Flugzeuge, Oldtimer und Kunst begeistern liess. Genau wie Judith. Andererseits trug er seinen Kopf in den Wolken, da war sie das genaue Gegenteil.» Sie starrte auf ihre gefalteten Hände. «Oh, Gott, jetzt zitiere ich schon meine Rede für die Beerdigung. Ich soll dort ein paar Worte sprechen. Seit zwei Tagen mühe ich mich damit ab.»

«Wann ist die Trauerfeier?»

«Morgen Nachmittag.» Traurig hob sie die Schultern. «Es ist schwer genug, wenn eine Freundin stirbt. Aber auf so eine brutale Weise, das ist furchtbar. Da gibt es keine richtigen Worte. Kommen Sie auch hin?»

«Eher nicht. Die *Appenzeller Zeitung* respektiert die Privatsphäre von Trauerfamilien», antwortete Raab.

In Tat und Wahrheit waren ihm zwei Trauerfeiern in zwei Tagen zu viele. Dass ihm am Nachmittag diejenige für seine Geschäftspartnerin Laura bevorstand, lag ihm bereits schwer im Magen.

25

Orgelmusik erklang in der Abdankungshalle auf dem Friedhof Uster. Vielleicht zwanzig Leute hatten sich auf den Holzbänken niedergelassen, was im grossen Raum mit Betonwänden und einer hohen, holzverkleideten Decke kläglich wirkte. Raab sass in der hintersten Reihe. Ganz vorn im Zentrum stand ein Tisch mit einer dunkelblauen Urne vor einer Wand aus Blumen.

Die Orgel verklang, der Pfarrer trat hinter ein Podium aus Betonquadern. Er tippte an das Mikrofon und räusperte sich. «Liebe Angehörige und Freunde unserer Verstorbenen. Das einzig Wichtige im Leben sind die Spuren von Liebe, die wir hinterlassen, wenn wir weggehen.» Nach dem Zitat von Albert Schweitzer leierte er Stationen aus Lauras Leben herunter, als lese er aus einem Kochbuch vor. Offensichtlich hatte er die wirkliche Laura nicht gekannt. Er zitierte einen letzten Bibelvers und trat dann zur Seite.

Raab atmete auf wie einige in der Trauergemeinde.

Ein Teenager, achtzehn, neunzehn Jahre alt, ging nach vorn, er trug einen dunkelblauen Blazer und schwarze Jeans. Dass Laura einen Bruder hatte, hatte Raab nicht gewusst. Doch der sah ihr so ähnlich, hatte ihr glattes schwarzes Haar und das fein geschnittene Gesicht. «Jeder von uns kann etwas sehr gut. Manche können malen, andere gut kochen oder schnell rennen. Lauras Talent war, wie sie mit Menschen umgehen konnte. Sie nahm sich immer Zeit, hatte immer einen Rat parat oder half, wenn es etwas zu erledigen gab. Sie war eine grossartige Person, und ich bin sehr dankbar, dass ich so eine Schwester hatte.» Der Teenager drehte sich nun zur Urne und seine Stimme brach. «Ich weiss gar nicht, wie ich ohne dich weiterleben soll.»

Er setzte sich wieder hin, zwischen ein älteres Paar, vermutlich seine Eltern. Die Mutter drückte ein Taschentuch unter die Augen. Raab hörte Schnäuzen.

Eine Frau um die dreissig schritt nach vorn. Ihr unauffälliges Make-up liess das Gesicht weiss und glatt wie Porzellan wirken, sie hatte die goldblonden Haare hochgesteckt, das schwarze Kleid endete eine Handbreit unter den Knien. «Lieber Leon, du nimmst mir die Worte aus dem Mund», sagte sie zu Lauras Bruder. «Solange ich Laura kannte, gehörte Grosszügigkeit zu ihren herausragenden Eigenschaften. Hatte jemand Probleme oder brauchte Hilfe, hatte Laura immer ein offenes Ohr. Wer finanziell in der Klemme steckte, den unterstützte sie ohne Umstände. Tag für Tag war sie sehr grosszügig in allem, was sie tat. Einen so hilfsbereiten Menschen findet man selten.»

Diese Seite von Laura hatte Raab nicht gekannt.

«Noch wissen wir nicht, warum Laura auf diese schreckliche Weise sterben musste. Wir wissen nicht, welcher Unmensch ihr das angetan hat.» Sie hob den Kopf, liess den Blick über die Reihen der Trauergäste schweifen. «Aber ich schwöre Ihnen, dass ich alles daransetzen werde, damit der Täter nicht ungestraft davonkommt.»

Einige Köpfe in den Reihen vor Raab nickten dabei.

Sie setzte sich wieder hin und Raab wusste, dass er mit ihr reden musste.

«Allmächtiger Gott, die Trauer erdrückt unsere Sinne, Schmerz quält unsere Seelen …» Nach einem letzten Gebet des Pfarrers setzte die Orgel ein.

Reihe für Reihe bewegten sich die Leute in Richtung Ausgang, wo sich Lauras Bruder aufgestellt hatte, flankiert von seinen Eltern. Vater Mosers rundliches Gesicht war düster, die dunklen Augen leer. Sein schwarzes Jackett spannte sich über den Schultern und dem Bauch. Das knochige Gesicht der Mutter war von der Trauer gezeichnet und sehr blass. Von ihr hatten die Kinder das gute Aussehen, die schwarzen Haare und die schlanke Statur geerbt.

Raab stellte sich hinter den Kondolierenden an, hörte, wie Mutter Moser abwechselnd immer dieselben Sätze wiederholte: «Vielen Dank für Ihr Kommen. – Danke, dass Sie gekommen sind. – Vielen

Dank für Ihr Kommen. – Danke, dass Sie gekommen sind.»

Die meisten der Gäste mieden den Augenkontakt, Gesichter wandten sich ab. Raab konnte es nachvollziehen. Was sagte man zu Eltern, deren Tochter ermordet worden war? Es war keine akzeptable Art zu sterben.

Als Raab an der Reihe war, schaute er Mutter Moser direkt in die Augen und liess sie nicht zu Wort kommen. «Laura war eine wunderbare junge Frau. Ich habe sie sehr gemocht.»

Mutter Moser umklammerte seine Hand und suchte in seinem Gesicht nach etwas Bekanntem. «Kenne ich Sie?»

«Nein. Ich war ein Freund von Laura.»

Noch immer hielt sie seine Hand «Bitte warten Sie doch draussen, dann kommen Sie mit zum Trauermahl. Wir gehen zu Fuss, es ist nicht weit.»

«Danke.» Auf keinen Fall würde er sich das antun. Raab drückte die Hand von Vater und Bruder, dann machte er Platz für die Leute hinter ihm.

Die Mutter nahm ihren Singsang wieder auf: «Vielen Dank für Ihr Kommen. – Danke, dass Sie gekommen sind …»

Draussen vor der Abdankungshalle suchte er Lauras Freundin mit der porzellanweissen Haut. Er sah sie am Rand des Vorplatzes stehen. Raab steuerte auf sie zu.

«Mir hat gefallen, was Sie über Laura gesagt haben.»

«Danke.» Mit einem Papiertaschentuch wischte sie Tränen weg. Sie kramte ein neues Paket aus der Handtasche, fingerte daran herum, liess es fallen.

Raab bückte sich schnell danach. Etwas rauschte vorbei mit einem «Pfft».

Die Frau im schwarzen Kleid zuckte und schrie auf. Raab packte sie an der Hüfte, zerrte sie zu Boden, wo er sie so gut wie möglich mit seinem Körper abschirmte. Sie stöhnte vor Schmerz. Ein dunkler Fleck breitete sich auf ihrem Kleid aus, direkt an der Schulter. Einen halben Meter entfernt spickte Teer auf, noch eine Kugel. «Alle runter!», schrie Raab. «Da schiesst jemand auf uns.»

Erst jetzt begriffen die umstehenden Trauergäste, was vor sich ging. Frauen und Männer blieben wie gelähmt stehen oder kreischten, erste Gäste suchten Deckung hinter Gebäudemauern oder Bäumen.

Raab checkte die Umgebung ab. Gebüsche, Denkmäler, Bäume, Hecken. Es gab eine Vielzahl von möglichen Verstecken für einen Schützen.

«Es tut weh», stöhnte die Frau.

Geduckt packte Raab sie unter den Achselhöhlen und zog sie zurück zum Eingang der Abdankungshalle.

Ein dritter Schuss spickte von einer Betonwand ab, ein vierter liess eine grosse Scheibe in Glasregen zersplittern.

Raab ging im Eingangsbereich der Halle in Deckung.

«Ich spüre meinen Arm nicht mehr», sagte Lauras Freundin mit glasigen Augen.

«Halten Sie durch.»

Vater Moser presste beide Hände auf seinen Kopf. «Oh, mein Gott, oh, mein Gott!»

Raab wandte sich an den Pfarrer. «Bitte rufen Sie die Polizei. Und einen Krankenwagen.»

«Ich habe mein Handy hier», sagte die Mutter und hielt es schon in der Hand. Sie tippte darauf und presste es ans Ohr. «Jemand schiesst auf dem Friedhof…»

Der Vater jammerte immer noch. «Um Himmels willen… Wieso bloss…?»

Raab packte ihn am Arm. «Helfen Sie mir.» Er zog sein Jackett aus und legte es der blonden Frau unter den Kopf. «Sie ist angeschossen worden, wir müssen die Blutung stoppen.» Raab riss sich das weisse Hemd vom Leib, knüllte es zusammen und drückte es auf die Wunde.

Die Frau schrie auf vor Schmerzen.

«Hier, übernehmen Sie.» Er legte die Hände von Vater Moser auf das Hemdknäuel, das von Blut feucht wurde. «Drücken Sie fest drauf. Ich werde nachsehen, ob der Kerl weg ist.»

«Ist euch Laura nicht genug?», schrie Vater Moser ausser sich vor Entrüstung. «Müsst ihr auch noch Helen umbringen?»

Doch Raab wusste es besser. Die waren nicht hinter der jungen Frau her gewesen. Hätte er sich nicht nach den Taschentüchern gebückt, wäre er getroffen worden.

Mutter Moser trat neben ihn. «Die Polizei kommt. Und ein Krankenwagen ist auch unterwegs.»

«Sehr gut, danke», antwortete Raab.

«Ist es schlimm?», fragte sie mit gedämpfter Stimme.

«Ich glaube, die Kugel ging direkt durch die Schulter. Das wird schon wieder.» Raab musste verschwinden, bevor die Polizei auftauchte. «Achten Sie darauf, dass Ihr Mann das Blut weiterhin stillt. Ich sehe nach, ob die Luft rein ist.» Er legte seine Hand auf den Unterarm von Mutter Moser, drückte ihn und nickte.

Sie schien zu verstehen. «Passen Sie auf sich auf.»

Er nickte ihr zu, huschte geduckt über den Vorplatz der Halle und duckte sich hinter ein immergrünes Gebüsch. Am Oberkörper trug Raab nur ein weisses Unterhemd, die Kälte kroch ihm über die Haut. Er hob den Kopf, suchte den Schützen durch das Geäst.

In dem Moment heulte ein starker Motor auf, Reifen quietschten.

Als das Motorengeräusch verklungen war, verliess Raab seine Deckung und saugte die frische Luft ein. Er warf einen Blick zurück zur Abdankungshalle, niemand schenkte ihm Beachtung. Er schlängelte sich zwischen Gräbern hindurch, überstieg eine Mauer und erreichte den Subaru. Und dabei zermarterte er sich das Hirn mit der Frage, wer zur Hölle ihn auf dem Friedhof hatte abknallen wollen.

26

Es war bereits dunkel, als Raab kurz vor achtzehn Uhr das Bürogebäude der Firma Euroheli am EuroAirport betrat. Im Eingangsbereich sass ein Sicherheitsmann hinter einem Tresen. «Ja?»

«Steinke von der *Flug Revue.* Ich habe einen Termin bei Oskar Gruber.»

«Okay, ja, Herr Steinke. Vierter Stock.» Er sah auf keiner Liste nach, rief niemanden an.

Raab nahm den Lift.

Die Wut hatte ihn hergeführt. Die Wut auf Lauras und Müllis Mörder, der rücksichtslos in eine Menschenmenge geballert hatte. Offenbar flippte der Kerl aus, vielleicht nahm er sich als Nächstes Jo oder Nora vor.

Von unterwegs hatte Raab Autohändler Benedikt Probst angerufen. Es hatte geklungen, als sässe der in seinem Büro und komme für den Angriff nicht infrage. Danach hatte er es bei dessen Kumpel Oskar Gruber probiert und sich als Journalist der *Flug Revue* ausgegeben. Ohne Umschweife hatte der Chef von Euroheli einem Interview über den Zustand der Schweizer Helikopterbranche zugestimmt. Und da Journalist Paul Steinke – den Namen hatte Raab im Impressum der Zeitschrift gefunden – bereits am nächsten Tag zurück nach Stuttgart reisen müsste, hatten sie einen Termin nach Feierabend vereinbart.

Als die Aufzugstüren auseinanderglitten, wartete eine ältere Dame mit Dutt und einem freundlichen Gesicht davor. «Guten Abend, Herr Steinke. Herr Gruber wartet im Sitzungsraum. Hier entlang, bitte.»

Ohne Hemd und Jackett war Raab ein Risiko eingegangen und mit dem Subaru direkt zum EuroAirport gefahren. Den Wagen hatte er auf dem Kurzzeitparkplatz abgestellt, danach hatte er sich auf dem Langzeitparkplatz im Kleiderfundus seines VWs bedient. In einer Flughafentoilette war er dank brauner Perücke, Gesichts- und Kleiderpolstern, Schminke, Hautkleber sowie einer randlosen Brille zu einem übergewichtigen älteren Journalisten geworden. Passend dazu hatte er ein Tweedsakko, eine karierte Krawatte und eine rostbraune Hose angezogen.

Raab folgte der Dame durch einen langen Korridor mit grauem Teppichboden, blassgelben Wänden und gerahmten Fotos von Helikoptern – Militär- wie Spezialmaschinen. Die Büros links und rechts des Flurs waren dunkel und verwaist, durch ein Fenster sah er auf der Piste ein Flugzeug mit blinkenden Lichtern starten.

Sie blieb vor einer dunkelbraunen, zweiflügeligen Tür stehen, klopfte dreimal an und drückte die Klinke. «Ihr Gast. – Bitte!»

Gruber, Ende vierzig, war pummelig und hatte Pausbacken wie Brotteig. Er trug einen weissen Rollkragenpullover unter dem grauen Jackett. «Guten Abend. Bitte kommen Sie herein.» Er gab Raab seine fleischige Hand und drückte, als wären sie langjährige Freunde. «Ich habe Ihnen jemanden mitgebracht.»

Raab folgte in das fensterlose Sitzungszimmer, das mit einem grossen Tisch aus Nussbaum und acht dunklen Ledersesseln ausgestattet war. An den Wänden hingen noch mehr Fotos von Hubschraubern.

Am anderen Ende des Tisches sass niemand anderes als Regierungsrat Daniel Kaiser. Eigentlich hätte Raab überrascht sein sollen, ausgerechnet ihn, sein ehemaliges Einbruchsopfer, hier anzutreffen. Doch bei dem korrupten, bestens vernetzten Politiker verblüffte ihn nichts mehr.

Gruber machte sich nicht die Mühe, sie einander vorzustellen. «Ich wünsche Ihnen noch einen schönen Abend.» Er schloss die Tür hinter sich.

Kaiser stand auf, gross, attraktiv, mit tief gebräunter Haut, grau meliertem Haar und massgeschneidertem Anzug. Er setzte ein strahlendes Lächeln auf, als hätte er das Gewinnerlos einer Tombola gezogen und streckte die Hand aus. «So sieht man sich wieder.»

Raab ignorierte die Hand. «Was wollen Sie?»

«Bitte nehmen Sie Platz. Schicke Verkleidung übrigens. Ich weiss nicht recht, wie ich Sie ansprechen soll. Steinke? Keller? Oder doch lieber Gisin?»

Scheisse. Kaiser hatte also seine Tarnnamen aufgedeckt und bestimmt noch einiges mehr. Und er hatte Kontakte ins Milieu, was die geklauten Kunstgegenstände in seinem Tresor bewiesen. Raab setzte sich ans andere Ende des Tischs und wartete.

Kaiser liess sich in seinen Sessel sinken, noch immer hatte er das blöde Grinsen im Gesicht. «Wissen Sie, warum ich Sie sprechen wollte?»

«Sie werden es mir bestimmt gleich sagen.»

«Ich habe gehört, dass Sie eine Menge Fragen über Thomas Müller stellen. Und natürlich ist mir aufgefallen, dass Sie eine gewisse Ähnlichkeit mit seinem Mörder auf den Fahndungsbildern haben.»

«Finden Sie?»

Sein Blick wurde hart. «Haben Sie ihn getötet?»

«Nein. Aber ich will herausfinden, wer es war. Müller war ein Freund.»

«Wieso sollte ich das glauben? Ich kenne Ihre gewalttätige Seite.»

Raab hatte Kaiser mit einer Pistole bedroht. «Was wollen Sie?»

Der breitete theatralisch die Arme aus. «Das Gleiche wie Sie: Dass der Mörder gefasst wird. Denn Thomas war auch mein Freund.»

«Ach ja?»

«Als Verwaltungsrat des Flughafens interessiere ich mich natürlich für die Luftfahrt und deren Geschichte. Wie Thomas.»

Der war nur an seinem eigenen Vorteil interessiert. «Wo ist der Haken?»

Kaiser bleckte die Zähne. «Warum so gehässig? Sie unterschätzen mich. Thomas wollte Geld von der Stadt für sein Museum. Ist eigentlich logisch, der Flugplatz Sternenfeld war ab 1920 ja der erste Basler Flugplatz. Leider war der Raum in Birsfelden sehr begrenzt, weshalb der Flugplatz 1950 durch den EuroAirport ersetzt wurde. Aber natürlich ist das Sternenfeld ein wichtiger Bestandteil unserer Geschichte. Und die möchte ich würdigen.»

Es überraschte Raab nicht, dass Kaiser sich mit fremden Federn schmückte. «Sie wollen Müllis Museum bauen?»

«Nun, nicht ganz so, wie es ihm vorschwebte. Er wollte den morschen Bider-Hangar nach Birsfelden holen und darin die Fluggeschichte präsentieren. Wir haben uns die Pläne angeschaut, es klang alles ein wenig… handgestrickt. Doch wir haben die Idee aufgenommen und verbessert.»

«Wie edelmütig.»

Er musterte ihn wie einen bockigen Schuljungen. Kaiser liess ein paar Sekunden verstreichen, bevor er weiterfuhr. «Hier am EuroAirport wollen wir die Geschichte der Luftfahrt in einem trinationalen Museum präsentieren. Zeigen wollen wir nicht nur historische Flugzeuge, sondern auch Computersimulationen, ein Restaurant und ein 3D-Kino. Und alles mit Blick auf die Start- und Landepisten.»

Natürlich, einer wie Kaiser rührte nur mit der ganz grossen Kelle an. «Wie dachte Thomas darüber?»

«Es entsprach zwar nicht ganz seinen Vorstellungen, doch er war begeistert.»

«Das kaufe ich Ihnen nicht ab.»

«Sie können gern herumfragen, er war Feuer und Flamme. Er hatte sich bereit erklärt, den Schweizer Teil zu gestalten und hatte schon Projektskizzen eingereicht. Schwerpunkte setzen wollte er mit dem Sternenfeld, Oskar Bider und Jakob Degen.»

Das fand Raab gegen seinen Willen interessant. Über Jakob Degen, den Baselbieter Flugpionier im frühen neunzehnten Jahrhundert, hatte er schon gelesen. Gern erführe er mehr über ihn. «Und was wollen Sie jetzt von mir?»

Kaiser lehnte sich zurück und tippte die Fingerkuppen aufeinander. «Sie haben einigen Staub aufgewirbelt in den vergangenen Tagen. Ich weiss einiges über Sie und mir ist klar, dass Sie die Sache nicht ruhen lassen werden. Wenn ich Sie darum bitte, tun Sie bestimmt das Gegenteil. Aber ich wäre Ihnen dankbar, wenn Sie etwas … dezenter ans Werk gingen. Sonst könnten Sie das Vermächtnis von Thomas in Gefahr bringen.»

Eine fadenscheinige Warnung. «Und das wollen Sie natürlich nicht.»

«Auf keinen Fall. Wir haben die Idee für das Luftfahrtmuseum den deutschen und französischen Behörden vorgestellt, auch in Bern waren wir. Das Interesse ist überall vorhanden, aber noch ist die Sache fragil. Wenn da Gerüchte die Runde machen über einen Mord im Zusammenhang mit dem Projekt, könnte das die Stimmung kippen lassen. Das wäre bedauerlich, schliesslich reden wir von einer Investition von gut und gern hundert Millionen Franken und vielen Arbeitsplätzen.»

«Der Wohltäter der arbeitenden Bevölkerung.» Wie viel davon wohl für Kaiser abfiel? Ein mögliches Motiv für den Mord an Mülli wäre so eine Summe allemal. «Wieso sind Sie eigentlich hier?»

Kaisers Mundwinkel zuckten zu einer Grimasse zusammen. «Mir war klar, dass Sie Oskar Gruber und Benedikt Probst früher oder später unter die Lupe nehmen wollen. Diese unselige Geschichte mit dem ausrangierten Armeematerial, da hat man den drei Männern übel mitgespielt. Völlig zu Unrecht wurden sie an den Pranger gestellt. Weil ich Sie kenne, habe ich Oskar und Beni vor Ihnen gewarnt. Deswegen hat

Oskar nach Ihrem Anruf bei Herrn Steinke von der *Flug Revue* nachgefragt …»

Und seinen Bluff durchschaut. Es ärgerte Raab, doch er versuchte, sich nichts anmerken zu lassen. «Gewiss gehörten Sie auch zu den Abnehmern des verschobenen Materials? Damit lässt sich bestimmt gutes Geld machen.»

Zorn flackerte über Kaisers Gesicht. «Das sagt der Richtige.»

«Wie sind Gruber und Probst am Museumsprojekt beteiligt?»

«Beide arbeiten als ausgewiesene Luftfahrtexperten mit.»

Gut bezahlte Lakaien traf es wohl besser. Raab hatte genug gehört. «War es das?» Er stand auf.

«Ich hoffe, ich habe Ihre Neugier abschliessend befriedigt.»

Nein, nicht einmal annähernd.

Kaiser schien seine Gedanken zu lesen. «Sollten Sie mir weiter in die Quere kommen, kann ich nicht ausschliessen, dass ich dem Baselbieter Polizeidirektor mal einen Tipp in Bezug auf das Fahndungsbild gebe.»

«Tun Sie das, Kaiser. Zum Gespräch mit der Polizei werde ich ein paar schöne Fotos Ihres Tresors mitbringen. Und an die Medien leite ich die auch gleich weiter.»

Sie starrten sich gegenseitig ins Gesicht wie zwei Boxer vor der ersten Runde. So verharrten sie ein paar Sekunden, bis Raab schliesslich auf dem Absatz kehrtmachte und das Sitzungszimmer verliess.

Ihm war klar, dass es zum Kampf käme. Und er wollte den ersten Treffer landen.

27

Kurz vor Mitternacht kauerte Raab an der Rheinstrasse in Füllinsdorf hinter einem Gebüsch und beobachtete das Autohaus von Probst.

Dass Kaiser möglicherweise in Müllis Ermordung verwickelt war, bedeutete eine echte Gefahr. Dem durchtriebenen Regierungsrat traute Raab alles zu. Nach der Schiesserei auf dem Friedhof war ihm schon klar gewesen, dass er bei seinen Nachforschungen keine Zeit verlieren durfte. Jetzt würde er noch einen Gang höher schalten müssen.

Er kniete an der Rückseite des Gebäudes zwischen Industriebauten, vor ihm lag ein Parkplatz mit Autos in verschiedenen Stadien des Zerfalls. Die Beleuchtung vorn an der Rheinstrasse reichte als schummriges Licht bis in den Hinterhof.

Raab observierte den einstöckigen, rechteckigen Bau zehn Minuten lang und fand nichts, das gegen einen Einbruch sprach. Also streifte er sich Latex-Handschuhe über die Finger, machte drei Schritte über das Gras zum Drahtzaun und griff in die Maschen. Ein klappernder Zaun würde hier niemanden stören.

Er startete den Timer seiner Uhr, die Sekunden zählten von *20.00* herunter. Raab kletterte die zwei

Meter hoch, schwang sich drüber, biss die Zähne zusammen wegen der schmerzenden Rippen und liess sich auf der anderen Seite hinuntergleiten. Schnell rappelte er sich auf und schlich geduckt zwischen den Fahrzeugen auf das Haus zu.

Den einfachsten Zugang fände er vermutlich auf der Vorderseite durch den Showroom mit der bodentiefen Scheibe. Doch auf der Rheinstrasse gab es auch um Mitternacht noch einigen Verkehr. Deswegen hatte er sich für die fensterlose Rückseite entschieden. Die Tür dürfte an die Alarmanlage angeschlossen sein, die Raab gestern im Showroom entdeckt hatte.

Für einen Einbrecher verfügte ein rechteckiges Gebäude über sechs Seiten. Denn Dach und Untergrund boten manchmal ebenfalls Zustiege über Stromkanäle, Lüftungen oder Wasserleitungen. Raab entschied sich für das Dach. Als er den Porsche in der Ausstellungshalle bewundert hatte, war ihm das Oberlicht aufgefallen. Firmenbesitzer verzichteten nach Raabs Erfahrung aus Kostengründen oft darauf, es an die Alarmanlage anzuschliessen.

Allerdings war Probst offenbar nicht zu geizig. Er hatte Überwachungskameras installiert. Die erste entdeckte Raab unter dem Dachvorsprung über der Tür. Ihre Linse war auf den Hof gerichtet.

Zwischen den Fahrzeugen hindurch machte Raab einen weiten Bogen darum herum und erreichte die

Hausmauer von der Seite her. Mit dem Rücken gegen die Wand tastete er sich vor bis unter die Kamera. Er folgte dem Kabel, das von ihr zu einer zweiten Kamera um die Ecke führte und schliesslich zu einem kleinen Schaltkasten knapp über dem Boden. Raab knackte ihn auf und trennte die Leitung zu den Kameras mit einem isolierten Messer. Die Stromversorgung des Hauses liess er unangetastet, da ein Unterbruch standardmässig einen Alarm auslösen würde.

Raab kehrte zur Eingangstür zurück. Einen halben Meter links davon führte ein Regenrohr zum Dach. Raab sprang hoch, krallte sich am Rohr fest und setzte seinen Fuss auf die Türklinke. Mit einer Hand am Rohr und dem Fuss auf der Klinke stemmte er sich nach oben und erreichte den Dachvorsprung. Er zog sich am rostigen Kantenblech hoch, rutschte beinahe ab und gelangte beim zweiten Versuch hinauf. Oben rollte er sich auf den Rücken und entspannte sich ein wenig. Der nächtliche Himmel über dem Ort war bewölkt, auf der Rheinstrasse konnte er Fahrzeuge hören.

Er drehte sich auf den Bauch und sah zwei rechteckige Oberlichter vor sich. Das hintere musste sich über dem Showroom befinden, Raab checkte das vordere. Die Plastikblase war mit rund zwanzig Schrauben befestigt. Im Innern war es zu dunkel, als dass er etwas erkennen konnte. Aus seiner Bauchtasche fischte Raab eine Miniratsche mit Aufsteckbits in verschiedenen Grössen. Beim zweiten Versuch fand er das richtige Bit und löste die erste Schraube. Dabei musste er ziemlich viel Kraft aufwenden, angerostet wie sie waren.

Es dauerte fast fünf Minuten, bis er alle Schrauben aus der Mutter gedreht hatte. Nun kam der entscheidende Moment. Falls das Oberlicht wider Erwarten doch an der Alarmanlage hing, verschwände er über den gleichen Weg, den er gekommen war. Den Subaru hatte er unten beim Tennisplatz von Füllinsdorf abgestellt, von dort könnte er in verschiedene Richtungen flüchten.

Raab schob die Klinge seines Sackmessers zwischen Plastik und Metallrahmen und fuhr damit einmal um das Oberlicht. Nirgends stiess er auf einen magnetischen Kontakt. Also hob er das Plastikteil weg und legte es neben die Öffnung. Sie war gerade breit genug, mit den Füssen voran quetschte er sich hindurch.

Schliesslich hing er an beiden Händen, liess los und landete sanft auf einem Teppich. Raab vergewisserte sich, dass von keiner Seite irgendwelches Licht eindrang. Dann knipste er seine kleine Taschenlampe an.

Scheisse!

In der Ecke stand ein Kerl mit erhobenem Arm …

Raab warf sich zu Boden und löschte gleichzeitig das Licht, dann kroch er hinter das nächstbeste Möbelstück und blieb liegen. Er lauschte durch das Sirren in seinen Ohren hindurch. Zehn, zwanzig Sekunden lang.

Nichts.

Sachte kroch Raab ein Stück vor, streckte die Taschenlampe weit von sich und knipste sie für einen kurzen Augenblick an.

Im Kegel stand eine lebensgrosse Puppe in rotem Rennfahreroverall. «Trottel», entfuhr es ihm. Er schnaubte, stemmte sich auf die Knie und machte Licht.

Raab spürte, wie sich sein Herzschlag verlangsamte. Er befand sich in einer Art Wohnzimmer und hatte hinter der Couch Deckung gesucht. Darüber hinaus gab es einen Fernseher und einen niedrigen Couchtisch. Darauf lagen verschiedene Ausgaben von *auto motor und sport, 20 Minuten* und *Playboy*. Eine Kochnische in der Ecke verfügte über zwei Platten, eine Mikrowelle, einen Esstisch mit zwei Hockern, eine Spüle und einen kleinen Kühlschrank. Daneben führte eine Tür zu einem WC.

So weit, so gut.

Er warf einen Blick auf seine Uhr, es blieben ihm elf Minuten bis zum Ablauf seiner selbst gesetzten

Frist. Zunächst schob er den Tisch vom Essbereich unter das Oberlicht und stellte einen Hocker darauf; das verschaffte ihm einen schnellen Fluchtweg. Mit der Taschenlampe im Mund begann Raab mit der Durchsuchung. Was er zu finden hoffte, wusste er selbst nicht genau. Klar, Probst hätte belastendes Material längst fortschaffen können. Aber wie oft hatte er schon gestaunt über die Dummheit oder Faulheit der Menschheit.

Der erste Wandschrank enthielt Pfannen und Geschirr, der zweite Videos, Magazine und gestapelte Betriebsanleitungen. Mit den Händen fuhr Raab über die Böden und Unterseiten von allen Regalen und Schubladen darin. Danach untersuchte er beliebte Verstecke: Rohre hinter Lüftungsklappen, das Innere der Polsterung der Couch, lose Bretter der Wandverkleidung, Verpackungen im Tiefkühlfach. In der Toilette schob er den Deckel des Wasserbehälters auf. *Sieh an!* Verpackt in einen Plastikbeutel lagen darin eine Walther PPK, Kaliber neun Millimeter kurz, und zwei volle Magazine. Er liess die Pistole an Ort und Stelle.

Ein durchschnittlicher Autohändler war Probst schon mal nicht, das war klar.

Im Showroom machte Raab weiter. Hier genügte ihm das Licht, das von der Rheinstrasse her in den Raum gelangte. Allerdings achtete er darauf, sich stets im Schatten des Mobiliars zu halten. Ihn interessierte ein zwei Meter hoher, zweiflügeliger Aktenschrank. Zwar war er verriegelt, doch das Schloss hätte jeder Kindergärtler knacken können.

Hinter den Türen gab es lauter Schubfächer mit Hängeordnern: Rechnungen, Quittungen, Kontoauszüge.

Die Digitalanzeige seiner Uhr zeigte *1.07.* Hielte er sich an seinen üblichen Ablauf, müsste er in einer Minute verschwinden. Doch in diesen Unterlagen könnten Antworten oder zumindest Hinweise zu finden sein. Er gab sich fünf zusätzliche Minuten, packte die Dokumente stapelweise, trug sie in den Nebenraum, schloss die Tür, legte sie aus und machte Fotos unter dem Blitzlicht seines Handys.

Als er zum dritten Mal Bilder knipste, liess ihn ein Scharren aufhorchen. Raab schätzte, dass es von draussen gekommen war, vom Vorplatz des Showrooms. Sofort steckte er das Handy weg. Normale Menschen würden auf die Wiederholung eines Geräuschs warten, um es einzuordnen. Raab verschwendete keine Sekunde. Er stieg auf den Esstisch, stellte einen Fuss auf den wackligen Hocker und sprang hoch. Mit den Händen erreichte er die Kante des Oberlichts und zog sich nach oben.

Raab setzte die Plastikblase vorsichtig zurück über die Öffnung, in dem Moment erstrahlte der Hinterhof in Flutlicht. Er griff sich eine Handvoll der gelösten Schrauben und warf sie über die Dachkante in Richtung Rheinstrasse. Sie prasselten unten auf Autodächer und den Asphalt, als Raab bereits in die Gegenrichtung lief. Er kniete sich, krallte seine Hände in die Dachkante, schwang sich darüber, liess sich fallen und landete auf den Fussballen. Geduckt zwischen den Fahrzeugen rannte er auf den Zaun zu. Drei beherzte Griffe in die Maschen genügten und er setzte darüber.

Wieder erklang ein Geräusch hinter ihm, diesmal ein Quietschen. Vor der Hintertür stand ein bulliger, schwarz gekleideter Mann mit einer Elektroschockpistole in der Hand. Raab machte sich flach, robbte zum nächsten Gebüsch. Hinter den Zweigen kam er hoch und rannte zwischen Industriebauten den Hang hinunter.

Wenige Minuten später setzte er sich beim Tennisplatz keuchend auf den Fahrersitz des Subaru und startete den Motor. Raab verliess Füllinsdorf über die Nebenstrasse in Richtung Giebenach. Am Steuer ärgerte er sich über seine Disziplinlosigkeit. Die fünf Extraminuten hätten ihn den Kopf kosten können.

28

Im Nieselregen stand Raab am Donnerstagmorgen um halb zehn auf der Erlenmattstrasse in Basel und holte tief Luft. Er wappnete sich für den Gang, den er drei Jahre lang vor sich hergeschoben hatte. Seit seiner Rückkehr in die Schweiz. Dabei lag das fünfstöckige Pflegeheim gerade mal zehn Minuten von seiner Wohnung an der Haltingerstrasse entfernt.

Matteo Russo.

Seinetwegen war er hier. Der Einbruch ins Autohaus Probst hatte nichts gebracht ausser diesem Namen, den Raab auf einer Rechnung entdeckt hatte. Demnach hatte Russo einen *Alfa Romeo Giulietta 1.4 für 19 900* Franken erworben. Doch Raab wusste, dass das nicht stimmen konnte. Ein Russo aus Palermo kaufte keinen Kleinwagen, gebraucht schon gar nicht.

Am Empfang registrierte er die crèmeweiss gestrichenen Wände, das viele Holz, die indirekte Beleuchtung. *Seniorengerechte Wohnungen, Betreuung rund um die Uhr, viele Veranstaltungen, Coiffeur und Fitnessraum.* So stand es auf der Website. Rechts führte ein Flur zum Restaurant, die Tische waren schon für das Mittagessen gedeckt. Es roch nach Reinigungsmitteln und Bohnerwachs.

Hinter dem Tresen sass eine junge Frau mit blondem Pferdeschwanz. Sie guckte hoch. «Wie kann ich Ihnen helfen?»

«Ich möchte zu René Niggli. Ich habe angerufen.»

«Dann müssen Sie Herr Keller sein», sagte sie mit einem professionellen Lächeln. «Er erwartet Sie bereits, die dritte Tür links.» Mit einem Kugelschreiber deutete sie den Gang hinunter.

Raab schritt vorbei an geschlossenen Türen, blickte kurz in ein Fernsehzimmer mit drei Senioren, auf dem Flachbildschirm lief *Der Bergdoktor.* Raab klopfte zweimal an und betrat einen Aufenthaltsraum mit Klavier, auf dem ein Strauss Blumen stand. Sechs Holzstühle mit schwarzen Lederpolstern gruppierten sich um den Tisch, in einem Regal stapelten sich Brettspiele.

René sass mit dem Rücken zum Eingang und einer Hand auf einem Rollator. Sein Blick ging durch eine gläserne Schiebetür auf eine Terrasse. Er drehte den Kopf, als er Raabs Spiegelbild entdeckt hatte. «Na, Kleiner?» Er lächelte und versuchte, aufzustehen.

«Bleib sitzen.» Raab stellte sich vor ihn.

«Komm, lass dich anschauen. Ist lange her.» René nahm Raabs rechte Hand, zog ihn zu sich herab, umarmte ihn flüchtig. «Gut siehst du aus – na ja, abgesehen von den paar Beulen.»

«Danke, du auch», log Raab. Er fühlte die Knochen unter den schmalen Schultern. Das wenige Haar war glatt zurückgekämmt, Leberflecken sprenkelten die Haut, die Hasenscharte schien noch ausgeprägter als in seiner Erinnerung. Genau deswegen hatte Raab den Besuch so lange hinausgezögert. Er wollte seinen Mentor nicht so gebrechlich sehen. Wie alt René genau war, hatte Raab nie erfahren. Aber es mussten mittlerweile um die neunzig Jahre sein. «Wie geht es dir?»

«Ich lebe noch, das ist doch schon mal etwas.» René trug einen dunkelblauen Pullover, ausgebleichte Jeans und glänzend polierte schwarze Lederschuhe.

«Ich wollte dir etwas mitbringen. Aber ich wusste nicht, was.»

«Aah … Ich würde sterben für eine gute kubanische Zigarre. Aber alles, was Spass macht, ist verboten hier.»

«Ich kümmere mich darum. Versprochen.»

«Lass uns draussen reden.» René deutete zur überdachten Terrasse. Er packte die Griffe des Rollators, stemmte sich mühsam auf die Beine und machte zaghafte Schritte.

Raab ging voraus und hielt die Glastür auf. Es machte ihn wehmütig, wie René sich vorwärtsschleppte. Der Mann, der ihm alles über Schlösser und vieles über das Leben beigebracht hatte.

Draussen war der Nieselregen in einen richtigen Schauer übergegangen. Der Ausblick reichte über eine trostlose freie Fläche mit Kies, Asphalt und ein paar kümmerlichen Bäumchen zu einem weiteren Hochhaus. Wenigstens schützten die Balkone der Seniorenwohnungen über ihnen sie beide vor dem Regen. «Ist es dir nicht zu kalt hier draussen?»

«Geht schon.» René stützte sich auf die Gehhilfe, guckte über den Platz. «Ein wenig Gras wäre schön. Früher, als hier noch der Güterbahnhof stand, gab es mehr Grün. Und eine Menge spannende Leute. Und jetzt? Guck dir bloss diesen Mist an. Zu viele Typen mit einem Haufen Kohle und dummen Ideen treiben sich in der Stadt herum.» Er liess sich auf einen schmiedeeisernen Gartenstuhl mit blauem Kissen nieder. «Aber du bist sicher nicht hergekommen, um einen alten Mann jammern zu hören.»

Raab zog einen zweiten Stuhl heran und setzte sich neben ihn. «Ich bin da in etwas hineingeraten. Und ich dachte, du könntest mir vielleicht helfen.»

«Ich dir? Wie?»

«Damit.» Er tippte sich an die Schläfe. «Ich weiss, du bist schon lange aus dem Spiel. Aber du kanntest mal jeden und wusstest, was läuft im Milieu. Vielleicht hast du noch ein paar Kontakte.»

René hob einen Mundwinkel. «Einiges bekomme ich schon noch mit. Um wen geht es?»

«Matteo Russo.»

Renés Miene verfinsterte sich.

«Du kennst ihn also.»

«Klar, habe einiges gehört. Und es macht mich wütend.» Seine Stimme triefte vor Verachtung.

«Wieso?»

«Ach, diese jungen Kerle. Die haben einfach keinen Respekt. Vor gar nichts. Du weisst, wer sein Grossonkel ist?»

«Nein.»

«Francesco Pozzi, ein Capo der Cosa Nostra in Palermo. Soll viel gescheffelt haben mit Schutzgeld, Waffenschmuggel, Drogenhandel. Doch jetzt sitzt er dreissig Jahre ab. Also hat er einen Grossneffen in die sichere Schweiz geschickt. Zu Beginn gab sich die Familie hier einen soliden Anstrich, investierte in Restaurants, Hotels, das Baugewerbe. Doch das reicht dem jungen Russo nicht. Jetzt macht er sich rücksichtslos breit. Wer sich ihm in den Weg stellt, verschwindet.»

«Ich habe noch einen zweiten Namen: Benedikt Probst.»

«Wer soll das sein?»

«Ein Autohändler, der möglicherweise mit Russo zusammenarbeitet.» Raab lehnte sich vor, legte die Ellbogen auf seine Oberschenkel. Er erzählte von Müllis Ermordung, dessen Armeekameraden, dem Gespräch mit Regierungsrat Kaiser, dem Einbruch ins Autohaus Probst und der Rechnung mit Russos Namen.

«Deswegen also die Fahndungsplakate und deine Verkleidung. Mit Glatze und Schnauz siehst du aus wie ein Pornostar.» Ein Lächeln huschte über Renés Lippen. «Hast du im Autohaus Spuren hinterlassen?»

«Leider. Ich musste abhauen, als der Wachmann auftauchte. Ob es einen Alarm gab oder ob der Kerl einfach seine Runde machte, weiss ich nicht. Auf jeden Fall können die sich zusammenreimen, dass ich das war.» Raab wusste, dass er den Bruch unter Zeitdruck angegangen war, unprofessionell eben. Er erwartete einen Tadel, doch der kam nicht.

Stattdessen sass sein Mentor reglos da und starrte auf die Terrassenfliesen. Raab kannte das von früher, er hatte es *Renés Auszeit* genannt. Der Alte liess Möglichkeiten durch den Kopf gehen, verglich sie miteinander und wägte ab.

«Es geht nicht auf», sagte René schliesslich. «Möglich, dass Russo Geld über diesen Probst wäscht. Oder dass das Autohaus gleich ganz der Mafia gehört. Und okay, dieser Müller könnte ihnen in die Quere gekommen sein beim Immobiliendeal um das Flugfeld. Aber wieso sollten sie so kompliziert einen Mord inszenieren und dir anhängen. Die hätten doch einfach einen Killer von ausserhalb anheuern können, der wäre längst wieder weg.»

«Vielleicht schuldet Russo dem Regierungsrat einen Gefallen.»

René schüttelte den Kopf. «Ich kenne Kaiser, er ist hinterlistig und korrupt. Aber nicht dumm. Mit der Mafia würde der sich nicht ins Bett legen, sonst wäre er denen ausgeliefert. Mit Politikererpressung kennen die sich aus.»

Raab zuckte mit den Schultern.

«Wenn du willst, kann ich mich ein wenig umhören. Ein paar Anrufe machen.»

Raab hob eine Hand und drehte sie hin und her. «Ich möchte nicht, dass du Ärger bekommst.»

«Ach, was habe ich denn zu befürchten? Dass sie mich in ein Heim stecken?» René grinste. «Lass mich sehen, was ich herausfinde. Das gibt mir wenigstens was zu tun.»

«Danke, ich weiss das zu schätzen.» Raab legte ihm eine Hand auf den dünnen Arm, spürte keine Haut, nur Knochen.

«Du solltest abtauchen, dich aus der Schusslinie bringen. Mit diesen Leuten ist nicht zu spassen. Geh doch für eine Weile zurück nach Schottland oder Irland.»

Raab schüttelte den Kopf. «Es gibt hier jemanden in Basel, der mir wichtig ist. Eine Frau und ihre Tochter. Ich kann sie nicht alleinlassen.»

«Schön, dass du jemanden hast in deinem Leben.» Renés Gesicht hellte sich auf. «Gut für dich.»

Raab verzog die Miene. «Sagt der Mann, der mich davor gewarnt hat. Geh nie eine feste Beziehung ein, hast du mir eingetrichtert, denn das macht dich angreifbar.»

René wedelte mit einer Hand. «Dummes Geschwätz eines Idioten, der es nicht besser wusste. Wenn ich etwas bedaure in meinem Leben, dann ist es, dass ich keine Familie habe. Denn dann sitzt du eines Tages im Pflegeheim und bekommst nie Besuch.» Er lächelte gequält. «Das Schlimmste ist die Langeweile.»

«Sorry, ich hätte längst vorbeikommen sollen. Ich bin schon eine Weile in Basel, habe es aber nie übers Herz gebracht.»

René tätschelte ihm die Wange. «Das weiss ich doch, mein Junge. Ich lese Zeitung, informiere mich. Du hast ein paar schöne Sachen gemacht, Raab. Elegant, mit Finesse. Da habe ich meine Handschrift erkannt. Die Freude darüber ist mir mehr wert als jeder Besuch.»

Das erfüllte Raab mit Stolz, dennoch hatte er auf einmal einen Kloss in der Kehle. «Danke.» Er stand auf. «Für alles und für deine Hilfe.»

«Das gibt mir ein Ziel. Es ist noch nicht mal zehn, und ich denke bereits ans Mittagessen. Cannelloni con Carne, schon wieder. Das zweite Menü ist immer vegetarisch, Tofu oder ähnlicher Frass. Jemand sollte den Koch erschiessen.»

Raab ging vor Renés schmaler Gestalt in die Knie. «Sei vorsichtig mit solchen Wünschen. Du hast immer noch eine Menge Freunde im Milieu. Das könnte dem Falschen zu Ohren kommen.»

René grinste und legte ihm eine kalte Hand an die Wange. «Pass auf dich auf, Kleiner. Wenn du die Stadt schon nicht verlassen willst, solltest du dir eine Absicherung besorgen. Ich kenne da eine gute Adresse.»

Raab nickte. Wer sich mit der Cosa Nostra anlegte, konnte jede erdenkliche Hilfe brauchen.

René winkte ihn heran, beugte sich vor und flüsterte ihm mit brüchiger Stimme ins Ohr: «Du fährst nach Allschwil und dann in Richtung Frankreich. Kurz vor der Grenze biegst du links ab ins Industriegebiet …»

Raab zeichnete den Weg im Geist auf.

29

Am Steuer des Subaru dachte Raab über die Wirkung des Namens Matteo Russo nach. Vor ein paar Monaten hatte sich ein zuverlässiger Informant in der Kantonsverwaltung geweigert, ihm die Baupläne eines Firmengebäudes zu besorgen, das Russo gehörte. Zu Ohren gekommen war Raab auch, dass ein Autoknacker wie vom Erdboden verschluckt blieb, nachdem er einen Mercedes GT Coupé vor einem Restaurant Russos geklaut hatte. Zwei jugendliche Drogenverkäufer waren nach eigenen Aussagen eine Treppe hinuntergefallen und hatten sich beim Sturz die Kniescheiben zertrümmert – doch alle wussten, dass sie in Russos Revier gewildert hatten.

Deswegen fuhr Raab um elf Uhr nach Allschwil. Er folgte der Wegbeschreibung von René ins Industriegebiet direkt an der französischen Grenze, vorbei an Autowaschanlagen und Recyclingfirmen. Schliesslich parkierte er den Subaru zwischen zwei Lastwagen auf dem Parkplatz eines Unternehmens, das Bauschutt aufbereitete. Das schachtelförmige Gebäude vor ihm stand auf einem grossen, umzäunten Areal mit Haufen von Sand, Kies, Ziegeln und weiterem Baumaterial.

Am Empfang füllte eine Frau mittleren Alters mit rötlich getönten Locken hinter einem Tresen Formulare aus, Radio Swiss Pop quäkte.

«Wo finde ich Felix?», fragte Raab.

Sie schaute kaum auf und wies mit dem Kugelschreiber über ihre Schulter zur Hintertür.

In der Halle dahinter war die Luft staubig, gestapelte Ziegelsteine und zerteilte Betonelemente reichten fast bis zur Decke. Raab folgte dem Geräusch eines Motors und fand einen Vorderkipper, den ein Mann in den Sechzigern mit hagerem, gerötetem Gesicht und einem Zigarettenstummel im Mundwinkel steuerte. Geschickt lenkte er das Fahrzeug durch eine Gasse zwischen Schutthaufen und lud eine Ladung Steine ab. Beim Rückwärtsfahren bemerkte er Raab, spuckte den Stummel aus und stellte den Motor ab. «Kann ich Ihnen helfen?»

«Sind Sie Felix?»

«Was wollen Sie?»

«René Niggli hat angerufen wegen mir.»

Er schaute an Raab vorbei in die Halle. Niemand sonst war in Sicht. «Tatsächlich?»

«Ich soll Ihnen ausrichten, dass Sie der mieseste linke Flügel waren, den OB jemals hatte.»

Felix runzelte die Stirn. «Das hat René gesagt?»

«Seine Worte.»

«Wann haben Sie ihn gesehen?»

«Heute Morgen, im Pflegeheim. Können Sie mir helfen?»

«Sie kennen also René. Aber woher weiss ich, wer Sie sind?»

Raab nahm einen Umschlag aus seiner Jackentasche und zeigte ihm die Banknoten darin. «Hier sind meine Referenzen.»

«Dann komm mal mit.» Felix wechselte zum Du. «Ich werde sehen, was ich für dich tun kann.»

Raab folgte ihm zwischen dem Schutt und den Maschinen hindurch zum Ende der Halle, draussen marschierten sie zur hintersten Ecke des Geländes. Umgeben von Unkraut, Abfall und kaputten Fahrzeugen standen zwei verrostete Frachtcontainer am Zaun, dahinter und bereits auf französischem Boden erstreckte sich ein weitläufiger Acker.

Felix ging auf den linken Container zu, öffnete das Vorhängeschloss an der dicken Kette, zog eine Seitenwand auf und verschwand im dunklen Innern. Nach ein paar Sekunden tauchte er wieder auf, mit einer Pistole in der Hand. «Dann zieh mal schön die Jacke aus und heb den Pullover hoch.»

Raab wehrte sich nicht. Er wusste, dass man in dem Geschäft nicht vorsichtig genug sein konnte. Er hängte seine Jacke an die Containertür, zog den Pullover hoch und drehte sich um seine eigene Achse, um zu zeigen, dass er weder verkabelt noch bewaffnet war.

«Okay.» Felix steckte die Waffe in den Bund seiner Hose. «Was brauchst du?»

«Eine Pistole, etwas Handliches mit Power. Neun Millimeter oder mehr.»

«Trommel oder Automatik?»

«Letzteres.»

«Komm rein.» Felix ging voran und knipste ein Licht im Container an. Den Wänden entlang standen Regale mit Kisten und Schachteln, in einer Ecke lehnte eine Schaufensterpuppe mit schusssicherer Weste gegen das Metall. Im Zentrum gab es einen Couchtisch und zwei Sessel. Er wies auf einen davon. «Setz dich.»

Während Raab Platz nahm, schritt Felix die Regale ab und griff zielsicher nach drei handlichen Plastikkisten. Er legte sie auf den Tisch, setzte sich Raab gegenüber und klappte die Deckel auf. Raab erkannte eine Steyr M9 und eine SIG Sauer P320. Er deutete auf die Dritte. «Was ist das?»

«Eine ČZ 75, tschechisch, beliebt bei Polizei und Militär.»

«Sieht billig aus.»

«Das täuscht. Sehr zuverlässig.»

«Hast du noch etwas anderes?»

«Im Moment nicht, in einer Woche vielleicht.»

«Okay.» Raab kannte sich aus mit Waffen, obwohl er sie nicht mochte. Bei einem Bruch hatte er nie eine dabei, denn sie bildeten bloss eine zusätzliche Gefahrenquelle. Eine Pistole konnte etwas Unkontrolliertes auslösen und im Wahnsinn enden. Trotzdem gab es Zeiten wie diese, in denen eine Waffe sinnvoll war. Deswegen lag eine Glock 30 in seinem VW auf dem Flughafenparkplatz, zwei weitere Pistolen hatte er in Schliessfächern gebunkert. Doch wenn er sich tatsächlich mit der Mafia anlegte, konnte mehr Feuerkraft nicht schaden.

Er überging die ČZ. Mit einer Steyr hatte er schon geschossen, sie war ganz okay. Doch die SIG Sauer gefiel ihm besser. Er nahm sie in die Hand, zog den Schlitten zurück, er bewegte sich leicht. Die Pistole zeigte keine grossen Abnutzungserscheinungen. Raab warf das leere Magazin aus und drückte auf die Ladefeder, um die Spannung zu testen. «Ist sie sauber?»

«Ja. Die Seriennummern sind weg und den Lauf habe ich ausgetauscht.»

«Kann ich sie testen?»

«Klar.» Felix verliess den ersten Container und öffnete den zweiten.

Das Licht im Innern offenbarte Zielscheiben und gestapelte Sandsäcke am anderen Ende. Er nahm eine Schachtel Neun-Millimeter-Kugeln und Ohrenschützer von einem Regal und drückte Raab beides in die Hand. Während der das Magazin lud, ging

Felix nach draussen. Nach ein paar Sekunden ratterte ein Generator los.

«So wird niemand etwas mitbekommen.» Felix schloss hinter sich die Containertür. Er setzte ebenfalls Ohrenschützer auf.

Raab setzte das Magazin ein, zog den Verschluss zurück, entsicherte und hob die Waffe auf Schulterhöhe. Er gab einen Schuss ab, der Abzug liess sich leicht betätigen. In schneller Folge drückte Raab noch ein paar Mal ab, die Waffe funktionierte tadellos.

«Okay«, sagte er, als er die Ohrenschützer vom Kopf zog. «Wie viel?»

«Ist das alles, was du willst?»

«Die Weste drüben.» Er deutete in Richtung des anderen Containers. «Ist die gut?»

«Ballistik Level 3A. Gut genug für Pistolenkugeln, kann man verdeckt unter der Kleidung tragen. Ein spezielles Futter sorgt dafür, dass es dir nicht zu heiss wird.»

«Okay, ich nehme sie. Wie viel für die Pistole und die Weste?»

«Ich hätte da noch ein Sonderangebot. Ist gerade reingekommen.»

«Was?»

«Ich zeig es dir.» Felix führte ihn zurück zum Waffenlager, wo er zwei längliche Boxen von einem

Regal nahm, eine grosse und eine kleine. Er klappte die grössere auf, schob eine Polsterung zur Seite und zog ein matt schimmerndes Gewehr heraus. «Eine Tikka T3x aus Finnland, 4,9 Kilo schwer, NATO-Kaliber 7,62, klappbare Schulterstütze. Sehr beliebt bei Scharfschützen. Dazu das hier.» Er öffnete die kleinere Schachtel, sie enthielt ein Zielfernrohr. «ZEISS Conquest V4, vierundzwanzigfacher Zoom, hervorragend bei schlechten Lichtverhältnissen. Gewehr und Zielfernrohr sind fabrikneu.»

Raab wog das Gewehr in seiner Hand, betätigte Verschluss und Abzug, untersuchte das Magazin. Das Gewehr sah hässlich und bösartig aus. So etwas hatte er eigentlich nicht kaufen wollen. «Wenn der Preis stimmt, bin ich interessiert.»

Felix liess den Blick über Gewehr, Pistole und Weste gleiten. «Sechstausend für alles.»

«Vier.»

«Du machst Witze. Fünfeinhalb.»

«Fünf, wenn du Munition und Ersatzmagazine drauflegst.»

Felix zögerte kurz. «Wie viele brauchst du?»

«Je zwei Schachteln Patronen, dazu jeweils ein Ersatzmagazin.»

«Okay.»

Während Raab das Geld abzählte, packte Felix alles zusammen und legte Waffen, Weste, Zielfernrohr,

Ersatzmagazine und Munition in eine grosse Sporttasche. Mit einem Handschlag schlossen sie das Geschäft ab und Raab legte den Riemen der Tasche über seine Schulter.

«Komm vorbei, wenn du wieder mal etwas brauchst», sagte Felix. «Und richte René Folgendes aus: Ich mag ein mittelmässiger Stürmer gewesen sein. Aber einen lahmarschigen Verteidiger wie ihn hätte ich mit einem Bein und geschlossenen Augen getunnelt.»

«Mach ich.» Mit einem Grinsen machte sich Raab auf den Rückweg.

30

Am Nachmittag um halb zwei drückte Corinne Karrer ihm einen Kuss auf die Wange. «Schön, dich wiederzusehen», sagte sie.

Nach einigem Hin und Her hatte Raabs Neugierde die Oberhand gewonnen und er hatte sich mit seinem vermeintlichen Schulschatz vor dem Theater Basel verabredet. Corinne war mit den Jahren gewaltig in die Höhe geschossen und überragte Raab um einen halben Kopf. Sie hatte ihr schwarzes Haar zu einem Dutt hochgesteckt. Sehr schlank, wie sie war, wirkte das einst fein geschnittene Gesicht mit den knochigen Wangen hart.

Doch Corinnes braune Augen schauten freundlich wie eh und je. «Du bist also Sicherheitsexperte, hast sogar eine eigene Firma.» Sie führte ihn durch den Eingang ins Theaterfoyer.

Er winkte ab. «Das klingt nach viel, dabei ist es bloss ein Einmannbetrieb. Hat Gaby dir davon erzählt?»

«Ja.» Sie schlängelte sich mit der Eleganz einer Sportlerin zwischen einer Gruppe Jugendlicher durch, die auf der breiten Treppe sassen und Comics lasen. «Im Internet habe ich deine Firma nicht gefunden. Hast du denn keine Website?»

«Diskretion ist viel wert in meiner Branche. Meine Kundschaft ist ziemlich exklusiv und gibt viel Geld für Sicherheit aus. Oft empfehlen mich diese Leute weiter. So komme ich zu meinen Aufträgen.»

«Dann musst du richtig gut sein.»

Er zuckte mit den Schultern. «Ich gebe mir Mühe.» Raab machte eine ausholende Bewegung mit dem Arm. «Was ist denn das hier?»

Sie standen ganz oben an der Treppe und überblickten die riesige Eingangshalle.

«Es nennt sich Foyer Public, wir wollen das Theater für alle öffnen. Hier gibt es WLAN, Arbeitsplätze oder Kindernachmittage. Dort unten siehst du eine Zweigstelle der Stadtbibliothek, und auf den Sofas oder auf den Liegestühlen dort drüben kannst du die Bücher auch gleich lesen. Zudem ist auch das Theatercafé immer offen.»

«Cool. Und was tust du hier?»

«Ich leite die Kommunikation am Theater. Medienanfragen, Social Media, Werbung und alles, was dazugehört.»

«Gefällt es dir?»

«Ja, ich habe einen tollen Job.» Sie verzog die Miene. «Allerdings bin ich im Gegensatz zu dir nie aus der Region weggekommen. Gern hätte ich ein paar Jahre im Ausland gelebt. Doch es hat sich nie ergeben.»

«Hast du Familie?»

Sie schlenderten an Tischen vorbei, an einer Theke gab es Gemüserisotto, kleine Happen und Getränke. «Ich war verheiratet, habe aber keine Kinder.» Ihrem Gesichtsausdruck entnahm Raab, dass das Thema damit abgehakt war. «Möchtest du etwas essen oder trinken?»

Er schüttelte den Kopf. «Danke, ich hatte schon was.»

«Ein Dessert vielleicht? Vertragen könntest du es, du hast dich gut gehalten.» Anerkennend zwinkerte Corinne ihm zu.

«Nein, danke. Du aber auch. Offensichtlich treibst du noch regelmässig Sport.»

«Ja, beim CVJM Birsfelden habe ich lange Basketball gespielt. Es gab eine Zeit, da waren wir nationale Spitze. Und auch das Rudern hat mich nie losgelassen. Ich habe mein eigenes Skiff und bin drei-, viermal pro Woche auf dem Wasser.» Sie setzte sich an einen schwarz lackierten Zweiertisch.

Er liess sich ihr gegenüber nieder. «Beim Ruderclub Blauweiss?»

«Du hast ein gutes Gedächtnis. Ja, noch immer. Und mein Skiff lagert im Bootshaus auf der Kraftwerkinsel.»

Das weckte Erinnerungen. «Dort war ich schon lange nicht mehr. Fast vierzig Jahre, um ehrlich zu sein.» Er deutete ein Lächeln an.

Ihre Augen weiteten sich, als sie begriff. «Echt? Nie mehr seit 1984?»

«Nein, nie. Damals zogen wir weg von Birsfelden, vor wenigen Tagen bin ich zum ersten Mal wieder dort gewesen. Und auf dem Schulhausplatz laufe ich ausgerechnet Gaby über den Weg. Aber das hat sie dir vermutlich erzählt. Hast du noch regelmässig Kontakt zu ihr und zu Fips?»

«Ja, Gaby und ich trinken in der Stadt immer mal wieder einen Kaffee zusammen. Und Fips sehe ich ein paar Mal pro Jahr an Sitzungen einer Stiftung für Waisenhäuser.»

Er horchte auf. «Die Rumänienstiftung von Judith Müller?»

«Davon hast du also gehört. Ja. Aber ich bin noch nicht lange dabei und mache vor allem wegen Gaby mit. Sie wollte aufhören und suchte eine Nachfolgerin.»

«Cool, dass sich Fips auch engagiert.» Das hätte Raab ihm gar nicht zugetraut. «Kanntest du Judith und Mülli gut?»

«Nicht wirklich. Früher traf ich sie ab und zu bei Anlässen im Dorf oder auch mal hier im Theater. Aber in den letzten Monaten hatte ich wegen der Stiftung natürlich mehr Kontakt zu Judith. Eine echte Powerfrau, sehr beeindruckend. Es ist wirklich tragisch, was passiert ist.»

Er nickte. «Hast du eine Idee, was dahinterstecken könnte?»

«Geht die Polizei nicht von einem Einbruch aus, der schiefgelaufen ist?»

«Ich glaube schon.»

«Wie furchtbar. Ich sage dir, die Sache verfolgt mich bis in den Schlaf. Manchmal schrecke ich mitten in der Nacht hoch und kontrolliere alle Türen und Fenster.»

«Das verstehe ich.» Von Corinne würde er kaum mehr erfahren über das Ehepaar. Aber deswegen war er auch nicht hergekommen.

Sie setzte ein Lächeln auf. «Und wie findest du Birsfelden? Was hattest du für einen Eindruck nach so vielen Jahren?»

«Es ist eigenartig. Vieles scheint sich nicht gross verändert zu haben. Und doch ist alles anders. Es muss an mir liegen.»

«Das geht uns doch allen so, wenn wir älter werden.» Corinne hob einen Mundwinkel.

«Vermutlich.» Wieso hatte er sich bloss so viele Gedanken gemacht über das Treffen? Es fühlte sich ganz einfach an, mit ihr über alte Zeiten zu quatschen. Und Raab wusste, dass ein Teil von ihm jetzt zur Ruhe käme. Der Teil, der so lange der verpassten Chance nachgetrauert hatte.

Corinne studierte sein Gesicht. «Was ist denn eigentlich damals, nach dem Einbruch ins Stadion, wirklich geschehen? Es gab viele Gerüchte, aber niemand wusste etwas Genaues. Seid ihr deswegen weggezogen?»

Raab hob die Schultern. «Die Polizei verhaftete mich, ich sass achtundvierzig Stunden im Gefängnis. Danach mussten sie mich freilassen, weil ich minderjährig war.»

«Das haben wir noch mitbekommen. Aber danach warst du einfach verschwunden.»

«Ja. Eine Jugendrichterin verurteilte mich zu drei Monaten gemeinnütziger Arbeit in einem Altersheim. Zudem brummte sie mir dreissig Tage Haft bedingt auf, mit einer Probezeit von zwei Jahren. Wäre ich in dieser Zeit erneut straffällig geworden, hätte ich die dreissig Tage absitzen müssen.»

«Deshalb seid ihr umgezogen?»

«Nein. Aber mein Vater fand, dass mir ein neues Umfeld guttäte.» Die Lügenvariante ging ihm glatt über die Lippen. Denn eigentlich hätte Raab nach dem Sozialeinsatz in sein altes Leben zurückkehren sollen.

Doch in den Tagen nach dem Einbruch und dem Unfall von Lars waren Gerüchte im Dorf gestreut und genährt worden. Das hatte dazu geführt, dass eines Nachts ein Stein durch ihr Wohnzimmerfenster geflogen war. Kurz darauf hatte in ihrem Briefkasten eine Plastiktüte mit Scheisse gelegen. Ein paar Tage später war Raab im Lebensmittelladen an der Hauptstrasse nicht mehr bedient worden, sein Vater hatte die Wirtschaft ohne Bier verlassen müssen. Schliesslich hatten zwei Männer im Auto Raab auf dem Velo verfolgt, als er vom Altersheim nach Hause geradelt war. Sie hatten dicht zu ihm aufgeschlossen und gehupt, während er immer schneller und schneller in die Pedale getreten und schliesslich über einen Randstein gestürzt war. Nur mit Glück hatte er bloss Schrammen abbekommen. Am nächsten Tag hatte sich Vater einen Lieferwagen ausgeliehen, sie hatten alle Habseligkeiten eingepackt und Birsfelden verlassen.

«Was denkst du heute darüber?», fragte Corinne.

Er massierte sich den Nacken und dachte einen Moment nach. «Wenn ich etwas gelernt habe, dann, dass das Gesetz sehr dehnbar ist. Klar gibt es all die Paragrafen und Bestimmungen im Strafgesetz. Doch in Wirklichkeit ist das alles Quatsch. Von Bedeutung ist einzig, wer auf der Richterbank sitzt und wer davorsteht. Kommst du als Jugendlicher aus einer Familie wie meiner, erhältst du keine Chance. Und wehe, du gibst dich vor Gericht auch noch ein wenig aufmüpfig, dann hauen sie dich richtig in die Pfanne.»

Corinne hob die Augenbrauen. «Ein hartes Urteil.» Es entsprach den Tatsachen. Obwohl Raab in seinem

Leben bloss achtundvierzig Stunden im Gefängnis gesessen hatte, kannte er genug Beispiele. «So ist das eben. Mit reichen Eltern hast du überall Vorteile: in der Schule, in der Ausbildung, bei der Stellenbewerbung. Und vor Gericht.»

«Meinst du damit Lars, weil er ohne Strafe davongekommen ist?»

«Nicht nur, aber auch. Der Vater von Lars, dessen Freunde im Gemeinderat, die Richterin – keine Ahnung, wer damals seinen Einfluss spielen liess. Auf jeden Fall machten sie mich zum Sündenbock. Die offizielle Version lautete, dass es meine Idee und mein Plan war, dass ich die anderen zum Einbruch angestiftet und Lars dazu gedrängt hatte, auf den Bagger zu steigen. Letztlich war ich also verantwortlich für den ganzen Schaden, neunzigtausend Franken, Bagger inklusive. So sah das jedenfalls die Richterin. Von ihr durfte ich mir anhören, was für ein Glück ich hätte, dass ich so glimpflich davonkäme.»

Corinne sah verdutzt aus. «War es denn nicht so?»

«Ach, es ist lange her. Vergeben und vergessen.» Er schüttelte den Kopf. «Hast du noch Kontakt zu Lars? Weisst du, wie es ihm geht?»

Sie lehnte sich zurück und verschränkte die Arme vor der Brust. «Er ist vor drei Jahren gestorben.»

«Oh, das wusste ich nicht.»

«Als Paraplegiker konnte er nach dem Unfall ziemlich vieles nicht mehr steuern. Nicht nur die Beine, auch die Blase oder die Atmung. Also war sein Tod wohl eine Spätfolge. Eigentlich ist es erstaunlich, dass er so lange gelebt hat.»

Beinahe empfand er Mitleid für Lars. «Offenbar hast du ihn regelmässig gesehen.»

«Ja. Er kam im Frühjahr 1985 zurück an die Schule. Im Rollstuhl zwar, aber es machte den Anschein, als ob er recht gut damit zurechtkam.»

«Und später? Wo arbeitete er?»

«Er studierte, wurde Jurist und fand eine Stelle in der Basler Kantonsverwaltung. Er lebte hier in Basel.»

Raab und sein Vater waren damals ins Kleinbasel gezogen. Zum Glück war er Lars nie über den Weg gelaufen. Wie Raab wohl reagiert hätte? Sorgfältig hatte er ehemalige Freunde gemieden und die Strassenseite gewechselt, sobald er jemanden aus der Ferne erkannte. Denn in Birsfelden war niemand für ihn eingetreten, seine Sicht der Dinge, seine Aussagen vor Gericht hatten niemanden interessiert.

Raab dachte an Fips und Gaby, an die Kollegen aus der Migros-Mafia. Als Teenager waren sie eine verschworene Truppe gewesen. Damals hatte Raab geglaubt, ihre Freundschaft würde ewig halten. Welch ein Trugschluss.

Er schüttelte den Gedanken ab. «Weisst du, dass ich noch nie hier im Theater war?»

«Echt?» Corinne setzte eine grimmige Miene auf und richtete den Zeigefinger auf ihn. «Du solltest dich schämen! Komm, ich führe dich herum. Das Ballett probt gerade. Vielleicht kommst du auf den Geschmack.»

«Wer weiss?» Raab erhob sich. «Es geschehen noch Zeichen und Wunder.»

31

Wer ein Schloss knacken wollte, musste an dessen Schwachstelle ansetzen. Das Gleiche galt bei Organisationen wie der Mafia. Deswegen konzentrierte sich Raab auf den Autohändler Benedikt Probst, der den Namen Matteo Russo in seine Geschäftsunterlagen eingetragen hatte. Wer solche Fehler machte, landete früher oder später im Knast.

Durch seinen Feldstecher konnte Raab ihn auf der anderen Strassenseite am Schreibtisch im hell erleuchteten Showroom in Füllinsdorf sehen. Ob Probst sich wegen Russo Sorgen machte? Jedenfalls sass er kurz vor sieben Uhr abends immer noch über seine Akten gebeugt und blätterte durch Papiere.

Raab liess das Glas sinken und schlang die Arme um sich. Obwohl er drei Schichten unter dem Lederkombi trug, fröstelte ihn neben seiner KTM. Der Subaru war Probst leider bei der Verfolgung durch Pratteln aufgefallen.

Wenigstens hatte er einen produktiven Tag hinter sich. Raab hatte nicht nur René und Corinne besucht, sondern auch Waffen besorgt. Er strich mit der Hand über die Ausbuchtung der Lederjacke, spürte die SIG Sauer im Holster darunter. Bis diese Geschichte zu einem Ende kam, täte er keinen Schritt mehr ohne sie. Zudem hatte Raab noch einen Stopp in Jos Wohnung eingelegt. Dort hatte er einen mechatronischen Schliesszylinder mit zwanzig Zuhaltungsstiften und Bohrschutz eingebaut. Darüber hinaus hatte er die Tür mit einem Panzerriegel gesichert. Dort käme keiner mehr so schnell rein, nicht mal ein Experte wie er selbst.

Es gab Raab ein gutes Gefühl. Schade, dass Jo noch in der Redaktion gewesen war. Er hätte sie gern gedrückt und ihre Wärme gespürt. Immerhin hatte ihn Nora mit einem kurzen Nicken begrüsst und über seinen neuen Look – Glatze, Schnauzbart und Brille – gekichert. Ohne ein Wort hatte sie sich danach in ihr Zimmer verzogen. Raab musste grinsen. Er mochte dieses höllisch komplizierte Mädchen wirklich sehr.

Mit dem Fernglas checkte Raab erneut die Lage ab. Im Showroom war Probst aufgestanden, nun steckte er nach und nach Papiere in einen Schredder und wandte der Glasfront seinen Rücken zu. Es sah nicht danach aus, als ob er bald Feierabend machen würde. Vielleicht konnte Raab die Zeit ja nutzen.

Er öffnete den Koffer seines Motorrads, steckte den Feldstecher hinein und kontrollierte die Umgebung. Auf der Rheinstrasse fuhren ein paar Autos, Fussgänger waren keine in Sicht.

Raab überquerte die Strasse und ging auf die Garage zu. Seitlich am Gebäude gab es keine Scheiben zum Showroom, Probst konnte ihn nicht sehen. Als Raab den Parkplatz mit den Occasionen erreichte, ging er in die Knie und tat, als ob er seine Schuhe binde, guckte sich aber um. Die Luft war rein, also schlich er sich geduckt hinter einen Opel. Von dort arbeitete er sich an einem Renault und einem Fiat vorbei zum weissen Mercedes von Probst vor.

Hinter dessen Kofferraum legte er sich auf den Rücken, wobei ihm etwas durch das Leder seiner Jacke in die Wirbelsäule drückte. Raab kam nochmals hoch. Es war eine der Schrauben, die er beim Einbruch letzte Nacht auf den Vorplatz geschmissen hatte. Raab legte sie hinter den Pneu und fischte ein Stück Klebeband mit reflektierenden roten Streifen aus der Jacke. Nachdem er die Schutzfolie abgezogen hatte, legte er sich erneut hin und befestigte den Leuchtstreifen an der unteren Hälfte der Stossstange. So fiele er Probst nicht auf, wenn er den Kofferraum öffnen würde. Als Nächstes holte Raab einen GPS-Tracker aus seiner Brusttasche, ein hochwertiges Produkt mit SIM-Karte und Lithium-Ionen-Akku. Er heftete ihn mit einem Magneten an die Innenseite des Radkastens.

Plötzlich lag alles im Halbdunkel. Raab drehte den Kopf. Kein Licht fiel mehr aus dem Showroom auf den Vorplatz. Schlüssel klimperten, eine Tür schnappte beim Eingang ins Schloss.

Raab rollte sich auf den Bauch und kroch ganz unter den Mercedes.

Schritte näherten sich, dabei klickte die Türverriegelung. Raab wartete, bis Probst den Mercedes bestiegen hatte. Als der Motor ansprang, robbte er schnell auf den Ellbogen seitlich unter dem Wagenboden hervor, weiter über die Lücke zwischen den Fahrzeugen und unter den Fiat daneben.

Keine Sekunde zu früh, denn Probst setzte schon zurück.

Raab beobachtete, wie der Mercedes auf dem Parkplatz wendete und auf die Rheinstrasse einbog. Ob Probst wieder zu seiner Geliebten fuhr? Raab wollte es wissen. Er krabbelte unter dem Fiat hervor, sprang auf und rannte los, quer über den Parkplatz und die Rheinstrasse. Bei dem schwachen Verkehr wäre Probst gleich weg. Raab hetzte bis zu seiner KTM, schwang ein Bein über den Sattel und startete dabei schon den Motor. Er gab Gas.

Zum Glück stand der Mercedes ein paar Hundert Meter entfernt vor dem Rotlicht beim *McDonald's*. Raab drosselte das Tempo und fuhr an den Strassenrand. Er durfte nicht auffallen, deswegen nahm er den Helm aus dem Koffer und setzte ihn auf.

Als Probst bei der Kreuzung anfuhr, blieb Raab ein gutes Stück zurück. Das rote Muster am Heck des Mercedes liess sich auch aus der Distanz gut erkennen.

Probst fuhr aber gar nicht wie am Vortag nach Pratteln, er nahm die Abzweigung zur Autobahn.

Raab folgte ihm auf die A3, unter der Raststätte hindurch und an den bunten Lichtern der chemischen Industrie in Schweizerhalle vorbei. Im dichten Verkehr konnte Raab ein wenig zum Mercedes aufschliessen und trotzdem seine Deckung halten.

Fünf Minuten später überquerte Probst in Basel den Rhein auf der Schwarzwaldbrücke. Beim Badischen Bahnhof setzte er den Blinker und verliess die A3, an der Kreuzung Riehenstrasse schlüpfte er gerade noch bei Gelb durch.

Raab musste anhalten. Gleich würde sich zeigen, ob der GPS-Tracker wirklich etwas taugte. Er holte das Handy aus seiner Jacke, aktivierte die App und gab die Kennnummer des Trackers ein.

Hinter ihm hupte ein Automobilist, die Ampel stand auf Grün. Raab fuhr über die Kreuzung und stoppte vor dem Bahnhof, bevor er die App erneut checkte. *Searching…* Ein Balken füllte sich langsam, im Hintergrund erschien eine Strassenkarte von Basel. Schliesslich erfasste die App das Signal des Trackers und Raab konnte deutlich den roten Punkt sehen, der sich durch die Kleinbasler Strassen bewegte. Bei der Messe bog der Punkt rechts und kurz danach links ab. Raab beschlich ein ungutes Gefühl.

Probst steuerte ins Matthäusquartier, wo Raab seit drei Jahren wohnte. Tatsächlich fuhr Probst in die Hammerstrasse und bog dann in die Haltingerstrasse ein. Dort blieb der rote Punkt stehen. Raab steckte das Handy weg.

Er gab Gas und folgte dem Weg, den Probst genommen hatte. In der Hammerstrasse liess er die KTM eine Abzweigung vor seinem Wohnhaus entfernt vor dem *Herrencoiffeur Sebastian* ausrollen. Er schaltete den Motor aus, stieg ab und ging die letzten Meter zu Fuss. Im Schutz einer Hausecke konnte Raab den Mercedes in der Haltingerstrasse mit ausgeschalteten Lichtern auf einem Parkfeld stehen sehen, etwa zwanzig Meter vor seinem Hauseingang. Die Lampen der engen Wohnstrasse warfen einen gelblichen Schimmer auf Kopf und Schultern von Probst, der reglos am Steuer sass.

Raab hörte, wie ein Auto hinter ihm die Hammerstrasse hochkam. Er warf einen Blick über die Schulter: ein Polizeiauto. *Shit!* Einen Typ mit Helm, der in einem Wohnquartier herumschnüffelte, nähmen die Schugger bestimmt unter die Lupe.

Raab entspannte bewusst die Schultern, schlenderte zurück zum Motorrad und schwang ein Bein über den Sattel.

Das Polizeiauto fuhr langsam vorbei, die beiden Schugger im Innern gafften Raab tatsächlich an.

Doch dann setzte der Fahrer den Blinker und bog in die Haltingerstrasse ein.

Raab startete den Motor und liess die KTM im ersten Gang langsam bis zur Ecke vorwärtsrollen.

Das Polizeiauto näherte sich dem Mercedes, doch der Kopf von Probst war verschwunden. Die Schugger fuhren am Auto vorbei und bogen in die Klybeckstrasse ein. Kurz darauf setzte sich Probst wieder auf, startete den Motor und fuhr los.

Vermutlich wäre der jetzt auf der Hut. Raab vermutete, dass Probst früher oder später zurück zur Autobahn führe. Also steuerte er die KTM zurück zur Schwarzwaldallee. Vor der Auffahrt zur A3 hielt er am Strassenrand und zückte das Handy.

Der rote Punkt des Trackers stand auf der Karte vor der Dreirosenbrücke, wo Probst vermutlich den Rückspiegel auf Verfolger kontrollierte. Es dauerte eine Minute, bevor sich der Mercedes in Bewegung setzte und vor dem Musical Theater sowie am Messeplatz zwei weitere Male stoppte.

Als Probst endlich an ihm vorbeifuhr, steckte Raab das Handy ein. Er liess dem Mercedes hundert Meter Vorsprung.

Der Autohändler verliess die Stadt und nahm beim Stadion St. Jakob die A18 in Richtung Laufental.

Raab folgte ihm gut zehn Minuten bis Duggingen und weiter von der Autostrasse ab, überquerte die

Birs, erblickte das Schloss Angenstein auf dem Felskopf über dem Tal.

Probst nahm die gewundene Hauptstrasse durch Pfeffingen, bog mehrfach ab, die Strasse stieg an. Sie gelangten in ein Wohnquartier, die Vorgärten wurden grösser, die Häuser luxuriöser. Schliesslich fuhr der Mercedes durch ein offenes, schmiedeeisernes Tor am Ende einer schmalen Wohnstrasse mit gepflegten Gärten.

Raab stellte die KTM gut fünfzig Meter unterhalb ab und legte das letzte Stück zu Fuss zurück. Am Ende der Auffahrt mit Kopfsteinpflaster konnte er ein modernes, weiss gestrichenes kubisches Gebäude mit vielen Kanten und grossen, hell erleuchteten Fensterflächen ausmachen, wie es Architekten heutzutage gern bauten. Es musste einen tollen Blick über das Tal bieten. Der Mercedes stand davor.

Neben dem Einfahrtstor hing ein unbeschrifteter gusseiserner Briefkasten. Raab schob die Klappe auf und guckte hinein. Er hatte Glück, etwas aus Papier lag darin. Er zwängte seine Finger in den Schlitz und fummelte vorsichtig einen Brief heraus.

Unter der nächsten Strassenlaterne hielt Raab ihn unter das Licht: eine Rechnung von Primeo Energie. «Russo also», murmelte Raab. «Matteo Russos Schlupfwinkel.»

32

Raab trat zwischen den Bäumen des Waldes auf der Nordseite hervor. Russos zweistöckige Villa lag gut zehn Meter hangabwärts unter ihm. Auch auf der Rückseite brannte Licht in allen Zimmern. Eine weite Rasenfläche säumte einen Naturpool samt Saunahütte. Zwischen Haus und Garten erstreckte sich eine weiss geflieste Terrasse, bestimmt echter Marmor. Blumenbeete, Sträucher und einzelne Bäume rahmten das gepflegte Bild ein.

Auf dem Handy hatte Raab sich das Grundstück angeschaut, geschätzte zwanzig Minuten hatte ihn der Umweg durch den Wald gekostet. Er blickte auf seine Uhr, halb neun. Trotz der kalten Nacht spürte Raab einen Schweissfilm am Rücken unter dem Lederkombi.

Es gab keinen Zaun und Raab konnte weder Bewegungsmelder noch Kameras ausmachen. Entweder war das Alarmsystem geschickt getarnt oder Russo dermassen arrogant, dass er keines installiert hatte. Aus der Jackentasche zog Raab eine Sturmhaube, die er seit dem Schlamassel in Hölstein auf sich trug. Er streifte sie über und nahm die SIG aus dem Halfter.

Im Schatten eines mächtigen Rhododendrons betrat Raab den Rasen, huschte gebückt hinüber zur

Saunahütte und danach hinter den dicken Stamm einer Buche.

Stimmen drangen aus dem Haus. Recht laut.

Eine Schiebetür zur Terrasse führte in ein grosses Wohnzimmer mit L-förmigem Ledersofa, Spannteppich, riesigem Bildschirm sowie Lautsprecherboxen links und rechts davon. An der Wand hinter der Couch fiel Raab ein impressionistisches Gemälde auf. *Ein echter Max Liebermann?*

Die Farbe Weiss dominierte den Raum, hie und da gab es einen Tupfer Schwarz oder Chrom. Der Traum eines Innendekorateurs. Aber niemand befand sich darin.

Die Stimmen kamen aus einem Raum weiter rechts, den eine Betonwand vor Raabs Blicken verbarg. Der Tonlage nach stellte ein Mann nachdrücklich Fragen, die Antworten begleitete ein Schluchzen. Das Licht, das aus dem bodentiefen Fenster des Zimmers auf den weissen Marmor fiel, unterteilte ein länglicher Schatten; nach ein paar Sekunden verschwand er wieder.

Raab pirschte geduckt vor und lauschte. Ein Knacken liess ihn zusammenfahren, er warf sich rückwärts an die Glaswand und legte beide Hände um den Pistolengriff. Nach wenigen Sekunden raschelte es hinter ihm am Hang. Raab fuhr mit der Waffe im Anschlag herum, Augen eines Rehs am Waldrand reflektierten Licht aus dem Haus. Ihre Blicke trafen sich. Mit zwei, drei raschen Sprüngen verschwand das Tier zwischen den Bäumen.

Raab konzentrierte sich wieder auf die Stimmen. Die Glasfront entlang schlich er bis zur Mauer, die beide Räume voneinander trennte, und horchte. Durch ein schmales, leicht geöffnetes Kippfenster über der Scheibe konnte er innen Schritte hören. Er schob den Kopf Zentimeter für Zentimeter für einen Blick hinein vor.

Autohändler Probst kniete auf weissen Fliesen, die Hände waren hinter seinem Rücken gefesselt. Blut verschmierte das Gesicht und das weisse Hemd, rote Tropfen sprenkelten die Bodenplatten. Eichentisch, Stühle, Anrichte – es war offenbar das Esszimmer.

Ein Mann schritt vor ihm hin und her, vielleicht vierzig, klein und schlank, mit modischem Kurzhaarschnitt und Ziegenbärtchen. Den Designerklamotten und der gestylten Brille nach musste das Hausherr Russo sein.

Hinter Probst lehnte ein braungebrannter Glatzkopf mit Boxervisage seinen Hintern lässig gegen den mächtigen Tisch. Er war ebenfalls gut gekleidet, hatte breite Schultern und eine Zigarette im Mund.

Russo blieb breitbeinig stehen und spielte an seinem goldenen Siegelring herum. «Wie kann man nur so bescheuert sein?»

«Ich habe mir nichts dabei gedacht. Es tut mir leid, Matteo. Aber wie hätte ich wissen sollen, dass der in meinen Showroom einsteigt?» Probst wimmerte.

Raab zog das Handy aus der Innentasche seiner Jacke, stellte es auf Filmmodus und hielt die Linse an die Scheibe.

«Wenn du etwas in deiner Birne hättest, wäre das nicht passiert. Was, wenn die Steuerfuzzis deine Unterlagen geprüft und meinen Namen gefunden hätten? Du verfluchter Wichser!» Mit der Aussenfläche seiner Hand schlug er Probst ins Gesicht.

Der stöhnte auf, kippte seitwärts und prallte mit der Schulter auf den Boden.

Der Boxer machte drei Schritte hin zu Probst, zog ihn auf die Knie hoch und wartete, bis der das Gleichgewicht wiedergefunden hatte. Er kehrte zurück zum Eichentisch.

Der Siegelring hatte einen blutenden Streifen auf Probsts Wange hinterlassen.

Russo verschränkte die Arme. «Keller, sagst du. Oder auch Gisin. An der Haltingerstrasse.»

Probst nickte.

Scheisse! Jetzt würden sie Jagd auf ihn machen.

«Und was will das Arschloch?»

«Keine Ahnung. Kaiser meint, der sei nur hinter Geld her. Vielleicht könnte man ihn mit etwas Kohle ruhigstellen.»

Russo lachte knapp. «Ich soll mit einem Hinterwäldler verhandeln? Du solltest mich besser kennen.»

«Lass es mich wieder gutmachen.» Probst beugte sich mit gesenktem Kopf vor. «Ich knalle den Kerl ab, wenn du willst.»

Russo wandte sich an den Boxer. «Ich habe genug gehört. Einladen.»

«Nein, bitte. Du musst das nicht tun. Ich bin doch hergekommen und habe dir alles berichtet…», schluchzte Probst.

«Dachtest du denn, du hättest eine Wahl? Spätestens morgen hätten mich meine Quellen informiert.» Er winkte mit der Hand in Richtung Ausgang.

Raab überlegte, ob er die Scheibe einschlagen und zwei schnelle Schüsse auf Russo und den Boxer abgeben könnte. Doch der leicht bläuliche Schimmer darin deutete auf Sicherheitsglas hin. *Keine Chance!* Ausserdem wusste er nicht, welche Verstärkung Russo noch im Haus hatte.

Russo ging voran aus dem Esszimmer, der Boxer zog Probst auf die Beine und schleifte ihn untergehakt hinaus in einen Flur.

«Bitte, ich habe Frau und Kinder…», verklang in der Tiefe des Hauses.

Vor der Villa hörte Raab ein Auto. Er schlich zurück zur Hausecke und arbeitete sich die Mauer entlang vor, bis er auf den Vorplatz blicken konnte. Er richtete sein Handy auf den Maserati Levante, der jetzt vor dem Mercedes in der Auffahrt stand.

Russo sass bereits auf dem Fahrersitz, sein Ellbogen ruhte lässig im offenen Fenster.

Der Boxer schleppte Probst aus dem Haus. Er hatte ihm ein Tuch zwischen die Zähne geklemmt und am Hinterkopf verknotet, was das Jammern abdämpfte. Der Boxer wollte die Hintertür des Maserati öffnen.

«Spinnst du? Das Blut versaut mir das Leder. Nimm seinen Mercedes und fahr mir nach», Russo liess die Scheibe hinauffahren.

Der Boxer durchwühlte die Taschen von Probst und zog einen Schlüssel heraus. Er schleifte den Autohändler hinter den Mercedes, öffnete die Heckklappe und warf ihn wie einen Sack Sand hinein.

Der Motor des Maserati röhrte, die Scheinwerfer sprangen an. Der Wagen zog einen langsamen Kreis auf dem Vorplatz und rollte zum Tor, wo er kurz auf den Mercedes wartete.

Raab blickte ihnen nach, bis die roten Lichter verschwanden. Sie würden Probst irgendwo umbringen und verscharren. Eine der goldenen Regeln seines Mentors René ging ihm durch den Kopf: *Lass dich nie mit der Mafia ein. Die bescheissen dich nach Strich und Faden und am Ende bringen sie dich um.* Probst bezahlte mit dem Leben für seine Dummheit.

Auch wenn Raab selbst nicht so blöd gewesen war, stand er als Nächster auf ihrer Liste. Okay, sollten sie doch kommen. *Fuck you!*

33

Raab betrat das Einzelzimmer, Helen Schweizer lag in weissem Nachthemd mit hochgestelltem Rückenteil im Bett. Vorgestern auf dem Friedhof hatte Raab gedacht, dass sie dickes Make-up aufgetragen habe. Nun erkannte er, dass ihr natürlicher Teint tatsächlich sehr hell war und auch das Goldblond der Haare echt. Sie fielen ihr in Locken bis auf die Schultern.

«Aha, der Einbrecher. Wird auch Zeit, dass du endlich kommst.»

Raab blieb am Fussende des Betts stehen. «Du kennst mich?»

«Meine Rede an Lauras Beerdigung hielt ich in erster Linie für dich. Ich hatte erwartet, dass du auftauchst und gehofft, dass du mich ansprichst. Dein Verhalten draussen vor der Abdankungshalle hat mich überzeugt, dass du der Gauner bist.»

Eine junge Frau mit Grips. «Ich hatte mir eine Ausrede für meinen Besuch hier zurechtgelegt. Schön, dass ich mir die jetzt sparen kann.»

«Meine Worte waren nicht einfach so dahingesagt.» Sie wollte die linke Hand heben zur Betonung, doch die Infusionsleitung in der Armbeuge hinderte sie daran. «Autsch… Jedenfalls soll der Dreckskerl büssen, der Laura umgebracht hat.»

«Dann sind wir gleicher Meinung.» Raab zog den einen Stuhl heran und setzte sich neben das Bett. Zwei Schritte vor, ein Schritt zurück lautete einer seiner Leitsätze. So konnte er Pläne ein zweites oder ein drittes Mal aus kritischer Distanz durchdenken. Dass die Mafia den Mord an Mülli in Auftrag gegeben hatte, stand für ihn jetzt ausser Zweifel. Doch weshalb hatten sie ihn als Sündenbock auserkoren? Er brauchte mehr Hintergrundinformationen. Deswegen sass er am Freitagmorgen um zehn Uhr im Spital Uster an Helens Bett. «Was hat dir Laura über mich erzählt?»

«Dass du in Ordnung bist. Und dass ihr Geschäftspartner seid.» Sie lächelte matt. «Dass du auch noch gut aussiehst, behielt sie aber für sich. Ich glaube, sie stand ein wenig auf dich.»

«Wie kommst du denn darauf?» Laura hatte zwar oft mit ihm geflirtet, doch er hatte es als Spass abgetan.

«An der Art, wie sie über dich sprach. Laura hatte wenig Respekt vor Männern, das bringt der Beruf mit sich. Aber dir vertraute sie.»

Eigenartig. Wo doch Laura immer so viel Wert auf Distanz gelegt hatte. Nie hatte sie ihm auch nur einen kleinen Einblick in ihr Privatleben gewährt. Raab bereute, dass er nicht hie und da nachgehakt hatte. Laura hätte eine gute Freundin werden können.

Helens Gesicht verfinsterte sich. «Danke übrigens. Du hast mir das Leben gerettet.»

Er verzog die Miene. «Da bin ich mir nicht sicher. Ich kann nicht ausschliessen, dass der Schütze mich erwischen wollte.»

Sie runzelte die Stirn. «Wie kommst du denn darauf?»

«Das weiss ich noch nicht. Aber ich vermute, dass Laura aus dem gleichen Grund umgebracht wurde.»

«Dann habe ich das euch zu verdanken?» Mit dem linken Daumen deutete sie auf die rechte, dick einbandagierte Schulter. Den Arm trug sie in einer Schlinge.

«Möglicherweise. Tut mir leid.»

«Es tut verdammt weh. Aber die Kugel hat mich zum Glück unterhalb des Schultergelenks getroffen und keine Knochen verletzt. Wenn wir Lauras Mörder schnappen, sind wir quitt.»

«Wir?»

Sie nickte, als wolle sie ihre Entscheidung bekräftigen. «Ja. Sag mir, wie ich helfen kann.»

«Weisst du etwas über Lauras Stammkunden?»

Helen blies die Backen auf und stiess die Luft aus. «Wenig. Ich bin seit einem knappen Jahr raus aus dem Geschäft. Laura und ich sind Freundinnen geblieben, doch über das Business haben wir selten geredet. Aber ich weiss von eurem Deal. Offen gesagt, fand ich ihn bescheuert. Das habe ich auch Laura gesagt. Kunden ausspionieren und Informationen an einen Einbrecher weiterleiten, das kann auf Dauer nicht gut gehen. Vielleicht hat ein betrogener Freier sie umgebracht.»

Das glaubte Raab mittlerweile nicht mehr. «Wie hast du sie kennengelernt?»

«Wir arbeiteten für denselben Escortservice, ein Freier buchte uns mal gemeinsam. Von Beginn weg haben wir uns gut verstanden. Es war einfach unkompliziert mit ihr bei der Arbeit. Danach boten wir uns auf der Website sowohl solo als auch im Doppelpack an. Und wenn eine von uns besetzt und die andere gerade frei war, schanzten wir uns gegenseitig Kunden zu. Es ist sehr selten in diesem Geschäft, dass man sich auf eine Kollegin verlassen kann. Bei Laura ging das ohne Einschränkungen.»

«Wieso bist du ausgestiegen?»

«Weil ich mir mit vierundzwanzig vorgenommen hatte, dass ich das noch zehn Jahre mache. Es wurden dann doch fünfzehn Jahre daraus. Aber mit neununddreissig hatte ich genug verdient und die Kohle so investiert, dass ich davon leben kann. Nicht luxuriös, aber es reicht.» Sie griff nach einem Glas Wasser auf dem Nachttisch, wobei sie die Infusionsleitung im Auge behielt.

Sie sah jünger aus als vierzig. «Was tust du heute?»

«Mir gehört ein Zentrum für Yoga und Pilates in Rapperswil. Deswegen ist das doppelt beschissen.» Sie neigte den Kopf in Richtung Schulter, bevor sie einen Schluck nahm.

Helen schien ihr Leben im Griff zu haben. «Weisst du, ob Laura ebenfalls aufhören wollte?»

«Sie hat sich die Frage gestellt, schliesslich war sie sechsunddreissig. Und sie hätte in mein Studio einsteigen können. Aber sie war noch nicht bereit dazu. Wenn du erfolgreich bist in diesem Metier, kannst du dir viele Träume erfüllen. Fernreisen first class, Luxushotels am Meer, schöne Kleider. Es ist nicht leicht, sich davon zu verabschieden.»

«Ich war in Lauras Wohnung, die Einrichtung sieht nicht besonders edel aus. Was tat sie mit ihrem Geld?»

«Sie hat investiert wie ich, wollte finanziell unabhängig sein. Ich habe ihr Tipps gegeben, früher war ich Finanzberaterin.» Sie stellte das Glas Wasser zurück auf den Nachttisch. «Aber sie hatte tatsächlich auch eine andere, selbstlose Seite. Laura unterstützte Hilfsprojekte in Äthiopien. Sie sagte immer mal wieder, mit keinem anderen Job könne sie so vielen Menschen helfen.»

Diese Seite von Laura hatte Raab nie kennengelernt – leider. «Sie vermittelte mir einen Job in Hölstein. Weisst du etwas darüber?»

«Nein, wir mieden Gespräche über dieses Thema bewusst. Ich war ja dagegen.» Helen stiess einen Seufzer aus.

«Kennst du andere Kolleginnen, die ihr Tipps für Brüche gaben?»

«Nein. Mit der Szene habe ich abgeschlossen. Aber wenn du willst, kann ich mich vorsichtig umhören.»

«Ja, das könnte helfen. Ich möchte wissen, ob jemand etwas weiss über den Job. Es ging um einen Hausbesitzer, einen Thomas Müller, der seine Versicherung betrügen wollte. Davon ging ich zumindest aus. Stattdessen fand ich Müller und seine Frau tot im Bett.»

«Die wollten dir den Mord anhängen?»

Helen kapierte schnell. «Ja, die Polizei ist hinter mir her.»

«Scheisse.»

Er schnaubte zustimmend. «Ich muss herausfinden, wer uns reingelegt hat. Wann hast du Laura zum letzten Mal gesehen?»

«Dienstag vor einer Woche. Wir haben uns in Zürich getroffen, haben etwas gegessen, waren im Kino. Alles ganz normal. Sie schien in keiner Weise beunruhigt wegen irgendetwas.»

«Darf ich dir ein paar Fotos zeigen? Ich möchte wissen, ob du die Männer darauf kennst.»

«Klar.»

Zur Vorbereitung hatte Raab eine Sammlung von Bildern zusammengestellt. Zum Teil hatte er sie vor einiger Zeit selbst geschossen, zum Teil hatte er sie im Internet besorgt. Er holte das Handy aus der Jacke, tippte auf den Bildschirm und zeigte ihr das erste Gesicht. «Kennst du den?»

Sie hob einen Mundwinkel. «Regierungsrat Kaiser war ab und zu ein Kunde von mir. Ein guter Freier, aber sehr von sich eingenommen.»

«Wie habt ihr euch kennengelernt?»

«Er war mal mein Anwalt.»

«Was? Wann?»

«Das muss … lass mich nachdenken … 2007 oder 2008 gewesen sein. Vor seiner Wahl in den Regierungsrat. Jemand hatte ihn mir empfohlen, weil ich damals so blöd war, meinen Kunden neben Sex auch Koks zu verkaufen.»

«Hat er dich rausgehauen?»

Helens Handy klingelte auf dem Nachttisch. Sie warf einen schnellen Blick auf das Display und schüttelte den Kopf. «Meine Mutter, schon wieder … Ja, ich kam mit einer Strafe auf Bewährung davon. Und er wollte nicht mal Geld dafür.» Das Klingeln verstummte.

«Lass mich raten: Du hast ihn mit Sex bezahlt.»

«Falsch. Er wollte Informationen.» Mit dem Finger strich sie sich die schönen blonden Haare hinter das Ohr.

«Welcher Art?»

«Alles, was ich irgendwie mitbekam oder wusste über meine Kunden.» Forschend sah sie ihm in die Augen. «Ich weiss, was du denkst. Wie scheinheilig, dass ich Lauras Deal mit dir kritisiere. Und ja, der Handel mit Kaiser war beschissen, das ist mir im Lauf der Zeit aufgegangen. Wer seine Kunden hintergeht, bekommt irgendwann die Quittung. Deswegen habe ich Laura auch davon abgeraten.»

«Hast du ihm ein paar brauchbare Informationen verschafft?»

«Davon gehe ich aus, denn er war immer sehr spendabel. Vor allem peinliche Details über Politiker liebte er.»

Raab konnte sich gut vorstellen, weshalb: Erpressung. «Hier, das nächste Foto.» Er hatte es aus dem Video vom Vorabend ausgeschnitten, es zeigte Matteo Russo.

«Noch nie gesehen.»

Raab scrollte zum glatzköpfigen Boxer weiter, Russos Handlanger.

«Nein.»

Er zeigte ihr Benedikt Probst, das Foto stammte von der Website des Autohändlers.

Bei Probst schüttelte sie den Kopf, ebenso bei Tom Müller. Auf dem nächsten Bild verweilte ihr Blick jedoch für längere Zeit. «Den kenne ich.»

Raab guckte auf den Bildschirm. Der Fotoreigen war bei Helikopterpilot Oskar Gruber angekommen. «Woher?»

«Kaiser brachte den mal mit. Er hatte Laura und mich gemeinsam gebucht für ein Wochenende im Schwarzwald. Ein schmieriger Typ, nervös und verschwitzt. Die Unsicherheit machte er mit Machosprüchen wett. Lächerlich. An seinen Namen kann ich mich aber nicht mehr erinnern.»

«Wann war das?»

Helen schob mehrere Sekunden lang die Unterlippe vor, bevor sie antwortete. «Das muss drei oder vier Jahre her sein. Es war im Februar, rund um das Hotel am Schluchsee lag noch Schnee. Der Typ musste sich vor dem Wochenende Pornos reingezogen haben, er hatte eine Menge schräger Ideen.» Sie schnaubte. «Der Idiot dachte doch tatsächlich, dass er harte Nummern mit uns schieben könne. Wir haben ihn dann zurechtgestutzt.»

«Wie reagierte Kaiser darauf?»

«Der blieb cool, wie immer. Er hatte uns engagiert und gut bezahlt. Für den schmierigen Typ muss es eine Art Bonus gewesen sein.»

«Weisst du, wofür?»

«Keine Ahnung. Geredet hatte er kaum, er wollte nur ficken.»

«Belohnte Kaiser öfter jemanden auf diese Weise?»

«Hin und wieder hat er uns so gebucht, ja.»

Raab starrte auf das Foto von Gruber. An dessen Kumpel Probst käme er nicht mehr heran. Stattdessen könnte es sich lohnen, wenn er sich den Helikopterpiloten vorknöpfen würde. Raab stand auf. «Vielen Dank, Helen. Das bringt mich einen Schritt weiter. Denkst du, dass du bis morgen ein paar Ex-Kolleginnen ansprechen kannst?»

Sie nahm das Handy vom Nachttisch und hielt es hoch. «Ich fange gleich damit an. Zuvor muss ich aber meine Mutter anrufen. Sie macht sich ständig Sorgen um Luna, ihre Katze.» Sie seufzte schwer.

«Danke. Ich melde mich.» Er schritt auf die Tür zu. «Grüss deine Mutter von mir», sagte er mit einem Augenzwinkern.

34

Kurz vor Mittag spazierte Raab die Basler Schwarzwaldallee hoch. Den Subaru hatte er beim Badischen Bahnhof parkiert, damit er sich dem Altersheim vorsichtig nähern konnte. Er wollte René abholen und zum Mittagessen ausführen. Zwar glaubte Raab nicht, dass die Mafia die Verbindung zwischen ihnen so schnell entdeckt haben konnte. Doch möglicherweise lag er falsch – es wäre nicht zum ersten Mal in dieser Woche.

Schiefergraue Wolken überzogen den Himmel, Windböen wirbelten Laub durch die Luft, es roch nach Regen. *Wunderbar.*

Raab bog in die Erlenstrasse ein. Er konnte nachvollziehen, dass René das neue Quartier missfiel, das den Güterbahnhof ersetzt hatte. 1984, nach dem Umzug nach Basel, war es für den sechzehnjährigen Oli ein Ort voller Entdeckungen und Abenteuer gewesen – quasi ein Ersatz für den Birsfelder Hafen. Allerdings anerkannte Raab auch, dass viel neuer Wohnraum entstanden war, es gab hier jetzt Grünflächen und Spielplätze.

Ein weisser Škoda Octavia bog hundert Meter weiter vorn rechts aus der Zufahrt zum Altersheim. Ob René heute lieber-

Reifen quietschten. Der weisse Škoda beschleunigte, hielt direkt auf Raab zu. Der Beifahrer streckte seinen Arm aus dem Fenster, in der Hand hielt er eine Pistole.

Raab rannte auf dem Trottoir in entgegengesetzter Richtung los. Zwei Schüsse fielen, irgendwo zerbarst Glas, jemand schrie. Er überquerte die Strasse, hetzte über eine angrenzende Freifläche mit stoppelkurzem grünbraunen Gras, umkurvte ein paar junge Bäume und sprintete in die Gasse zwischen zwei Neubauten.

Ein weiterer Schuss schlug scheppernd in das Metall eines Abfallcontainers ein.

Hinter sich hörte Raab Autotüren zuschlagen, Rufe im Befehlston.

Der Fussweg führte zwischen Gebäuden an Balkongärten vorbei. Raab schlug Haken, sprang über Büsche und einen Brunnen. Ein hoher Drahtzaun stoppte seine Flucht. Er setzte einen Fuss zwischen die Maschen, kletterte hoch. Der Zaun schwankte unter seinem Gewicht, Raab sprang ab, landete hart, kippte vornüber und prallte mit der Hüfte auf den Asphalt. Schnell rappelte er sich auf.

Geradeaus befand sich ein Lagerhaus, das noch aus der Zeit des Güterbahnhofs stammen musste, links ein weiterer Zaun vor einer weiten, offenen Fläche, rechts eine Strasse. Er brauchte Deckung, geradeaus!

Lastwagen standen mit dem Heck am Lagerhaus, keine Fahrer waren in Sicht. Erfolglos rüttelte Raab an einem Tor der grossen Betonhalle und fünf Meter weiter an einer Stahltür. Hinter sich hörte er ein metallisches Scharren, sah einen der beiden Verfolger am Zaun hochklettern und den anderen bereits mit beiden Füssen auf dem Teer stehen.

Russos Schlägertyp.

Raab hetzte weiter über den Parkplatz und entdeckte eine Treppe, an deren Fuss eine abgewetzte Holztür offenstand. Er übersprang jeweils drei Stufen auf einmal und flitzte ins Untergeschoss, folgte einem schmalen, von einer Glühbirne fahl erleuchteten Gang und stiess innen eine Schwingtür auf. Unvermittelt stand er in einem Lagerraum mit Regalen und Paletten. Als sich die Tür hinter ihm schloss, wurde es stockdunkel.

Er durfte hier nicht stehen bleiben und tastete sich vorsichtig tiefer hinein. Nach ein paar Metern stiess er mit dem rechten Fuss gegen etwas Hartes.

Die Schwingtüren schabten über den Betonboden, ein Streifen Licht drang vom Eingang her über den Boden.

Raab war gegen eine Palette mit Zementsäcken gelaufen – wenigstens eine gute Deckung. Schnell ging er auf alle viere, kroch um die Säcke, dann erlosch das Licht. Raab keuchte, spürte stechende

Schmerzen in den Rippen und im rechten Knöchel. Er ignorierte das Pochen, richtete sich auf den Knien auf und griff nach der SIG, die er am Rücken im Bund seiner Jeans trug. Weg.

Verdammt!

Er musste sie draussen beim Sturz vom Zaun verloren haben.

Vom Eingang her hörte er Stimmen, ein halb geflüstertes Gespräch. «Ora abbiamo il figlio di puttana!»

«Qui è buio.»

«Ti stai cagando addosso?»

«No.»

«Allora chiudi il becco.»

Schuhe schabten über den Boden.

Diffuses Licht, ganz schwach, wie vom Display eines Handys, kam vom Eingang her. Raab konnte ein paar Formen erkennen: Stützpfeiler, Holzbalken, gestapelte Ziegelsteine. Sie alle boten Deckung.

Er tastete sich vor, entfernte sich von den beiden Kerlen und versuchte, keine Geräusche zu machen und den rechten Fuss zu entlasten. Vielleicht gab es irgendwo einen zweiten Ausgang.

Das Licht wurde kräftiger, dem Umriss nach ging der Boxertyp voran.

Raab sah sich nach etwas um, das er als Waffe benutzen konnte. Drei Meter links erkannte er die eckige Form einer Mulde mit Altmetall. Er schlich sich hin, liess die Finger über den Inhalt gleiten. Stangen, Röhren, Bleche. Vorsichtig nahm er ein Stück Stahl und einen fetten Bolzen.

Raab folgte der Mauer bis zu einem Stapel Bauholz, dessen harziger Geruch ihm in die Nase stieg. Er spürte, dass sein Knöchel anschwoll und steif wurde. Den Typen würde er nicht mehr davonrennen können. Er musste in der Hocke bleiben, lauschen und auf den richtigen Moment warten.

«Tu vai a destra, io a sinistra», befahl der Boxer. Das Handylicht erlosch.

Schritte näherten sich. Raab stützte eine Hand an der Mauer ab, zog sich hoch und versuchte, die Entfernung am Schrittgeräusch abzuschätzen. Staub stieg ihm in die Nase und kitzelte höllisch.

Keine fünf Meter entfernt hörte er einen dumpfen Aufprall und ein Stöhnen. «Porca merda.»

Raab holte aus und warf den Bolzen in die Richtung des Sprechers. Er hörte, wie das Metall gegen eine Mauer prallte und auf dem Boden landete.

Sogleich feuerten die beiden Idioten mit ihren Pistolen wild um sich, Lärm und Mündungsblitze füllten den Raum.

Jetzt hatte Raab sein Ziel. Er machte einen Schritt nach vorn, peilte den Kopf des Kerls in seiner Nähe an und warf das Stück Stahl. Es klang wie ein

Klatschen und ein dumpfer Aufprall folgte, als der Mann zusammensackte.

«Bruno? Stai bene?» Die Stimme des Boxers drückte Besorgnis aus, er schaltete die Handy-App wieder ein und suchte nach seinem Partner.

Raab tastete sich vor in Richtung Bruno. Schmerzen schossen ihm durch den Knöchel, doch er musste sich beeilen. Brunos Waffe könnte sein Leben retten.

Der Mafioso war schneller. «Merda!»

Keine drei Meter entfernt kauerte Raab hinter einer Säule und konnte schemenhaft erkennen, wie sich der Boxer über Bruno beugte. In der Ferne hörte er Sirenen heulen.

«Andiamo, Bruno, la polizia sta arrivando.»

Es klang nach zwei Ohrfeigen, gefolgt von einem Stöhnen und Würgen.

«Dobbiamo lasciare.»

Es raschelte, weil der Boxer seinen Kumpel über den Boden schleifte. Bruno stöhnte, der Boxer grunzte und keuchte.

Als die Schwingtür aufglitt, traten sie kurz ins Licht. Der Boxer hatte den Arm um Bruno gelegt und schleppte ihn halb hinter sich her.

«La mia pistola …» Die Worte kamen Bruno schwer über die Lippen.

«Dobbiamo andare.»

Wieder stürzte Raab in absolute Dunkelheit. Er wartete eine Minute, bevor er sich vorsichtig in Bewegung setzte. Auf dem Weg zum Ausgang tastete er mit dem guten Fuss nach Brunos Waffe auf dem Boden. Drei Kratzfüsse im Nichts, dann fühlte er sie. Raab bückte sich schnell danach.

Er öffnete die Schwingtür einen kleinen Spalt und checkte die Lage im fahl erhellten Flur ab. Niemand. Mit vorgestreckter Pistole pirschte er zur Kellertreppe, auch oben lauerte keiner der Kerle.

Humpelnd überwand Raab die paar Stufen, die Sirenen erklangen bedrohlich nahe.

Auf dem Teer eierte er zurück zum Maschendraht. Seine SIG lag tatsächlich gleich beim eingeknickten Stück Zaun. Er klaubte sie vom Boden, steckte sie in den Bund seiner Hose und machte sich vom Acker, so schnell ihn seine Beine noch trugen.

35

Raab schob den Rollstuhl über den Lichthof der Messe Basel, die Griffe gaben ihm etwas Halt. Eine gute Stunde nach der Schiesserei hatte er sich zum Altersheim geschlichen, dem Pflegepersonal einen Sturz mit dem Velo aufgetischt und seinen Knöchel notdürftig einbandagiert. Dabei war er zum Schluss gekommen, dass er zum Gegenangriff blasen musste. Die Mafia war ihm bereits zu dicht auf den Fersen.

Beim Mittagessen im *Holzschopf* an der Clarastrasse hatte Raab seinen Mentor ins Bild gesetzt über die neusten Entwicklungen, nun kehrte er mit ihm zurück.

«Lass uns hier halten», sagte René. «Schon deinen Fuss.»

Ausser ihnen befand sich niemand im Lichthof. Raab stellte den Rollstuhl neben eine Bank an der Tramhaltestelle und blockierte die Räder. Das Ausstellungsgebäude zehn Meter über ihnen schützte den Hof zum grössten Teil vor dem Nieselregen, er prasselte bloss durch eine dreissig Meter breite Öffnung und hinterliess einen nassen Kreis auf dem Asphalt. Raab griff in seine Jackentasche, holte ein silbernes Röhrchen und einen Zigarrenschneider heraus und hielt beides hoch.

«Eine Hoyo de Monterrey.» Renés faltige Augen leuchteten. «Du verwöhnst mich.»

«Das Leben ist zu kurz, um mieses Kraut zu rauchen. Hast du das nicht früher immer gesagt?» Raab schraubte den Deckel auf, liess die Zigarre hinausgleiten und schnitt die Zigarrenspitze ab. Er steckte den Schneider zurück in die Jackentasche und holte ein silbernes Feuerzeug heraus.

René nahm die Zigarre.

Raab betätigte das Rädchen mit der einen und schirmte den Wind mit der anderen Hand ab.

René brachte die Zigarre an der Flamme zum Glimmen und nahm einen tiefen Zug. «Aah …» Er lehnte sich zurück, stiess den Rauch langsam aus. «Ist lange her, dass ich so etwas Gutes hatte.»

Raab setzte sich neben ihn auf die Bank der Tramhaltestelle. «Ich werde für Nachschub sorgen.»

«Danke dir. So ein Mittag ist schön. Es macht krank, den ganzen Tag bloss alte Leute zu sehen.» Er schnippte Asche von der Zigarre und wies damit zur Glasfront mit der Uhr über dem alten Messeeingang. «Dort drüben haben sie sich kennengelernt.»

«Wer?»

«Na, deine Eltern.»

«Wirklich?»

«Sonja war eine hübsche Schnalle, entschuldige die Ausdrucksweise. In einem engen blauen Kleid stand sie beim Informationsschalter in der Eingangshalle. Das lange schwarze Haar hatte sie hochgesteckt wie Audrey Hepburn in diesem Film. Kann mich nicht mehr an den Namen erinnern. Auf jeden Fall eine beliebte Frisur damals.»

Raab versuchte, sich seine Mutter vorzustellen. Es fiel ihm schwer, denn er kannte sie bloss von ein paar vergilbten Fotos. «Wann war das?»

«Hmm … siebenundsechzig oder achtundsechzig.»

«Und du warst mit meinem Vater da drin?»

Genüsslich zog René Rauch ein und blies ihn wieder aus. «Geri, ich und ein paar Kollegen halfen beim Aufbau der Stände für die Mustermesse, damit liess sich gutes Geld verdienen. Und hie und da konnten wir auch etwas abstauben, nichts Wertvolles, nur etwas Werkzeug oder eine Schachtel Pralinen. Es war ein warmer und sonniger Apriltag. Wir gehen nach der Mittagspause rein durch den Haupteingang, schmutzig und verschwitzt. Geri stupst mich an und ich sehe die jungen Frauen drüben am Schalter, drei oder vier von ihnen. Sie sortieren Broschüren, stellen Informationstafeln auf. Hübsch und klug, das sehe ich aus zehn Meter Entfernung. Nicht unsere Liga. Ihre Röcke liegen eng an und enden knapp unter den Knien. Und die Beine … oh, Mann.» Sein Blick schien wie entrückt.

«Und dann?»

«Na ja, wir riskieren einen langen Blick, jeder normale Kerl Mitte zwanzig täte das. Damit hätte ich es gut sein lassen, nie im Leben hätte ich eine von denen angesprochen. Aber Geri war ein spezieller Typ, lustig und manchmal vorlaut. Was der für Sprüche klopfte, vor lauter Lachen konnten wir uns manchmal kaum auf den Beinen halten.» Mit dem Zeigefinger tippte sich René an den Kopf. «Und im Oberstübchen hatte er auch etwas, der konnte es weit bringen, das dachte ich damals wirklich.»

Das sagte einer der klügsten Männer, die Raab in seinem Leben kennengelernt hatte. Es passte so gar nicht zum Bild, das Raab von seinem Vater hatte. «Wie ging es weiter?»

«Geri geht also rüber und stellt sich vor die jungen Frauen. ‹Entschuldigung, meine Damen›, sagt er, ‹was kann man denn degustieren bei Ihnen?› So frech, ich presse die Hand auf meinen Mund, um nicht laut loszulachen. Eine der jungen Frauen verdreht die Augen, die anderen zwei lächeln verlegen. Doch Sonja, also deine Mutter, verzieht keine Miene, sie greift bloss hinter den Tresen und hält einen Apfel in der Hand. ‹Frisches Obst›, sagt sie. ‹Wunderbar›, antwortet Geri. ‹Vielen Dank, junge Dame.› Er nimmt den Apfel und kommt mit einem breiten Grinsen wieder rüber zu mir.»

«So haben sie sich kennengelernt?» Sein Alter hatte kaum je mit ihm über Mutter gesprochen.

René zog an seiner Zigarre, nahm sie aus dem Mund, rollte sie zwischen Daumen und Zeigefinger. «Geri isst den Apfel aber nicht, er hütet ihn wie einen Schatz. Am nächsten Tag beginnt die Mustermesse und wir haben erst wieder Arbeit beim Abbau der Stände. Doch er geht jeden Tag zum Informationsschalter und fragt irgendetwas. Zehn Tage lang tut er das, und jedes Mal legt Geri etwas vor Sonja auf den Tresen, eine Frucht, eine Blume, kleine Sachen. Am letzten Tag der Muba nimmt er seinen Mut zusammen und lädt sie ins Kino ein, das *Dschungelbuch* läuft gerade. ‹Wieso sollte ich mir mit Ihnen einen Zeichentrickfilm ansehen?›, fragt Sonja. Und er sagt: ‹Weil ich Sie heiraten werde. Ich verdiene ordentlich und werde nie verlangen, dass Sie bloss zu Hause sitzen, kochen und putzen. Und vergessen Sie mein gutes Aussehen nicht.› Sie schaut ihn an mit ihren grossen blauen Augen, hebt eine Augenbraue und antwortet nichts.»

«Hat mein Vater das wirklich so gesagt?»

René grinste. «Am Abend zuvor war er ganz nervös und bat mich um Rat. Da haben wir das sogar einstudiert. Na ja, mehr oder weniger. Der Spruch mit dem guten Aussehen war nicht geplant.»

Ein durchnässter Jogger kam auf sie zu, seine Turnschuhe klopften auf dem Asphalt. Er trug Ohrstöpsel und nickte im Takt, als er vorbeilief.

René schaute ihm nach. «Am nächsten Abend geht Geri zum Kino und kauft zwei Billetts. Er rechnet nicht wirklich damit, dass Sonja auftaucht. Also gehe ich mit. Wir stehen draussen, in fünf Minuten fängt der Film an und ich dränge ihn, dass wir endlich reingehen. Doch Geri will warten. Und wer kommt dann tatsächlich in der Minute, als der Film beginnt?»

«Meine Mutter.»

«Genau. Acht Monate später haben sie geheiratet. Aber die ganze Geschichte kennst du ja längst.»

Raab guckte hinüber zur grossen Messeuhr und wünschte sich, er könnte sie fünfundfünfzig Jahre zurückdrehen. «Ich habe sie noch nie gehört.»

Sie schwiegen ein paar Minuten, während deren René genüsslich seine Zigarre paffte. Ein praktisch leeres Tram Nummer 2 stoppte an der Haltestelle, blieb kurz stehen und fuhr wieder an. Niemand stieg ein oder aus, im Innern befand sich nur ein altes Ehepaar.

«Solange ich Geri und Sonja kannte, waren sie so.» René hob die linke Hand und legte Zeige- und Mittelfinger übereinander. «Ihr Tod hat ihn schwer getroffen. Und danach, allein mit dir, hat ihn das alles überfordert. War nie mehr wie früher. Ich weiss, dass du wenige gute Erinnerungen an früher hast. Aber es gab auch schöne Tage, glaub mir. Du darfst nicht zu streng sein mit Geri.»

Raab hatte bislang eine klare Vorstellung davon, was sein Alter, dieser Versager, alles falsch gemacht hatte. Ob er das Bild korrigieren müsste, nur weil Mutters Tod alles verändert hatte? Darüber würde er nachdenken, doch nicht jetzt. Zunächst musste er sich die Mafia vom Hals schaffen. «Hast du seit gestern etwas herausgefunden? Über Russo, meine ich.»

René zog an der Zigarre und liess die Glut an deren Spitze leuchten. «Es heisst, dass Francesco und sein Grossneffe Matteo das Heu nicht mehr auf der gleichen Bühne haben. Der alte Capo hat den Jungen in die Schweiz geschickt, um ihn aus der Schusslinie zu nehmen. Er sollte sich still verhalten und abwarten. Doch Matteo ist ein Angeber, will sich Respekt verschaffen. Also legt er sich mit den Einheimischen an, drängt in ihre Reviere.»

«Okay.»

«Offenbar hat er sogar Leute aus dem Weg geschafft. Ohne Erlaubnis der Familie.»

«Letzte Nacht hat er Probst umgebracht, den Autohändler.»

«Der, bei dem du eingestiegen bist?»

Raab nickte. «Matteo kennt jetzt leider meinen Namen.»

«Nicht gut.» René liess den Rauch aus seinen Lungen strömen, blickte über den Platz. «Matteo hat diesen ganzen Mafiascheiss verinnerlicht, von wegen

Ehre und so. Typen wie ihn habe ich nie verstanden. Ich meine, es sollte eigentlich um Geschäfte gehen, um Profit. Was bringt es ein, wenn man einen armen Hund wie diesen Probst umlegt? Alles, was dabei herauskommt, sind Scherereien mit den Schuggern.» Mit der Zigarre deutete René auf Raab. «Matteo Russo wird keine Ruhe geben, früher oder später wirst du dich mit ihm befassen müssen. Aber er handelt ohne Auftrag und hat keine grosse Mannschaft um sich herum.»

«Wenigstens etwas. Das Letzte, was ich jetzt brauche, ist eine ganze Mafiabande auf meinen Hacken.»

«Nur ein oder zwei Kumpel aus Kindheitstagen unterstützen Matteo, sagen meine Quellen. Sein bester Freund heisst Salvatore Lombardi.»

Es waren zwei, das wusste Raab inzwischen. Demnach musste der Boxer Lombardi sein. «Würde der Grossvater ausflippen, wenn ich Matteo aus dem Verkehr zöge?»

«Schwer zu sagen. Die Familie ist ja angeblich heilig für diese Typen. Aber Matteo stellt ein Problem dar, zofft sich mit den Einheimischen. Ich kann mir vorstellen, dass der Alte über den Verlust hinwegkäme.»

«Gut.» Raab würde sich etwas ausdenken müssen. Er erhob sich von der Bank und löste den Sperrhebel am Rollstuhl. Gemächlich schob er René über den

Asphalt. «Dein Freund Felix war übrigens ein guter Tipp, er hat mir erstklassige Waffen verkauft. Ich soll dir was ausrichten.»

«Ja?»

«Er sagt, dass er einen lahmarschigen Verteidiger wie dich mit geschlossenen Augen getunnelt hätte.»

Das Husten von René vermischte sich mit Raabs Lachen und hallte über den Lichthof.

36

Am Freitagnachmittag stieg Raab an der Inzlingerstrasse in Riehen aus dem weissen Kleinlaster mit der orangefarbenen Aufschrift *Fust – Traumküchen und -bäder.* Kurz vor fünf dunkelte es bereits, als er im blauen Overall mit Fust-Logo die Hebebühne am Heck des Fahrzeugs herunterliess. Er stellte sich darauf und straffte beim Hochfahren die Schultern wie jemand, der gleich etwas Schweres schleppen wollte.

Im Laderaum schob er eine Sackkarre unter eine zwei Meter hohe Kartonbox. *Liebherr Premium Edelstahl-Gefrierschrank* stand darauf. Mit Trippelschritten zog er die Lieferung rückwärts auf die Hebebühne und fuhr nach unten. Für Zufallszeugen könnte es nicht alltäglicher aussehen.

Bei seiner ersten Tour durch das Quartier am Vormittag hatte ihn das Haus von Helikopterunternehmer und Mülli-Komplize Oskar Gruber überrascht: vielleicht fünfzig Jahre alt, einstöckig, vier oder fünf Zimmer. Die Fassade zeigte unverputzten Backstein in einem kümmerlichen Vorgarten. Die Lage von Haus und Grundstück war allerdings erstklassig. Knapp zehn Kilometer nordöstlich der Basler Innenstadt und doch im Grünen.

Ächzend kippte Raab die Sackkarre auf die Räder und bugsierte die vermeintlich schwere Last von der Hebebühne auf den Teer. Zwei Beutel Sand hatte Raab unten in die Box gelegt, damit sie nicht umkippte. Er zog die kleine Show durch und hob die Kiste über die Bordsteinkante auf das Trottoir. Schwer fiel ihm das nicht trotz der Hüftprellung, dem verstauchten Knöchel und den noch schmerzenden Rippen.

All das inszenierte er für neugierige Nachbarinnen und Nachbarn nicht zum ersten Mal bei einem Einbruch. Als «Leihgebühr» für Kleinlaster, Overall und Box kassierte ein Bekannter aus dem Milieu tausend Stutz.

Raab verfrachtete die Gefrierschrank-Verpackung bis dicht vor die Haustür, wo er sie neben einem Dobermann aus weisser Keramik abstellte. Raab drückte die Klingel und zückte gleichzeitig die Pistole. Sollte Gruber wider Erwarten zu Hause sein, könnte er ihn im Schutz der Box überwältigen. Gegen dessen Anwesenheit sprach, dass schwere Rollläden alle Fenster und Hintereingänge verschlossen.

Als niemand reagierte, steckte Raab die SIG ein, entfernte sich ein paar Schritte vom Karton, holte sein Handy heraus und tat so, als ob er einen Anruf erhielte. «Guten Tag, ich liefere noch etwas aus, dann bin ich gleich bei Ihnen. Ja, Herr Schaub.» Raab blickte dabei auf seine Uhr und machte ein paar ausholende Gesten – ganz der genervte Handwerker. Mit einem Nicken beendete er das Gespräch. «Idiot.»

Er schritt zurück zum Eingang und trat zwischen Tür und Box. Raab duckte sich, öffnete mit dem Fuss die Klappe, die er auf der sichtgeschützten Seite in den Karton geschnitten hatte. Sie mass etwa einen auf einen Meter und schwang nach innen auf. Drinnen im Karton stapelte Raab die beiden Sandsäcke übereinander und setzte sich darauf. Die Eingangstür bestand aus schwerem Holz mit Messingbeschlägen und verfügte über ein gutes Schloss. Mit seinen Picks käme er hier nicht weiter.

Er hob einen kleinen Rucksack vom Boden auf die Knie, nahm Latex-Handschuhe heraus, zog sie über, setzte eine Stirnlampe auf und knipste sie an. Anschliessend entfernte er die Beschläge mit einem kleinen Akkubohrer. Er wechselte die Spitze aus, setzte den Bohrer knapp oberhalb des Zylinders an und trieb ein fünf Millimeter breites Loch in das Holz. Dabei achtete er genau auf den Moment, als die ersten Metallspäne herausrieselten. Jetzt drosselte er das Tempo und bohrte das Loch sorgfältig in den Schlosskasten hinein. Als es tief genug war, entfernte Raab den Bohrer und führte einen kleinen Schraubenzieher in das Loch. Damit konnte er die gefederte Zuhaltung anheben und gleichzeitig den Riegel nach rechts schieben. Das Schloss knackte, die Tür war offen. Bevor Raab das Haus betrat, schraubte er die Messingbeschläge wieder an. Von aussen sähe niemand einen Unterschied.

Im Entrée befand sich das Bedienpanel der Alarmanlage genau dort, wo er es erwartet hatte: an der linken Wand. Er erkannte das Modell, das hatte er schon mehrfach installiert. Das Piepsen und die blinkenden roten Lämpchen beunruhigten ihn nicht weiter. Er tippte den Mastercode ein, mit dem alle Anlagen ausgeliefert wurden. Viele Dummköpfe unter den Kunden änderten den aus purer Bequemlichkeit nie. Und siehe da: Die Lämpchen sprangen auf Grün. Gruber war also einer von ihnen. Das ersparte es Raab, die Abdeckung zu entfernen und die Elektronik lahmzulegen.

Mit einer Taschenlampe in der Hand machte er einen kurzen Rundgang. In der Küche stapelte sich schmutziges Geschirr in der Spüle. Das Wohnzimmer erschien ihm wie eine Zeitreise in die Achtzigerjahre: Schrankwand aus Eiche, Plattenspieler, Kacheltisch, gestreiftes Stoffsofa und ein kleiner Röhrenfernseher. Das bestärkte seinen Verdacht, dass es sich um Grubers Elternhaus handelte. Bevor er sich aber gründlicher umsehen konnte, musste er den Lieferwagen verschwinden lassen.

Raab liess den Rollladen an der Schiebetür zum Garten hochfahren, entriegelte deren Schloss und verliess das Haus durch den Vordereingang. Er ordnete das Zeug in der Box, bevor er erneut auf den Vorplatz trat und dort mehrfach kopfschüttelnd auf die Uhr blickte. Schliesslich packte er die Griffe der Sackkarre, verfrachtete den Karton wieder in den Kleinlaster, stieg ein und fuhr los.

Das Fahrzeug parkierte er auf einem Parkplatz an der Bahnhofstrasse unten im Dorf.

Eine halbe Stunde später betrat Raab in Jeans, Regenjacke und Turnschuhen sowie mit dem kleinen Rucksack am Rücken das Haus über die Veranda. Diesmal ging er gründlich vor, öffnete Schränke und Schubladen, checkte sogar das Tiefkühlfach und den Wasserbehälter der Toilette.

Im Schlafzimmer stand unter verspiegelter Decke ein rot lackiertes Doppelbett, auf dem auch noch schwarzes Fell drapiert war. *Gott, wie hässlich.* Raab war froh um die Handschuhe, als er das Zimmer durchsuchte. Das Regal über dem Kopfende enthielt ein Sortiment grellfarbener Sexspielzeuge sowie eine Sammlung Pornofilme. Ein grosser Flachbildschirm hing an der Wand gegenüber. Ein gerahmtes Bild passte so gar nicht zum übrigen Dekor. Eines, das Raab natürlich kannte: die *Gotthardpost* von Rudolf Koller, ein Druck von etwa fünfzig mal fünfzig Zentimeter Grösse. Raab untersuchte den Rahmen und entdeckte kleine Scharniere auf der linken Seite. Also zog er am rechten Rand, wie ein Buchdeckel liess sich das Bild wegklappen.

Raabs Herz machte einen kleinen Sprung. In die Wand war ein kleiner Tresor mit mechanischem Zahlenschloss eingelassen, ein alter Hartmann. So einer Versuchung konnte er nicht widerstehen.

Zuerst testete er am Griff, ob der Safe überhaupt verschlossen war. Leider ja. Raab schüttelte seine Hände und zog die Latex-Handschuhe aus. Dieses Modell verfügte über drei Sperrscheiben. Zunächst drehte er den Zahlenknopf mehrmals, um die drei Nummern auf 0 zu stellen. Bei der richtigen Kombination würde ein Bolzen in Einkerbungen gleiten, die in jede Sperrscheibe gefräst war. Wer über Erfahrung und viel Gefühl in den Fingerspitzen verfügte, konnte diese Einkerbungen erspüren. Bei billigen Tresoren ging dies relativ leicht, bei teuren war es verflixt schwierig. Hätte Raab etwas geahnt von diesem Safe, hätte er seine Fingerkuppen mit Sandpapier aufgeraut.

Er begann mit der ersten Nummernscheibe und arbeitet sich in Dreierschritten hoch, 3, 6, 9. Er testete den Spielraum bei jeder Zahl und wartete auf dieses spezielle, andere Gefühl, den feinen Unterschied. Bei 18 spürte er es zum ersten Mal, dann bei 66 und 87.

Jetzt hatte er drei angenäherte Zahlen im Kopf und fing von vorn an, suchte in Einerschritten im

Umfeld seiner drei Favoriten. So fand er die drei Zahlen der Kombination: 20-66-88. Der Rest war Routine. Um die richtige Reihenfolge zu finden, musste er im schlimmsten Fall sechs Kombinationen ausprobieren. Schon beim zweiten Anlauf – 88-20-66 – liess sich der Griff drehen.

Im Innern lagen eine Perlenkette, eine Rolex Submariner, zwei Eheringe, fünf Krugerrand-Goldmünzen und ein Bündel Noten, alles in allem etwa dreissigtausend Franken wert. Leider war Gruber nicht so blöd wie Probst und bewahrte Geschäftsunterlagen zu Hause auf. Trotzdem war der Ertrag nicht schlecht für zwei Stunden Arbeit.

Raab verstaute alles in seinem Rucksack.

Er schloss den Safe, drehte die Wählscheibe und verwischte alle Spuren mit einem Stofflappen. Dann spazierte er hinüber ins Wohnzimmer, setzte sich aufs Sofa, legte die Pistole aus dem Rucksack in den Schoss und schlug die Beine übereinander.

37

Um zehn nach elf knackte der Schlüssel im Schloss, gleichzeitig sprang im Entrée das Licht an. Raab hörte Schuhabsätze auf Fliesen und ein paar gemurmelte Worte – vermutlich fragte sich Gruber, weshalb er die Alarmanlage nicht eingeschaltet hatte. Es folgte das Rascheln von Kleidern, schliesslich tauchten die Umrisse einer fülligen Person auf der Schwelle zum Wohnzimmer auf. «Ein langer Tag im Büro, Oskar?»

Gruber zuckte zusammen und stand bockstill. Das Licht in seinem Rücken genügte ihm, dass er Raab auf dem Sofa erkannte. «Sie! – Oh Gott.»

«Ja, ich.» Mit vier schnellen Schritten durchquerte Raab das Wohnzimmer, packte Gruber am Arm und drückte ihm die Mündung der Pistole an die Rippen. «Denk nicht mal an irgendwelche Tricks.» Er presste Gruber gegen eine Wand, zwang dessen Hände auf den Rücken, fesselte sie mit einem Kabelbinder. Anschliessend zerrte er Gruber ins Wohnzimmer und stiess ihn rückwärts in den Polstersessel.

«Was soll der Scheiss?»

Raab knipste eine Stehlampe in der Ecke an, setzte sich gegenüber auf die Couch und betrachtete ihn wortlos. *So weit, so gut.* Nun musste er ihn zum Reden bringen. Raab liess die Sekunden verstreichen.

«Das werden Sie bereuen», zischte Gruber. «Sie können jetzt schon Ihr Testament machen.» Der pummelige Helikopterpilot dehnte die Arme, zerrte am Kabelbinder. Aber es nützte nichts.

Raab legte die Pistole auf das Sofapolster und sein Handy daneben.

«Jetzt sagen Sie endlich, was Sie wollen.»

«Du stehst jetzt vor einer wichtigen Entscheidung. Willst du leben oder sterben?»

«Als ob ich die Wahl hätte. Sie werden mich sowieso umbringen. Wie Müller und Probst.» Seine Stimme klang auf einmal fast weinerlich.

«Woher weisst du, dass Probst tot ist?»

Gruber riss die Augen auf. «Sie geben es also zu! Was haben Sie ihm angetan?»

Vielleicht konnte er ihn mit einem Bluff zum Reden bringen. «Wir haben gestern ein nettes Gespräch geführt. Er schilderte mir schöne Details über das Business, das er mit Matteo Russo aufgezogen hat. Und über die Geschäfte, die du mit der Cosa Nostra abwickelst.»

Gruber wich seinem Blick aus. «Ich habe keine Ahnung, wovon Sie reden. Ich biete mit meiner Firma Helikopterflüge an. Das wissen Sie, Sie waren ja dort. Mit der Mafia habe ich nichts am Hut. Wenn Sie-»

«Es reicht», sagte Raab laut. «Russo hat Probst umgebracht.»

«Sie lügen! Das ist kompletter-»

«Halt den Mund!» Raab griff nach dem Handy und tippte auf das Video, das er gekürzt hatte. «Das habe ich gestern aufgenommen.» Er erhob sich vom Sofa, trat vor Gruber und liess es vor dessen Gesicht ablaufen. Der Ausschnitt zeigte Benedikt Probst auf dem Boden knien. Und Russo, der ihm ins Gesicht schlug.

Die Aufnahme stoppte, Gruber keuchte. Erste Schweisstropfen bildeten sich auf seiner Stirn.

«Russo räumt auf. Was denkst du wohl, wer als Nächster auf seiner Liste steht? Das bringt mich zurück zu meiner Frage.» Raab beugte sich auf dem Sofa vor. «Wenn du leben willst, kann ich dir helfen.»

«So, wie Sie Probst geholfen haben?»

Ein Punkt für Gruber. «Mit ihm hatte ich keinen Deal», sagte Raab trotzdem.

Gruber taxierte Raab mit seinem Blick. «Was kostet mich das?»

Raab dachte an das Geld aus dem Safe, das er bereits eingesackt hatte. «Ich will Antworten. Im Gegenzug werde ich dir Leute vermitteln, die dir falsche Pässe, Kreditkarten und Führerscheine besorgen. Topqualität. Damit kannst du abtauchen, nach Brasilien oder auf die Philippinen fliegen. Und wenn du dich nicht allzu blöd anstellst, wird dich Russo nie finden.»

Gruber stiess ein falsches Lachen aus und schüttelte dabei den Kopf. «Wie stellen Sie sich das vor? Ich kann hier nicht weg.»

Der Kerl kapierte immer noch nicht. Raab senkte seinen Kopf auf dessen Höhe hinab. «Vergiss deine Firma, deinen Sitz im Grossen Rat und alles andere», sagte er mit ruhiger Stimme. «Wenn du das nicht tust, bist du bald tot. Du hast dich mit Russo eingelassen und steckst tief in der Scheisse. Waffenhandel, Geldwäscherei, Mord. Was denkst du, wer am Ende den Kopf für alles hinhalten wird?»

Grubers Pausbacken nahmen eine rötliche Farbe an. «Ich weiss nicht, wer Müller umgebracht hat. Den Mord kann mir niemand anhängen, an dem Wochenende war ich in Berlin.»

«Wenn du meinst …» Raab richtete sich auf. Zumindest den Waffenhandel und die Geldwäscherei stritt Gruber nicht ab. «Aber fangen wir vorn an. Hat die Mafia euch auf die Idee gebracht, in Payerne Armeematerial zu klauen?»

Gruber schüttelte den Kopf. «Das sehen Sie komplett falsch. Wir haben nichts gestohlen. Bei ein paar Bier auf dem Militärflugplatz hat uns Probst eines Abends erzählt, was dort so alles auf dem Müll landet. Als Chef der Logistik bekam er das ja haargenau mit. Offenbar rettete er damals schon eine Weile das eine oder andere Souvenir vor der

Verschrottung. Er zeigte uns seine Sammlung. Da hatte es schöne Stücke dabei. Höhenmesser, Steuerknüppel, Pilotenhelme.»

«Und wer hat daraus ein Geschäft gemacht?»

«Das war Probsts Idee. Später erst habe ich vermutet, dass er von Anfang an geplant hatte, uns reinzuziehen. Nur deswegen suchte er den Kontakt. Weil wir als Piloten, Müller und ich, gute Verbindungen zu aktiven und ehemaligen Fliegern hatten.»

Wie praktisch: Der tote Kollege war an allem schuld. «Und wann kam die Mafia ins Spiel?»

«Keine Ahnung. 2011 gab es ein Riesentheater in Payerne, weil Sturmgewehre, Sprengstoff und Handgranaten verschwunden waren. Keine riesigen Mengen, aber doch genug, dass es jemandem auffiel. Die Armee konnte keinen Schuldigen festnageln, also wischte sie alles unter den Teppich. Später hat uns Probst erzählt, dass er das Zeugs abgezweigt hatte für einen Abnehmer im Süden. So drückte er es aus.»

Aus dem Rucksack auf dem Sofa nahm Raab Ausdrucke der Fotos, die er im Büro des Autohändlers gemacht hatte. Er blätterte konzentriert durch die Papiere, als ob sie wichtige Fakten enthielten. Bisher hatte er bloss eine Theorie, aber keine Beweise. Deswegen grillte er Gruber ja. «Ich weiss, dass die Cosa Nostra hinter dem Autohandel von Probst steht.» Er hielt Gruber die Papiere so vors Gesicht, dass der das

Firmenlogo sehen konnte. «Und ich weiss, dass du bloss ein Strohmann bist. Deine Firma gehört ebenfalls den Sizilianern und dient der Geldwäsche.»

Ein paar Sekunden lang starrte Gruber in Raabs Augen und schüttelte den Kopf, dann senkte er den Blick. «Wir waren am Boden, nachdem uns die Armee rausgeworfen hatte. Freunde wandten sich ab, Bund, Kantone und staatsnahe Unternehmen buchten keine Flüge mehr. Meine Firma stand kurz vor dem Konkurs», sagte er mit schwacher Stimme. «Da fragte ich nicht gross nach Referenzen, als Probst mit einem italienischen Investor antanzte. Der übernahm meine Schulden und vermittelte mir neue Aufträge. Es lief wieder, ein Jahr später konnte ich mir einen neuen Hubschrauber zulegen.»

Raab legte die Papiere auf das Sofa und machte auf dem Teppich ein paar Schritte hin und her. «Russo hat also Mafiageld über eure Firmen gewaschen.»

Gruber nickte.

«Und Tom Müller? Welche Rolle spielte er im Businessplan?»

«Auch er brauchte Geld. Nachdem ihn die Swiss geschasst hatte, ergatterte er einen Job bei der Flight Simulation Company. Die ist zwar nicht mit der Mafia verbandelt, aber Müller verdiente deutlich weniger als früher. Zu wenig für seine Ausgaben, die hoch blieben. Zudem hatte er diese fixe Idee mit dem

Museum. Also stellte Probst für ihn den Kontakt zu Russo her. Nur dass dem ein Projekt mit ganz anderen Dimensionen vorschwebte.»

Klar, bei einem Hundert-Millionen-Bau am EuroAirport konnte er mehr absahnen. «Und wer brachte Regierungsrat Kaiser ins Spiel?»

«Das weiss ich nicht. Beteiligt war er spätestens ab dem Zeitpunkt, als der Standort EuroAirport auf dem Tisch lag. Schliesslich ist er Basler Baudirektor und Verwaltungsrat des Flughafens.»

«Hat Russo Müller umbringen lassen, weil er sich gegen das Riesenprojekt wehrte?»

Gruber zuckte mit den Schultern. «Kann schon sein. Aber mit dem Museum hatte ich nichts zu tun, das müssen Sie mir glauben.»

«Und weshalb will man den Mord mir anhängen? Warum der ganze Aufwand?»

«Keine Ahnung. Kaiser hasst Sie, das ist kein Geheimnis.» Unruhig rutschte Gruber im Sessel herum. «Und dem traue ich alles zu. Aber es könnte auch Russo gewesen sein.»

Raab schwieg eine Weile. Die Pendüle auf einem Regal der Schrankwand stand auf zehn vor zwölf und er fühlte sich wie erschlagen. Doch er musste tiefer graben, wenn Gruber schon mal am Reden war.

«Mehr weiss ich wirklich nicht», sagte Gruber.

«Du weisst noch eine Menge. Ich werde dich erst in Ruhe lassen, wenn du alle meine Fragen beantwortet hast. Aber zuerst muss ich pinkeln.»

«Nehmen Sie mir wenigstens die Fesseln ab. Meine Hände sind ganz taub.»

«Mal sehen, wenn ich zurück bin.» Mit der Pistole in der Hand verliess Raab das Wohnzimmer, durchquerte das Entrée und betrat das Gäste-WC, liess die Tür aber offen stehen. Die Waffe legte er auf den Rand des Waschbeckens. Noch hatte Gruber nicht wirklich begriffen, dass er alles Vertraute hinter sich lassen musste. Das war ein riesiger Schritt, wie Raab aus eigener Erfahrung wusste. Er pisste im Stehen, drückte anschliessend die Spülung und zog den Reissverschluss hoch.

Eine Tür krachte ganz nah.

Gruber haute ab!

Er stürmte aus der Toilette, der Knall eines Schusses stoppte ihn. Raab stand im Entrée, vom offenen Eingang zog Luft, den Türrahmen zum Wohnzimmer füllte der Rücken eines Mannes und dahinter war Gruber im Sessel unnatürlich zusammengesunken.

Raab wollte die SIG zücken, doch die lag im Bad. Der Angreifer drehte sich um: Salvatore Lombardi, Russos Schläger. Ohne zu zögern feuerte er.

Raab spürte zwei harte Einschläge auf seinen Rippen, die ihm die Luft nahmen. Er hob beide Hände wie einen Rammbock vors Gesicht und stürmte mit lautem Wutgeheul los. Eine weitere Kugel verfehlte seinen Schädel knapp, bevor er seine Ellbogen mit der Wucht seines ganzen Körpers in Lombardis Fresse stiess.

Mit dem Hinterkopf knallte der gegen die Kante des Türrahmens. Lombardi erschlaffte und liess die Pistole fallen, sein massiger Leib sackte auf die Fliesen.

Raab sprang über dessen Beine und drückte im Wohnzimmer seine Fingerkuppen auf die Halsschlagader von Gruber. Er fand keinen Puls.

Nichts wie weg. Bestimmt hatte der Lärm die ganze Nachbarschaft geweckt.

Er raffte die Papiere von Probst und seinen Rucksack zusammen, holte die SIG aus dem Bad und verliess das Haus hastig über die Veranda. Draussen auf dem feuchten Gras drückte Raab eine Hand auf die schmerzenden Rippen und dankte dem Himmel, dass er unter dem Pullover die Kevlarweste trug, die er gestern erstanden hatte. Zum Glück hatte er sich eine von Renés unzähligen Lebensweisheiten zu Herzen genommen: *Sorgfalt ist die beste Lebensversicherung.*

38

Es war ein kühler Samstagmorgen, typisch November, Raab hatte sich entsprechend angezogen: Thermounterwäsche, Fleecejacke, Regenbekleidung in Tarnfarben, brauner Wollfilzhut. Seit zwanzig Minuten sass er hinter dem Stamm einer Föhre auf dem feuchten Laub und beobachtete Russos zweistöckige Villa in Pfeffingen durch ein Fernglas.

Mächtige mausgraue Wolken schoben sich über den Himmel, zwischen ihnen blitzten immer mal wieder Sonnenstrahlen hindurch und erhellten die weiss gestrichenen Hausmauern. Raab betrachtete durch den Feldstecher das Spiel von Licht und Farbe im Liguster davor. Blassgrüne Blätter bildeten die äusserste Schicht, sie sprossen über einer zweiten, dunkelgrünen Ebene. Grauschwarze, längliche Formen zeigten den Verlauf der Zweige und dazwischen, wenn die Sonne die weisse Wand anstrahlte, durchsetzten helle Lichtpunkte das Gebüsch.

Doch ein brauner Hauch passte nicht ins Farbenspiel. Er gehörte zu einem Umriss, der nicht vom Liguster stammte. Und er bewegte sich, obwohl kein Wind wehte!

Raab liess das Glas sinken. Russo hatte Verstärkung besorgt. Da unten lauerte einer.

Nach einer kurzen Nacht war er mit dem Motorrad aufgebrochen nach Oberdorf und von dort auf den Dielenberg gefahren. In der Morgendämmerung hatte er mit der Suche nach der zerlegten Pistole begonnen. Eine gute Stunde hatte es gedauert, doch dann hatte er alle Teile ausgegraben und vom Dreck und allen Fingerabdrücken befreit.

Instinktiv tastete Raab seine Jackentasche ab und spürte den Schaft jener Heckler & Koch P30, die ihm der Mörder in Hölstein untergeschoben hatte.

Wieder hob Raab das Glas. Am Schwanken des Geästs im Liguster erkannte er, dass der Kerl dort unten unruhig wurde und gelangweilt war. Jetzt wusste Raab, dass sich die richtige Gelegenheit bald ergäbe, um die Waffe zurückzugeben an den Absender.

Augenblicke später zitterte ein anderer Zweig. Bestimmt ärgerte sich Russos Leibwächter darüber, dass er hinter einem Busch hocken musste. Und weil ihm der Hintern wehtat oder die Kälte durch die Knochen fuhr, veränderte er seine Position.

Weitere vier Minuten später ging der Wächter ganz in die Hocke hoch, spähte zwischen den Ästen hervor und kroch aus dem Gebüsch.

Es war der hagere Typ, den Raab gestern im Lagerhaus mit einem Wurf niedergestreckt hatte. *Bruno* hatte Boxervisage Lombardi ihn genannt. Das Stück

Stahl hatte ihn an der rechten Schläfe erwischt, wie ein breites Pflaster zeigte. Bruno dehnte seine Glieder, gähnte, ging über den Rasen und verschwand um die Hausecke.

Raab schlüpfte aus seiner Deckung, huschte geduckt den Hang hinunter und zwischen einem Zwergflieder und dem Stamm einer Buche in den Garten. Bald würde Bruno auf seinen Posten zurückkehren, nachdem er gepinkelt, gegessen oder einen Kaffee getrunken hatte.

Das Atmen bereitete Raab bei jedem Schritt Mühe. Die Kevlarweste hatte am Vorabend zwar die Kugeln gestoppt, doch die Wucht beim Einschlag hatte einige Rippen heftig geprellt. Zielgerichtet steuerte er auf einen mächtigen Rhododendron zu, den er bereits am Donnerstagabend ausgemacht hatte. Unter den Blättern ging er in die Knie. Schnell konnte sich Raab im weichen Mulch in die Tiefe graben, bis er die Wurzeln des Rhododendrons an den Fingerkuppen spürte.

Vom Haus her konnte er eine Männerstimme hinter der Ecke hören.

Hastig zog Raab den Plastikbeutel mit der Pistole aus der Jackentasche, hielt ihn an einer Ecke hoch und liess die Waffe hinausgleiten. Sie fiel zwischen die Wurzeln. Er stopfte den Sack zurück in die Jacke und schaufelte den Mulch mit beiden Händen zurück ins Loch.

«Pensi che la Ferrari possa vincere quest'anno?»

«Non se fanno un casino come l'anno scorso.»

Zwei Männer, sie kamen näher, die Hausecke befand sich keine zehn Meter entfernt.

Der Rhododendron bot keinen Sichtschutz. Hastig verteilte Raab den Mulch mit flachen Händen, krabbelte auf allen vieren drei Meter weiter unter einen Kirschlorbeer, legte sich hinter einem niedrigen Zweig flach auf den Bauch und wartete.

«Ma hanno il miglior pilota.»

«Leclerc? Non lo so. Penso che Verstappen sia più veloce.»

Doch die beiden Männer bogen nicht um die Ecke. Raab roch den Rauch von Zigaretten. Er warf einen kurzen Blick zurück zum Rhododendron und betrachtete sein Werk. Nicht perfekt, aber passabel.

Er sprintete den Hang hoch bis zu seinem Versteck im Wald.

Geschafft.

Er verstaute das Fernglas im Rucksack und machte sich auf den Rückweg zum Motorrad, das er in sicherer Entfernung bei der katholischen Kirche abgestellt hatte. Dort rief er auf dem Handy die App seines GPS-Trackers auf. Der Mercedes von Autohändler Benedikt Probst befand sich inzwischen schon in der Nähe von Bologna. Doch es war Raab egal, wohin der verschachert wurde. Wichtiger war etwas anderes: Er liess sich den Weg anzeigen, den das Auto in den vergangenen achtundvierzig Stunden zurückgelegt hatte. Von Pfeffingen aus war es in den Kanton Solothurn gefahren.

Mit dem Helm auf dem Kopf startete Raab das Motorrad und durchquerte das Ortszentrum von Pfeffingen, überquerte die A18 und die Bahnlinie, fuhr an der Rudolf Steiner Schule vorbei und gelangte über die Apfelseestrasse zum einst florierenden Industriegebiet der Swissmetal in Dornach. Dort bog er rechts ab und nahm die Strasse hinauf zum Gempen. Die Kurven verlockten dazu, dass er den Gashebel der KTM aufdrehte. Doch er hielt sich zurück, dies war nicht die Zeit für Dummheiten.

In Gempen auf dem Hochplateau warf er einen Blick auf das Handydisplay, bog noch vor den ersten Häusern des kleinen Dorfs rechts ab und folgte der Strasse bis nach Hochwald. Dort drosselte Raab das Tempo und liess sich vom Handy über Schotterwege durch Felder und Wälder leiten. Schliesslich stoppte er vor einem Gebilde im Wald. Auf einer steingefertigten Bodenplatte standen ein Felsblock und drei blumengeschmückte Wannen, eine Stele hielt ein stilisiertes Flugzeug aus Eisen.

Eigenartig.

Raab stieg vom Motorrad und trat vor den Felsen, an dem eine beschriftete Platte befestigt war:

Den 108 britischen Opfern der Flugzeugkatastrophe vom 10. April 1973

Hochwald! Natürlich. Ein kalter Hauch kroch Raab über den Rücken hoch. Beim Anflug auf Basel-Mulhouse war eine Maschine aus London im dichten Schneetreiben am Berg zerschellt. Das Unglück hatte damals die ganze Schweiz schockiert.

Raab ballte die Hände zu Fäusten.

Der Tracker log nicht. Hier hatte der Mercedes von Probst in der Nacht auf Freitag eine Stunde und vier Minuten lang gestanden. Das bedeutete, dass Russo und sein Kumpel Lombardi den Autohändler sehr wahrscheinlich an diesem Gedenkort umgebracht und vergraben hatten.

Diese kranken Arschlöcher!

Doch Raab brauchte Gewissheit. Er ging zurück zum Motorrad und band die Schaufel los, die er an dessen Seite festgemacht hatte. Auf dem Kiesweg machte er eine Drehung um dreihundertsechzig Grad. Irgendwo hier musste es Spuren geben.

Mit der Schaufel in der Hand schritt er zwischen die Bäume.

39

Raab trennte die Verbindung, legte das Handy auf den langen Holztisch und nahm einen Schluck Mineralwasser. Helen Schweizer, Lauras Freundin, hatte ihn aus dem Krankenhaus angerufen. Keine Prostituierte aus ihrem Bekanntenkreis wusste etwas über den Einbruch in Hölstein. *Schade.* Wenigstens würde sie sich weiter umhören.

Raab wandte sich wieder seinem Laptop zu, der auf einem langen Holztisch der Basler Markthalle lag. Es war Mitte Nachmittag, der Laden gut besetzt, es herrschte reges Treiben: Familien, Rentnerinnen und Rentner, zwei Punks – eine bunte Mischung, ideal zur Tarnung. Er selbst trug einen Wollfilzhut und eine Sonnenbrille, was eigentlich lächerlich aussah. Doch niemand schenkte ihm Beachtung.

Raab klemmte das letzte Stück Sushi zwischen die Essstäbchen und schob es in den Mund, den Teller hatte er sich an einem der vielen Stände geholt. Er überflog die Mail, die er geschrieben hatte. Sie sollte an die Kantonspolizei Baselland sowie an ihre Solothurner Kollegen gehen, auf deren Hoheitsgebiet Hochwald lag. Der Text enthielt GPS-Koordinaten, die zur verscharrten Leiche von Probst führten. Über zwei Stunden hatte Raab suchen müssen, bis er das ziemlich gut versteckte Grab gefunden hatte. Im Anhang der Mail fänden die Polizisten zudem einen Zusammenschnitt des Videos mit der brutalen Befragung von Probst und dessen Abtransport. Das würde genügen, um Russo und dessen Leibwächter Lombardi aus dem Verkehr zu ziehen. Und als Bonus stiesse die Polizei bei der Durchsuchung von Russos Grundstück auf die Waffe, mit der Mülli ermordet worden war.

Raab klickte auf *Senden.* Dann trennte er die Verbindung zum Proxyserver in Bulgarien und löschte das Konto, das er bei Gmail vor zwanzig Minuten eingerichtet hatte – Jos Tochter Nora hatte ihm gezeigt, wie er sich unsichtbar im Internet bewegen konnte. Er klappte den Laptop zu. Vor Bruno, dem zweiten Handlanger von Russo, hatte er keine Angst. Ohne Anweisung seines Chefs band der sich nicht mal die Schuhe. Raab griff nach dem Glas Mineralwasser und leerte es.

Und jetzt?

Dass Russo in den Mord an Mülli verwickelt war, stand für ihn ausser Frage. Doch hatte der den Auftrag gegeben? Auch Regierungsrat Kaiser hatte Interessen. Und wer genau hatte abgedrückt in Hölstein und Raab in die Falle gelockt? Solange das alles unbeantwortet blieb, käme er nicht zur Ruhe.

Und er musste mit Jo reden. Seit Dienstag, seit dem Einbruch in ihre Wohnung, hatten sie sich nicht mehr gesehen. Raab hatte das Gefühl, dass sich Unausgesprochenes zwischen ihnen auftürmte.

Sein Handy klingelte: *Jo.* Als ob sie seine Gedanken gelesen hätte. Mit einem Lächeln nahm er den Anruf entgegen. «Hallo, meine Schöne.»

«Jemand verfolgt mich.» Ihre Stimme klang verängstigt.

Es fühlte sich an wie eine Ohrfeige, Raab sprang hoch von der Bank. «Wo bist du?»

«Beim Haupteingang vom Zolli. Ich wollte unter Leute, hier fühle ich mich sicherer.» Im Hintergrund waren Kinderlachen und gedämpfte Stimmen zu hören.

«Gute Idee, bleib dort, immer in der Nähe von Menschen. Ich bin nicht weit weg und komme sofort.» Raab presste das Handy mit der Schulter ans Ohr, während er den Laptop im Rucksack verstaute.

«Wie lange brauchst du?»

«Keine fünf Minuten, ich bin in der Markthalle.» Er schwang den Rucksack über die Schulter, stiess mit dem Ellbogen die Eingangstür auf und trat hinaus in den Nieselregen. «Wie hast du festgestellt, dass dir jemand folgt?»

«Ich habe bei uns um die Ecke ein Auto geholt, bei Mobility. Als ich vom Parkplatz wegfuhr, ist mir ein weisser Kombi auf der anderen Strassenseite aufgefallen, der sofort eine Wende machte. Kurz darauf hielt der an einer Ampel nur zwei Fahrzeuge hinter mir. Von da an machte ich mir Sorgen. Also kurvte ich willkürlich durchs Gundeli, wie kein normaler Mensch fahren würde. Der Kombi folgte mir die ganze Zeit. Deswegen fuhr ich zum Zolli, stellte das Auto ab und ging zum Haupteingang.»

Im Laufschritt hatte Raab die Viaduktstrasse überquert und bog in den Flamingosteg ein. «Und jetzt? Verfolgt dich immer noch jemand?»

«Ich weiss es nicht, aber ich nehme es an. Es hat viele Leute hier.»

Er überquerte die Binningerstrasse auf der Fussgängerbrücke, sah den Zoo knapp hundert Meter vor sich.

Raab erreichte die Treppe auf der anderen Strassenseite und blieb oben stehen. Der Blick über den Platz, die Autos, die Menschen war gut. Väter schoben Buggys, Grosseltern spazierten mit ihren Enkelkindern, zwei Teenager schmusten. Aber kein weisser Kombi auf dem Parkplatz. Und keine Jo. «Ich bin angekommen, sehe dich aber nicht.»

«Neben den Kassen hat es einen Mauervorsprung, dort verstecke ich mich. Warte, ich komme dir entgegen.»

Raab rannte die Treppe hinunter, nahm immer zwei Stufen auf einmal und stand kurz darauf auf dem Parkplatz. Noch einmal liess er seinen Blick über die Fahrzeuge gleiten.

Da! Keine dreissig Meter entfernt stand ein weisser Škoda Octavia rückwärts und leicht schief in einem Parkfeld. Die getönte Scheibe im Fond war halb heruntergelassen. Etwas ragte ein Stück weit aus dem Fenster … Der schwarze Lauf eines Gewehrs!

Raabs Blick folgte der Ziellinie des Schützen, zwischen Fahrzeugen und Passanten hindurch, Kindern und Grossmüttern, bis zum Eingang des Zoos. Genau dort stand Jo mit dem Handy am Ohr.

«Siehst du-»

«Runter auf den Boden!», schrie Raab ins Telefon.

Er sprintete quer über den Platz, bis ihm ein ausparkierendes Auto den Weg abschnitt. Raab prallte gegen die Karosserie, konnte sich auf den Beinen halten. Über das Autodach hinweg sah er den Gewehrlauf keine fünf Meter von sich entfernt aus dem beschissenen Škoda ragen.

Nicht Jo, bitte nicht …

Raab holte aus, warf das Handy.

Er verfehlte den Gewehrlauf, das Telefon knallte bloss gegen das Wagenfenster des Škoda und krachte auf den Boden.

Im gleichen Augenblick sah er das Mündungsfeuer, hörte einen Schuss und sah, wie das Glas eines Kassenhäuschens zerbarst. Leute schrien, einige rannten weg, andere warfen sich über ihre Kinder und rissen die mit sich zu Boden.

Mit quietschenden Reifen stiess der Škoda aus dem Parkfeld, mit der Hupe scheuchte der Fahrer zwei Rentner weg und gab Gas.

Der Typ am Steuer hatte ein Pflaster an der Schläfe. *Bruno!* Und im Fond, daran hatte Raab keinen Zweifel, hielt Lombardi das Gewehr in den Händen. Diese Drecksäcke hatten es auf Jo abgesehen, weil sie nicht an ihn herankamen.

Raab griff schon nach der SIG im Halfter unter seiner Jacke, liess sie dann doch stecken. Hier, zwischen all den Zoobesuchenden, konnte er unmöglich schiessen. Trotzdem rannte er dem Wagen ein Stück hinterher, bis er das Basler Kennzeichen lesen konnte und merkte, dass jeder weitere Meter sinnlos war. Bestimmt hatten sie die Nummernschilder geklaut. Der Škoda bog in die Binningerstrasse ein und brauste davon in Richtung Heuwaage.

Keuchend machte sich Raab auf den Rückweg zum Zooeingang. Kinder weinten, einige Elternpaare hatten sich in Grüppchen versammelt und redeten auf die Kleinen ein, andere halfen Gestürzten auf die Beine.

Zwischen ihnen suchte Raab nach Jo. Wo hatte sie sich in Deckung gebracht?

Zweimal machte Raab die Runde, er linste hinüber zur Cafeteria und zum Vivarium, fragte einen Ticketkontrolleur nach einer hübschen Frau mit weissen Haaren. Doch der konnte ihm nicht weiterhelfen.

Gleich würden die Schugger auftauchen, Raab musste sich verziehen. Er ging über den Parkplatz und auf die Heuwaage zu, als er das vertraute Klingeln seines Mobiltelefons hörte. Reflexartig griff er in seine Tasche, doch das Klingeln kam vom Platz. Raab rannte auf das Klingelzeichen zu in der Hoffnung, dass Jo ihn erreichen wollte. Sein Handy lag im Gras neben dem Parkfeld, auf dem der Škoda gestanden hatte. Das Glas hatte einen Sprung, doch das Display leuchtete, es hatte den Sturz überlebt. «Alles okay mit dir?»

«Mir geht es bestens, danke der Nachfrage», antwortete René. «Und du?»

Im ersten Moment war Raab enttäuscht. «Ich habe gerade ein paar Probleme.»

«Falls diese Probleme mit der Mafia zu tun haben – Russo hat mich angerufen. Er will dich treffen und verhandeln. Weiss der Teufel, woher der meine Num-»

Das Telefon übertrug ein knackendes Geräusch, dann herrschte Stille. Das Display leuchtete nicht mehr. Raab drückte den Einschaltknopf, die Abdeckung und der Akku fielen zu Boden. Er stopfte alles in die Jacke.

Verhandeln mit Russo? Lieber liesse er sich einen Arm abhacken.

Bewusst schlenderte Raab in Richtung Heuwaage wie jemand, der vom ganzen Drama gar nichts mitbekommen hatte. In der Innenstadt würde er sich ein neues Handy beschaffen und René zurückrufen. Und danach würde er das Problem Russo ein für alle Mal aus der Welt schaffen.

40

Um Viertel vor fünf betrat Salvatore Lombardi in einem gut geschnittenen marineblauen Anzug die Lobby des *Hotel Victoria* am Basler Centralbahnplatz. Eigentlich sollte Raab dessen Chef um achtzehn Uhr in Zimmer 223 treffen. Wie gut, dass er bereits kurz nach sechzehn Uhr in einem bequemen Ledersessel in der blassgelb gestrichenen Lobby Platz genommen hatte, einen Basler Reiseführer zwischen den Fingern. Er trug eine Baseballmütze der Boston Red Sox, unter der blonde Haarspitzen hervorlugten, dazu einen blonden Bart, eine schwarze Hornbrille, ein Harvard-T-Shirt, Jeans und Turnschuhe; sie machten ihn ganz zum amerikanischen Touristen.

Der Blick von Boxerfresse Lombardi schweifte kurz über die Lobby und Raab, doch der blätterte unbekümmert in seinem Buch. Dann schlenderte Lombardi zur Rezeption hinüber. «Ich habe eine Reservation für Weber.»

Die junge Frau mit der schwarzen Ponyfrisur und der schicken Uniform hinter dem dunkelbraunen Tresen schenkte ihm ein hübsches Lächeln, bevor sie den Computermonitor kontrollierte. «Herzlich willkommen, Herr Weber. Ja, zwei Zimmer für eine Nacht.» Mit geübten Handgriffen zog sie zwei

Schlüsselkarten durch ein Gerät und legte sie auf den Tresen. «Zimmer 223 und 224.»

«Mit Verbindungstür?»

«Ja, wie gewünscht.»

Es überraschte Raab nicht. *Tricks.* Er blätterte weiter.

«Danke.» Lombardi schob eine der Schlüsselkarten vor sie hin. «Die lasse ich hier für meinen Kollegen.»

«Gern. Der Lift befindet sich gleich hier um die Ecke.»

Lombardi nickte, schlenderte zu den beiden Aufzügen, drückte auf den Knopf und stieg ein.

Raab wartete zehn Minuten, bis er den Rucksack mit der aufgedruckten US-Flagge über die Schulter schwang und sich auf den Weg zum Lift machte. In der Kabine streifte er sich Latex-Handschuhe über die Finger und zog die SIG aus dem Rucksack. Als die Türen im zweiten Stock aufglitten, blieb er in der Liftkabine stehen und lauschte, bevor er den Kopf vorstreckte. Niemand lungerte im Flur herum.

Mit langsamen Schritten schlich er sich zur Tür mit der Nummer 224 und lauschte. Im Innern konnte er die Spülung der Toilette hören. Raab klopfte an. «Zimmerservice.»

Schritte näherten sich, schwungvoll wurde die Tür aufgerissen.

Raab rammte Lombardi den Lauf der SIG gegen die Brust, schob ihn ins Zimmer, warf die Tür mit dem Fuss hinter sich zu. «Setz dich aufs Bett.»

«Du warst das in der Lobby. Scheisse.» Lombardi, einen Kopf grösser als Raab, ging gemächlich rückwärts. Er hatte das Jackett ausgezogen, trug ein Holster mit einer Pistole über dem hellblauen Hemd. Als er mit den Waden gegen das Bett stiess, liess er sich mit geballten Fäusten darauf nieder.

«Nimm die Pistole mit zwei Fingern heraus. Ganz sachte.»

Lombardi befolgte den Befehl, seine wachen Augen studierten Raab.

«Wirf sie auf den Boden.»

Lombardi tat es, mit einem leisen Rumpeln landete die Beretta auf dem Teppich. «Ich werde dich fertigmachen, du Arsch. Wir filetieren dich.»

Raab trat vor, streifte den Rucksack ab, ging in die Knie und steckte die Beretta hinein.

Den Moment nutzte Lombardi für einen schnellen Kick. Er traf Raabs Hand, die SIG flog durch das Zimmer.

Lombardi bewegte sich verdammt flink für einen so grossen Kerl. Er schoss vom Bett hoch, gleichzeitig schlug er zu.

Raab riss den Kopf zurück, die Faust pfiff so nah an seinem Gesicht vorbei, dass er den Luftzug an den

Wangen spürte. Er sah, wie sich Lombardis Gesichtsausdruck veränderte. Er erkannte darin den fiesen, kleinen Jungen, der Tiere quälte, Feuer legte und Schulkameraden verprügelte.

Lombardi ging zum Angriff über, täuschte eine Finte an – einmal, zweimal – und versuchte es mit einem rechten Haken.

Mit einem Sprung zurück wich Raab aus.

Das war der Vorteil, den Lombardi gesucht hatte. Er machte drei schnelle Schritte nach vorn und holte mit dem Arm aus, um Raab eine rechte Gerade in den Magen zu rammen.

Doch statt auszuweichen, senkte Raab den Kopf und stürmte vorwärts. Im Laufen holte er aus und trat hart gegen Lombardis Schienbein – was wie Turnschuhe an seinen Füssen aussah, waren Sicherheitsschuhe mit Stahlkappen.

Lombardi stiess einen gequälten Schmerzensschrei aus, während seine Faust an der Kevlarweste unter Raabs Kleidung abprallte.

Raab sprang hoch und verpasste Lombardi einen harten Kopfstoss ins Gesicht. Er hörte das Knacken des Knochens, als die Nase brach. Sofort ging er in den Nahkampf, umarmte Lombardi und stiess sein Knie mehrmals zwischen dessen Beine.

Lombardi sackte auf die Knie, sein blutiges Gesicht war von Schmerzen und Unglauben gezeichnet.

Natürlich kannte Raab den Spruch: *Tritt niemanden, der bereits am Boden liegt.* Doch der galt nicht für jemanden, der Laura ermordet und Jo angegriffen hatte. Er stellte sich breitbeinig auf den Teppich, holte Schwung mit der rechten Schulter und dem rechten Arm und rammte seine Faust direkt in Lombardis bereits gebrochene Nase.

Lombardis Pupillen rollten unter die Lider, er kippte nach hinten auf den Teppich und breitete die Arme aus, als ob er Schneeengel machen wollte.

Raab stand über ihm, schwer atmend, die Fäuste geballt und bereit. Doch der Mafioso regte sich nicht mehr.

Raab rieb sich die Knöchel der rechten Hand. *Shit!* Hoffentlich hatte er sich nichts gebrochen. Während er die Beretta und seine SIG vom Boden aufsammelte, ärgerte er sich über seine Blödheit. Noch vor wenigen Jahren hätte er sich nie so stümperhaft entwaffnen lassen. Er wurde zu alt für diesen Scheiss.

Raab nahm Gewebeband aus dem Rucksack und fesselte damit Lombardis Beine sowie die Hände auf dem Rücken. Anschliessend klebte er es über dessen Mund und wickelte es ihm zweimal um den Kopf.

In Lombardis Jackett, das über einer Stuhllehne hing, fand er die Schlüsselkarte und ein Handy. Er entlud die Beretta, mit der Lombardi vielleicht Probst erschossen hatte, und warf sie aufs Bett. Nach einem letzten Kontrollblick betrat er über die Verbindungstür Zimmer Nummer 223. Es war identisch eingerichtet: ein Doppelbett, ein kleiner Tisch mit Hocker, ein Kühlschrank, alles geschmackvoll in Beige und Braun gehalten. Der Blick ging hinaus auf den Centralbahnplatz und hinüber zum Bahnhof SBB. Er stellte den Hocker ans Fussende des Betts, setzte sich darauf und hielt die SIG schussbereit.

Zwanzig Minuten später hörte Raab das Schloss knacken und die Tür glitt auf. In einem schicken dunkelgrauen Anzug betrat Russo das Zimmer und blieb bockstill stehen, als er Raab erblickte. «Porca merda!» Er hatte den Ziegenbart abrasiert, die schwarzen Haare grau gefärbt und das Gesicht mit Schminke geschickt altern lassen.

«Komm rein.» Raab zielte mit der Pistole auf seine Brust und wartete, bis Russo die Tür geschlossen hatte. «Zieh den Mantel und das Jackett aus.»

Der feingliedrige Russo befolgte die Anweisung und taxierte Raabs Aufzug mit abschätzigem Blick.

«Und jetzt die Hose.»

Die Röte stieg Russo ins Gesicht. «Für wen hältst du dich, du kleiner Wichser?»

Ungerührt wedelte Raab mit der Pistole. «Hose runter!»

Widerwillig öffnete Russo den Gürtel und streifte die Hose ab, darunter trug er schwarze Boxershorts, schwarze Socken – und eine kleine Pistole im Fussgelenkholster.

Wie erwartet. «Wie war das mit der Abmachung, dass wir uns unbewaffnet treffen wollten?»

Russo schnaubte. «Schau dich selbst an.»

«Leg sie auf den Boden.»

Er streifte das Holster ab, liess es mit der Pistole auf den Teppich fallen und zog die Hose wieder hoch. Die Muskeln in seinem Kiefer zuckten. «Ich komme alleine zu einem Gespräch her, aber du hältst mir eine Waffe unter die Nase. So geht man nicht mit Geschäftspartnern um.»

«Und dein Kumpel Lombardi hat das Nebenzimmer bloss für ein Nickerchen gemietet?»

Russos Kiefermuskeln pulsierten. «Was hast du mit ihm gemacht?»

«Er lebt.» Raab deutete mit der freien Hand aufs Bett. «Du wolltest reden, also rede.»

Nachdem er sich hingesetzt hatte, nahm Russo die Brille ab, ein auffälliges Modell mit rotem Rahmen. Mit zwei Fingern fuhr er sich über die Nasenwurzel. «Die Bullen sind hinter mir her, ich soll zwei Männer umgebracht haben, Probst und Müller. Bist du dafür verantwortlich?»

Zur Antwort hob Raab bloss die Schultern. Er hatte gehofft, dass sie Russo schnappen würden, bevor der die Fahndung spitzbekäme. Doch die Mafia hatte überall Informanten. Das erklärte, wieso Russo sein Aussehen rechtzeitig hatte verändern können.

«Weshalb tust du das? Sind wir uns schon mal über den Weg gelaufen?»

Raab war nicht hier, um Fragen zu beantworten. «Wieso wolltest du mir den Mord an Müller anhängen?»

Russos Augen funkelten wie zwei kleine Stückchen Kohle. «Was faselst du da? Damit habe ich nichts zu tun. Deswegen das ganze Theater?» Russo umklammerte das Brillengestell so hart, dass der Rahmen zitterte. «Du hast mich an die Bullen verpfiffen, figlio di puttana!» Mit einer schnellen Bewegung schoss seine rechte Hand vor.

Raab konnte sie mit seinem Unterarm leicht ablenken, fühlte jedoch einen stechenden Schmerz im rechten Bizeps.

Russo holte erneut aus mit dem Arm und beugte sich gleichzeitig vor.

Raab schlug ihm den Lauf der Pistole hart gegen den Kiefer, worauf Russo seitlich auf die Matratze kippte.

Verhandeln, von wegen.

Raab betrachtete seinen Oberarm. Blut tröpfelte aus einer punktgrossen Wunde, es tat höllisch weh. «Womit zum Teufel hast du Sack zugestochen?» Er beugte sich zu Russo hinab, drehte die rechte Hand auf. Ein schmaler Metallstift lag darin, eine Art Stilett. Zehn Zentimeter lang mit einer scharfen Spitze und einem roten Griff. Und an der Brille fehlte ein Bügel, die kleine Waffe war darin versteckt gewesen.

Verdammt clever.

Hätte ihn der Kerl damit an der richtigen Stelle erwischt, wäre Raab jetzt tot. Er verschnürte Russo mit dem Klebeband aus dem Rucksack ebenso wie Lombardi und liess ihn auf dem Bett liegen.

Und jetzt nichts wie raus hier.

Als er über den Centralbahnplatz schlenderte, wählte er mit Lombardis Handy die Nummer der Basler Kantonspolizei.

«Einsatzleitzentrale, Huber.»

«Sie suchen zwei Männer, Matteo Russo und Salvatore Lombardi. Sie liegen im *Hotel Victoria* am Centralbahnplatz, Zimmer 223 und 224.»

«Wer-»

Raab trennte die Verbindung und schmiss das Handy in den nächstbesten Abfallkübel.

Ein Problem weniger.

41

«Sorry, dass ich einfach so hereinplatze. Aber ich muss wissen, ob es dir gut geht», sagte Raab auf der Schwelle zu Jos Wohnung. Zerbrechlich sah sie aus in den schwarzen Jeans und dem lindgrünen Strickpullover. Ihre Augen waren gerötet, die normalerweise hübschen Fältchen hatten sich tief ins Gesicht gegraben.

Sie zögerte einen Moment, bevor sie ihre Arme ausbreitete und ihn umschlang.

Es fühlte sich wunderbar an, Jo zu spüren. So blieben sie für ein paar Sekunden stehen. «Es ist vorbei», sagte Raab. «Diese Typen werden dich nicht länger belästigen. Die Polizei hat sie verhaftet.» Eine gute Stunde nach seinem Anruf hatten die Schugger die beiden Idioten in Handschellen abgeführt. Von einem Fensterplatz beim *Burger King* gegenüber dem Hotel hatte Raab die Szene beobachtet, bevor er die zehn Minuten zu Jos Wohnung im Gundeldingerquartier spaziert war.

Sie löste sich von ihm. «Komm rein.»

Jo ging voran vom Entrée ins geräumige Wohnzimmer, das ein Tresen von der offenen Küche trennte. Daran geschoben war ein kleiner Esstisch mit vier Bistrostühlen, ein dicker Teppich aus Schurwolle bedeckte das Parkett. Ein Regal an der Wand war mit Büchern, CDs und einem alten Midisystem gefüllt. Jo trat davor und schaltete das laufende Klavierkonzert aus. «Ich habe mir gerade Kaffee gemacht. Willst du einen?»

«Gern.» Raab setzte sich auf das schwarze Ledersofa, das ein bunter Quilt bedeckte. Im antiken Spiegel gegenüber sah er seine lächerliche Verkleidung als amerikanischer Tourist. Darüber hatte Jo keine Bemerkung verloren, was ihr gar nicht ähnlich sah. Er legte den Rucksack auf das Polster neben sich und die Baseballmütze auf den Beistelltisch.

Die Kaffeemaschine surrte. Jo stand mit dem Rücken zu ihm und nahm einen Schluck aus ihrer Tasse. Langsam drehte sie sich um und schaute Raab mit traurigen Augen an. Sie kam auf ihn zu, wollte ihre Tasse auf dem Tresen abstellen und verfehlte ihn. Reflexartig griff Jo nach der herunterfallenden Tasse, doch sie zerschellte auf den Küchenfliesen. Splitter und braune Flüssigkeit flogen in alle Richtungen.

Raab sprang hoch, wollte helfen.

Doch sie stoppte ihn mit der erhobenen Hand. «Lass mich!», sagte sie viel zu laut.

Raab sank zurück auf das Sofa. Verdammt, er hätte nicht herkommen dürfen. Jo war zu fertig mit den Nerven.

Sie holte tief Luft, warf die verstreuten Keramikreste in den Mülleimer, kramte eine Küchenrolle aus einer Schublade und wischt den Kaffee vom Boden und von den Schränken. Mit einem Lappen schrubbte sie kräftig nach, spülte ihn aus, wischte erneut über alle Oberflächen, wieder und wieder, obwohl aller Dreck längst verschwunden war.

Raab zögerte, fühlte sich hilflos.

Schliesslich liess sie sich auf den feuchten Boden sinken, zog die Beine an, umfasste sie mit ihren Armen und legte die Stirn auf die Knie. Jo begann zu weinen, als würde sie nie wieder damit aufhören.

Raab erhob sich, ging langsam in die Küche, setzte sich vorsichtig neben Jo auf die Fliesen und legte einen Arm um sie. Im Geist probierte er ein paar Dutzend beruhigende Sätze aus, aber keiner passte irgendwie. Also strich er mit den Händen bloss über ihre Schultern und Haare. Sie blieben schweigend sitzen.

Jo schüttelte es durch, Tränen flossen über ihre Wangen. Er riss Stücke von der Küchenrolle ab, hielt sie ihr hin und fühlte sich am Rand einer Klippe stehen.

Jo wischte sich die Tränen vom Gesicht, nahm ein neues Stück Papier und schnäuzte sich. «Ich kann das nicht mehr.» Ihre Stimme war nicht mehr als ein Flüstern.

Raab hatte gewusst, dass sie so etwas sagen würde. Er stürzte ab.

Sie schaute ihm ins Gesicht. «Auch wenn ich dich liebe.»

«Ich weiss. Ich dich auch.» Er strich ihr mit den Fingern über die Wange.

«Mir gefällt so vieles an dir. Du bist klug, grosszügig und selbstbewusst. Und dass du dich an keine Regeln hältst, hat mich fasziniert. Trotzdem habe ich in den letzten Monaten versucht, unsere Beziehung in … etwas traditionellere Bahnen zu lenken. War das falsch?»

Daher all die Besuche von Museen und Theatern, die Abendessen mit ihren Freunden, vor denen er seine Rolle als Sicherheitsexperte gespielt hatte. «Du hast mich zu nichts gezwungen. Und ich habe mir Mühe gegeben, immer nett zu sein.» Obwohl ihm das zuweilen weiss Gott schwergefallen war.

«Aber ich hatte nie den Eindruck, dass du das willst.»

«Es ist dein Leben. Mit deinen Freunden habe ich nicht viel gemeinsam. Sie reden ständig über den nächsten Karriereschritt, eine Exklusivstory oder das neue E-Bike.» Raab seufzte. «Vielleicht liegt es an mir.»

«Kommt es dir nicht seltsam vor, dass du keine Freunde hast? Und dass alle deine Bekannten Kriminelle sind?»

Er hob die Schultern. «Das bringt mein Leben mit sich. Kriminelle sind egoistisch, gierig und unzuverlässig. Da entwickeln sich keine Freundschaften. Aber das wusstest du von Anfang an. Ich habe nie einen Hehl daraus gemacht, wer ich bin und was ich tue.»

«Ich mache dir keine Vorwürfe.» Jo schwieg für eine Weile. «Aber ich stecke in einer Sackgasse. Ich wünsche mir eine Zukunft mit dir. Gleichzeitig weiss ich, dass das unmöglich ist. Dein Milieu stellt eine ständige Bedrohung für mich dar. Wenn ich am Morgen aufwache, weiss ich nie, ob du noch am Leben bist.»

«Du weisst, dass ich sehr sorgfältig plane. Nur äusserst selten gerate ich in wirklich gefährliche Situationen.»

Sie schüttelte den Kopf. «Aber für dich ist es nicht bloss ein Job. Ich sehe es dir an, wenn du ein neues Projekt in die Hand nimmst. Die Planung, das Auskundschaften, der Nervenkitzel. Es ist wie eine Art … Mission. Eine Sucht, von der du nicht genug kriegen kannst.»

Er zuckte mit den Schultern. «Ich mag, was ich tue. Willst du mir das vorwerfen?»

«Nein.» Sie löste sich aus seiner Umarmung und stand auf. «Aber ich muss auch an mich denken. Und an Nora. Was du tust, wirkt sich zu sehr auf unser

Leben aus. Das haben mir die letzten Tage drastisch vor Augen geführt. Vielleicht kannst du es locker abschütteln, wenn jemand bei dir einbricht oder auf dich schiesst. Aber …» Sie starrte auf die Fliesen, holte Luft. «… ich kann das nicht. Mit deinem Leben, mit deinem Beruf komme ich nicht klar.»

Er erhob sich ebenfalls, stand ihr gegenüber, wollte nach ihren Händen greifen. «Was bedeutet das jetzt für uns?»

Sie verschränkte die Arme vor der Brust. «Ich habe das Gefühl, dass unsere Leben auseinanderdriften.»

«Mir scheint eher, dass du wegschwimmst.»

Sie schaute ihm ins Gesicht. «Ich versuche bloss, dir zu erklären, wie ich mich fühle.»

«Verlangst du, dass ich alles aufgebe? Dass ich alles verrate und wegschmeisse, was ich mir erarbeitet habe?»

«Ist es ein Verrat, ein Leben wie alle anderen zu führen?»

«Ja, wenn du etwas tust, das gegen deine Überzeugungen spricht.» Er lehnte sich mit dem Hintern gegen die Spüle, klammerte sich an der Kante fest. «Was erwartest du von mir, Jo? Was soll ich deiner Meinung nach jetzt tun?»

Erneut liefen ihr Tränen über die Wangen. «Ich kann nur für mich reden. Ich will ein normales Leben. Ich möchte mit jemandem ausgehen, dem das Spass macht. Der nicht jeden Tag so viel riskiert. Ich wünsche mir einfach nur ein langweiliges Leben, Raab. Eines wie jedes andere auch.»

In diesem Augenblick wusste er, dass es vorbei war. Was Jo wollte, kam seinem schlimmsten Albtraum ziemlich nahe. «Ich weiss nicht, wie wir da rauskommen sollen.»

«Ich auch nicht», seufzte Jo. Sie sammelte die feuchten Papiertücher vom Boden auf und schmiss sie in den Abfall. «Ich habe fürchterliche Kopfschmerzen und lege mich kurz hin. Wir können nachher weiterreden.» Sie mied seinen Blick, verliess die Küche und verschwand in ihrem Zimmer. Mit einem lauten Klicken fiel die Tür ins Schloss.

Ein paar Minuten lang stand Raab in der Küche, starrte auf die Fliesen, konnte keinen klaren Gedanken fassen. Es gab nichts mehr zu bereden. Auf dem Tresen lag ein kleiner Notizblock. Raab griff nach dem Kugelschreiber, der danebenlag, und schrieb auf das oberste Blatt:

Machs gut, Jo!

Bevor er ging, knipste er das Licht aus.

42

Raab erinnerte sich kaum daran, wie er zum EuroAirport gelangt war und dort seinen Golf abgeholt hatte. Noch weniger wusste er von der Fahrt vom Flughafen über die Autobahn nach Liestal und Bubendorf. Doch als die Tankanzeige plötzlich leuchtete, wurde ihm bewusst, dass er tatsächlich nachts um Viertel nach elf in seinem Auto unterwegs war und irgendwo Benzin besorgen musste, wenn er nicht auf dem Weg zum Haus oberhalb von Lauwil irgendwo stehen bleiben wollte.

Nach dem Verlassen von Jos Wohnung kämpfte Raab gegen das Gefühl an, nichts weiter als ein Schmutzfleck auf einer blanken Eisfläche zu sein. *Ein Aussätziger, ein Paria.* Diese Vorstellung lauerte seit Jugendtagen in seinem Hinterkopf. In seinem Leben gab es bloss Dunkelheit, Unehrlichkeit, gebrochene Versprechen und unerfüllte Liebe. So lange er sich erinnern konnte …

Auf dem Parkplatz vor dem Haus im Kleinbasel kickt der fünfzehnjährige Oli im Oktober 1984 einen Ball gegen ein Garagentor, als ein Mofa zehn Meter entfernt am Strassenrand anhält. Nachdem sein bester Freund Fips den Motor ausgeschaltet hat, bleibt er auf dem

Sattel sitzen, Hände am Lenker, Füsse auf dem Boden. Eine volle Minute vergeht, dann eine zweite.

Oli greift nach dem Ball und geht hinüber.

«Kann ich mit dir reden?», fragt Fips.

Zur Antwort zuckt Oli bloss mit den Schultern.

«Ich wollte zur Polizei. Ehrlich, ich hatte es echt vor.»

Oli glotzt nur das Mofa an, ein nagelneues Puch Maxi.

«Ich kann es immer noch tun, Oli. Soll ich? Würde dir das helfen?»

Er schüttelt den Kopf. «Niemand würde dir das abkaufen.»

«Bist du sicher? Ich kann der Polizei erzählen, wie es abgelaufen ist. Dass der Ausflug nach Muttenz die Idee von Lars war und er schuld ist am Unfall.»

«Das bringt jetzt nichts mehr.» Vor zehn Tagen hat die Richterin Oli die ganze Verantwortung zugeschoben.

Fips senkt den Blick. «Es tut mir echt leid, Mann. Ich weiss, dass ich dir hätte helfen sollen. Manchmal liege ich abends lange im Bett und kann nicht einschlafen, weil ich über den Abend in Muttenz nachdenke.»

Ja, vielen Dank auch. Oli bleibt stumm.

«Ich meine … Ich wollte dich nicht im Stich lassen.» Fips scheint einen Moment darüber nachzudenken und schaut sich dann um. «Andererseits, ich meine, so übel ist es hier doch gar nicht. Ich jedenfalls

würde viel lieber hier in der Stadt als in Birsfelden wohnen.»

Oli hebt die Schultern.

«Ich schulde dir etwas», sagt Fips schliesslich. «Okay? Das ist mein voller Ernst. Wenn du irgendwann etwas brauchst, egal was, dann melde dich.»

Oli sieht Fips dabei zu, wie er den Motor startet und wegfährt. Und weiss, dass es bei diesem Besuch nicht um ihn, sondern um Fips gegangen ist. Weil der ein schlechtes Gewissen hat. Damit er sich besser fühlt. Der einzige echte Freund, den Oli je gehabt hat, soll mit dem blitzblanken Puch Maxi zum Teufel fahren.

In der schwarzen Nacht tauchte eingangs Reigoldswil das Neonlicht der Ruedi-Rüssel-Tankstelle auf. Raab setzte den Blinker, bog ab und hielt vor der ersten der beiden Zapfsäulen.

Rote Flaggen hingen schlaff herunter, vor den Toren der Werkstatt stand ein ramponierter Wohnwagen, ein Snackautomat bot Toblerone, Beef Jerky und Kondome feil, Nebelschwaden waberten durch das Tal.

Raab stieg aus dem VW, schaltete mit der Bankkarte die Zapfsäule frei, griff nach dem Hahn und steckte ihn in den Stutzen. Auf der Kantonsstrasse etwa fünfzig Meter hinter ihm hielt ein Pick-up und wartete auf einen Platz an der Tankstelle.

Mit verschränkten Armen starrte Raab auf die Ziffern der Tankuhr, die unablässig in die Höhe stiegen. So wie sein Alter auch. *Jo.* In den vergangenen vierzig Jahren hatte er offenbar nichts dazugelernt, mit wem er sich privat einlassen durfte. Hatte ihn René vor langer Zeit denn nicht gewarnt, dass es für Gauner kein Familienleben gebe? Noch immer hatte Raab dessen Stimme im Ohr: *Lass dich nie auf eine feste Beziehung ein. Denn das macht dich angreifbar, am Ende bringt es dich um.* Auf seine alten Tage mochte René milder im Urteil geworden sein; trotzdem steckte ein wahrer Kern in seinen Worten.

Mit einem Klicken stoppte der Tankvorgang. Raab hängte den Zapfhahn ein und setzte sich ins Auto. Als er den Schlüssel ins Zündschloss steckte, blendete der Pick-up-Fahrer die Scheinwerfer auf, der Motor röhrte und Reifen quietschten. Raab blinzelte durch das grelle Licht, schaute in den Rückspiegel und sah, wie das Auto auf ihn zuraste.

Raab drehte den Schlüssel, der Motor heulte auf, er gab Gas. Der Aufprall fühlte sich an, als würde das Heck des VW von einem Güterzug getroffen. Raab wurde nach hinten gegen den Sitz geschleudert und dann nach vorn ins Lenkrad.

Alles verschwamm.

Er hörte, wie der Pick-up zurücksetzte. Die Reifen kreischten erneut auf.

Raab packte den Griff der Beifahrertür und stemmte sich mit den Beinen gegen die Karosserie. Der Pick-up rammte den Golf ein zweites Mal hart. Raab schüttelte es zwischen den Sitzen durch. Er hörte Blech knirschen und spürte, wie sich der Wagen drehte und über den Boden schlitterte. Er hob den Kopf und sah durch die zersplitterte Windschutzscheibe, wie die Zapfsäule auf ihn zukam und der Golf sie umknickte.

Stillstand. Eine Benzinfontäne schoss in die Höhe, prasselte mit dem Geräusch eines Platzregens auf das Autodach und rann an den Fenstern hinab.

Durch das Heck sah Raab den Pick-up rückwärtsfahren. Die vordere Stossstange hing herab und schleifte über das Pflaster, wobei grelle Funken sprühten. Der Wagen hielt schief stehend an, ein Reifen war geplatzt. Raab wollte den Fahrer erkennen. Im Licht der Tankstelle identifizierte er Bruno mit zusammengebissenen Zähnen und wilden Augen am Steuer. Der Motor starb ab.

Das Benzin sammelte sich in einem See auf dem Vorplatz der Tankstelle.

Sofort raus aus dieser Blechkiste!

Raab rüttelte an der Fahrertür, riss am Griff, rammte die Schulter dagegen, alles blockiert. Er warf sich über die Sitze, stemmte eine Hand gegen die Beifahrertür, zog den Griff mit aller Kraft. Sie sprang auf. Doch sein linkes Bein steckte verdammt fest unter der Lenksäule. Benzin regnete auf ihn herab und durchnässte seine Haare.

Der Anlasser des Pick-ups jaulte, der Motor sprang an. Raab hörte das Scharren der Stossstange auf dem Asphalt. Mit beiden Händen griff er nach seinem linken Bein, wand es wie ein fremdes Stück Fleisch unter der Lenksäule, vergass den Schmerz. Mit dem rechten Fuss stiess er sich ab – und kam frei. Raab liess sich in die Benzinlache fallen, kroch auf allen vieren weg vom VW.

Hoch, hoch, du musst hoch!

Er kam auf die Beine und humpelte so schnell weg wie möglich, erreichte die Ecke der Werkstatt.

Als er sich umdrehte, schleifte der Pick-up die glühende Stossstange durch die Lache am Boden. Das Benzin entzündete sich, Flammen rasten auf die Tanksäulen zu. Der Pick-up rammte den Golf abermals, die beiden Autos verkeilten sich ineinander. Im Innern war Brunos Gesicht zu einer Fratze verzerrt. Er schrie.

Seine Worte hörte Raab nicht mehr. Die Explosion war so laut und hell wie der Einschlag eines Meteoriten.

Die Druckwelle schleuderte Raab auf den Parkplatz neben der Werkstatt und drückte die Luft aus seinen Lungen. Er landete hart auf dem Asphalt, Glassplitter und Gesteinsbrocken regneten auf ihn herab, eine Woge aus dichtem Qualm umfing ihn. Er spürte die Hitze, seine Lunge brannte höllisch – dann sank er hinab ins Nichts.

43

Raab blinzelte in grelles Licht und eine weiss gestrichene Zimmerdecke. Er befeuchtete die Lippen, die Zungenspitze spürte Risse. Sein Kopf, sein ganzer Körper taten weh, doch es war kein stechender Schmerz, eher ein dumpfes Pochen. Als wäre er in Watte gepackt.

Seine Erinnerung war leer. Er hob den linken Arm und sah Schläuche unter Pflastern herausragen. Raab versuchte, sich aufzurichten, doch das entfachte eine Glut in seinem Kopf und Brustkorb.

Als er an sich herunterblickte, sah er einen dicken weissen Verband um seinen Oberkörper gewickelt. Und das Metallgestell eines Krankenbetts.

Ein zweites Mal versuchte er, sich aufzusetzen, was weitere Qualen auslöste. Seine Sicht vernebelte sich, um ein Haar musste er sich übergeben. Raab stöhnte.

«Ah, Sie sind wach.» Neben dem Bett, halb versteckt hinter einem Wagen mit digitalen Monitoren, stand eine Krankenpflegerin in einem blauen Oberteil. Sie trat neben ihn, eine kleine Frau um die vierzig mit kurzen braunen Haaren. «Wie geht es Ihnen denn?» Sie schenkte ihm ein Lächeln.

Darauf wusste Raab keine Antwort. «Wo …?» Seine Stimme war ein trockenes Krächzen. Er schluckte und versuchte, seinen Mund zu befeuchten. «Warum …?»

«Sie wurden bei einem Unfall verletzt und befinden sich im Kantonsspital Liestal. Warten Sie einen Moment, ich hole die Ärztin. Sie wird Ihnen alles erklären.» Die Pflegerin wandte sich ab.

Nein, warten Sie … Raab wollte sie stoppen, brachte aber kein Wort heraus.

Als die Frau die Tür hinter sich geschlossen hatte, starrte er auf die weisse Decke. Was hatte er eben sagen wollen … Sein Verstand war ein schwarzes Loch, das keinen Gedanken freiliess.

Raab verlangsamte seine Atmung, ballte die Fäuste und grub seine Fingernägel in die Handflächen. Auf diesen kleinen, klaren Schmerz vermochte er sich zu konzentrieren.

Die Pflegerin kam zurück, im Schlepptau hatte sie eine Frau in weissem Kittel, deren schwarze schulterlange Haare von grauen Strähnen durchzogen waren. Ungefähr in Raabs Alter, mit dem breiten Gesicht einer Bäuerin und den wachen Augen eines Falken.

Die Ärztin beugte sich über ihn, während die Pflegerin nach einem Klemmbrett griff.

«Guten Tag, Herr Keller. Schön, dass Sie wach sind», sagte die Ärztin. Sie hatte einen starken Walliser Akzent. «Ich bin Dr. Zenklusen. Wie geht es Ihnen?»

Keller? Der Name klang falsch in seinen Ohren. «Ich weiss nicht», brachte er mit schwacher Stimme heraus.

«Das ist ganz normal. Bestimmt haben Sie viele Fragen. Aber würden Sie bitte zuerst meine beantworten? Können Sie mir Ihren Vornamen sagen?»

Aus dem schwarzen Loch tauchte einer auf: «Roman.»

Sie nickte, als ob er einen Test bestanden hätte. «Können Sie mir sagen, was Sie beruflich machen?»

Er schüttelte den Kopf, und die Bewegung verursachte so starke Schmerzen, dass er beinahe in Ohnmacht fiel.

«Langsam, langsam, Herr Keller. Sie müssen sich schonen. Wissen Sie, wo Sie sind?»

Er warf der Pflegerin einen Blick zu, sie lächelte ihn an. «Liestal, im Spital.»

«Können Sie sich erinnern, warum Sie hier sind?»

Erinnerungsfetzen sickerten in das schwarze Loch, ein grelles Licht, ein lauter Knall. «Eine Explosion.» Albtraumbilder schossen ihm durch den Kopf. Raab keuchte, Schmerzen durchzuckten ihn. Er berührte seinen Schädel, fühlte einen Verband und rasierte Stoppeln. «Was soll denn …?» Die Hand der Ärztin auf seinem Arm fühlte sich weich und trocken an. Die Art von Hand, an der man sich festhalten wollte.

«Sie dürfen sich nicht ruckartig bewegen. Ich werde Ihre medizinischen Fragen beantworten, während wir eine kurze Untersuchung durchführen. Einverstanden?»

Raab nickte und wünschte angesichts der Schmerzen sogleich, er hätte es nicht getan. «Wie lange … bin ich schon hier?», flüsterte er.

Die Krankenschwester legte ihm eine Blutdruckmanschette um den Oberarm.

«Sie wurden in der Nacht auf Sonntag eingeliefert, jetzt haben wir Dienstagnachmittag. Schauen Sie auf meinen Finger.» Zenklusen hob ihn vor sein Gesicht und bewegte ihn hin und her. Können Sie sich daran erinnern, dass Sie in den vergangenen zwei Tagen schon mal wach waren?»

«Nein.» Angst packte ihn, weil er nichts in seinem Gedächtnis fand. «Ich weiss gar nichts.»

«Das ist nicht ungewöhnlich. Sie haben eine Hirnprellung und einen Haarriss am Schädelknochen. Ihr Gehirn schwoll etwas an und wir machten uns bereits Sorgen, dass wir operieren müssten. Doch der Druck liess zum Glück ohne Eingriff nach. Okay, ich möchte, dass Sie meine Finger drücken. Gut so. Und jetzt die andere Hand.»

Raab gehorchte stumm und hatte Mühe, irgendetwas davon zu begreifen. «Werde ich wieder gesund?»

«Das müssen wir noch herausfinden. Aber das MRI ist beruhigend. Und nach dem, was ich bisher gesehen habe, bin ich nicht allzu besorgt. Sie haben weitere Verletzungen am ganzen Körper – Rippenbrüche, Verbrennungen, Schnittwunden und Prellungen –, aber die werden bald verheilt sein. Können Sie Ihren rechten Fuss gegen meine Hand drücken? – So fest Sie können. Gut. – Und jetzt den linken. Sehr schön.» Sie richtete sich auf. «Nun, es scheint keine Muskelschwäche oder motorische Störung vorzuliegen. Wir müssen ein paar weitere Tests machen, aber ich denke, wir können optimistisch sein. Die Schädelfraktur sollte mit der Zeit von selbst heilen, allerdings werden Sie wahrscheinlich noch eine Weile unter den Auswirkungen der Gehirnprellung leiden. Kopfschmerzen, Lichtempfindlichkeit, vielleicht ein wenig Verwirrung. Sie werden möglicherweise feststellen, dass Sie Erinnerungslücken haben. Aber die sollten nur vorübergehend sein.»

«Was heisst das?»

«Hirnverletzungen sind schwer einzuschätzen. Manche Menschen erholen sich sehr schnell, bei anderen dauert es länger. Aber machen Sie sich keine Sorgen. Ich bin sehr zufrieden damit, wie Sie auf meine Tests reagiert haben. Sie hatten grosses Glück, Herr Keller. Ich habe gehört, dass von der Tankstelle nicht viel übrig geblieben ist. Die Explosion hat Ihren

Körper durch die Luft geschleudert, Sie wurden von Trümmern getroffen. Als die Sanitäter in Reigoldswil eintrafen, fanden sie Ihren Körper fast vollständig von Schutt, zerbrochenem Glas und Russ bedeckt. Aber Sie werden sich wieder erholen, es ist nur eine Frage der Zeit. Dazu haben Sie Ihren Teil beigetragen. Offensichtlich sind Sie sehr fit, haben Ihre Muskeln regelmässig trainiert. Das hilft sehr. Versuchen Sie, sich keine Sorgen zu machen.»

Tankstelle? Reigoldswil? Er musste nachdenken, doch er fühlte sich erschöpft. «Wann kann ich hier raus?»

Zenklusen lächelte professionell. «Darüber sollten Sie sich zurzeit keine Gedanken machen.»

Das beruhigte ihn nicht, im Gegenteil. «Doch, ich muss unbedingt …» Ja, was eigentlich? Gab es jemanden, den er benachrichtigen sollte? Raab wusste es nicht.

«Bis auf Weiteres müssen Sie gar nichts. Das Wichtigste ist, dass Sie sich erholen.»

Er spürte eine undefinierbare Bedrohung. Was war in Reigoldswil geschehen? Wenn er nur nicht so verdammt müde wäre.

«Ein paar Leute waren hier, die mit Ihnen reden möchten. Aber das hat Zeit.»

Die Bedrohung stach durch den Schmerz, aber wohin? Was für Leute? Raab wollte sie sehen, er brauchte Antworten. Er wollte es der Ärztin sagen, hob seinen Kopf, sogleich wurde ihm schwindlig. Er musste für einen Moment die Augen schliessen, neue Kräfte sammeln. Nur für ein paar Sekunden …

44

Als Raab seine Augen wieder öffnete, lag das Zimmer im Halbdunkel. René Niggli sass im Besuchersessel, sein Kopf ruhte auf der Faust, der Ellbogen war auf die Armlehne gestützt. Sein Mentor schlief. Mit den schmalen Schultern, dem lichten Haar und dem Schleier weisser Bartstoppeln auf den Wangen sah er sehr gebrechlich aus. Raab betrachtete den dunklen Anzug, das weisse Hemd, die burgunderrote Krawatte und lächelte. Der Alte hatte sich schick gemacht für den Besuch im Spital. Es hatte eine Zeit gegeben, vor vielen Jahren, in welcher der junge Oli sich nichts sehnlicher gewünscht hatte als diesen Mann zum Vater.

Das Gestell des Krankenbetts knarrte von einer Bewegung Raabs. Renés Lider zuckten, bevor er sie schlagartig öffnete. «Hallo Kleiner. Wie geht es dir?»

«Ganz okay». Raab merkte, wie trocken seine Kehle war. «Wie bist du denn hergekommen?»

«Mit einem Uber.»

«Du benutzt das?»

«Aber sicher. Wieso denn nicht?» René deutete auf ein Handy auf dem Fensterbrett. «Geht ganz einfach mit der App.»

Typisch René. Raab grinste, liess den Kopfteil des Betts mit der Fernsteuerung nach oben fahren und griff nach einem Wasserglas auf dem Nachttisch. Er leerte es in einem Zug und stellte es dann zurück. «Und woher weisst du, dass ich hier gelandet bin?»

«Hab gehört von der Verhaftung von Russo und mir gedacht, dass du deine Finger im Spiel hast. Als ich dich nicht erreichen konnte, habe ich ein paar Anrufe gemacht. Und jetzt bin ich hier. Wenn ich deiner sehr netten Ärztin glauben darf, hattest du einen erstklassigen Schutzengel und kommst wieder auf die Beine.»

Vage konnte Raab sich an eine Frau in weissem Kittel und eine Untersuchung erinnern.

René hob einen Mundwinkel. «Sie denkt übrigens, ich sei dein Vater.»

Das gefiel ihm. «Wie spät ist es?»

René warf einen schnellen Blick auf das Handy. «Halb acht Uhr abends. Mittwoch.»

Shit. «Bestimmt willst du wissen, wie ich hier gelandet bin.»

«Ja, ich hätte ein paar Fragen.»

Raab dachte nach und stellte erleichtert fest, dass seine Erinnerungen zurückkehrten. Zunächst stockend, doch im Lauf des Gesprächs immer flüssiger fasste er die Ereignisse zwischen ihrem letzten Treffen am Freitagmittag und der Explosion in Reigoldswil zusammen. Der Zwang, sich zu konzentrieren und den roten Faden der Geschichte zu behalten, verlangte ihm eine fast körperliche Anstrengung ab.

Danach schwiegen sie für eine Weile.

«Russos Handlanger ist mit der Tankstelle in die Luft geflogen», sagte René schliesslich. «Das habe ich mir zusammengereimt aus dem, was die Zeitungen schreiben. Wie kam der Kerl denn bloss auf deine Spur?»

Eine gute Frage. «Vielleicht stand er Schmiere draussen vor dem *Hotel Victoria* und sollte die anderen warnen, sobald ich auftauche. Von dort könnte er mir gefolgt sein.»

«Denkbar. Noch wissen die Schugger nicht, dass dieser Bruno für Russo arbeitete. Du musst dir eine Geschichte zurechtlegen, warum ausgerechnet du dort getankt hast. Neuenschwander war am Nachmittag hier, der Chef der hiesigen Kriminalpolizei. Ich soll dich von ihm sogar grüssen ...» René hob eine Augenbraue. «Nimm dich vor dem in Acht, das ist ein scharfer Hund.»

«Ich weiss. Letztes Jahr habe ich ihn kennengelernt, er hat im Fall der Toten in Augusta Raurica ermittelt. Aber er wird keine Verbindung finden zwischen mir und Bruno. Überhaupt werden die Schugger Mühe haben, ihn zu identifizieren, ich kenne bloss den Vornamen. Von mir werden sie zu hören bekommen, dass es meinem Eindruck nach ein Unfall war, dass der arme Mann wohl Gas- und Bremspedal verwechselt hat.»

René nickte. «Die Schugger werden dein Auto untersuchen. Ich hoffe, sie finden nichts Belastendes.»

Raab schüttelte den Kopf. Zum Glück hatte er den gestohlenen Subaru bereits vor dem Angriff im Dreispitz stehen lassen und die illegale SIG-Pistole in Teile zerlegt und im Rhein versenkt. «Der Kleiderfundus ist verbrannt, das Werkzeug passt zu meinem Job als Sicherheitsexperte. In einer Metallkassette liegt zwar meine Glock, doch für die habe ich einen Waffenschein.»

«Gut.» René schwieg für eine Weile. «Noch etwas: In Hochwald haben sie die Leiche von Probst ausgegraben. Wie auch die Mordwaffe in Russos Garten. Das stand nicht in der Zeitung, das habe ich aus einer anderen Quelle. Saubere Arbeit, wie du dir Russo ohne Gewalt vom Hals geschafft hast.»

«Danke. Was tut die Mafia?»

«Bislang ist niemand aus Russos Clan in Basel aufgetaucht, sonst hätte ich das mitbekommen. Aber das heisst nicht, dass die nicht noch kommen werden. Die Mafia vergisst nie. Wir müssen Augen und Ohren offen halten.»

«Ja.» Doch das tat Raab schon seit Jahren.

«Und du denkst immer noch, dass Russo dir den Mord in Hölstein anhängen wollte?»

«Wer sollte es sonst gewesen sein?»

«Das ist eine gute Frage.» René nickte eine Weile. Auf einmal senkte er den Blick und nestelte ganz gegen seine Gewohnheit an seiner Krawatte.

«Ist noch etwas?»

René drehte die Handflächen nach oben. «Frau Lerch war hier, eine gute Stunde lang. Ich hatte sie angerufen. Aber da wusste ich noch nicht, dass ihr beiden …» Er hob die Schultern und schaute verlegen drein. «Dass sich euer Verhältnis verändert hat.»

«Danke, René.» Raab freute sich darüber, dass Jo hier gewesen war. Dabei kam die Erinnerung an den traurigen Abschied in ihrer Wohnung zurück. «Ich verstehe nicht genau, was sie sich von unserer Beziehung erhofft hat. Aber Jo kommt nicht mehr damit klar, wie ich lebe. Plötzlich wünscht sie sich, ich wäre irgendein Spiesser mit einem Nullachtfünfzehn-Job.»

Wieder nickte René sehr langsam. «Du weisst, dass ich feste Beziehungen für unsereinen früher immer abgelehnt habe. Und dass ich das heute anders sehe. Auch wenn das Milieu kaum stabile Partnerschaften zulässt, jedenfalls kenne ich nur wenige.»

«Sie stört sich nicht nur an den Brüchen. Sondern auch daran, dass ich das gern tue.»

René stemmte sich mühsam auf die Beine, machte zaghafte Schritte neben das Bett und füllte mit einem Wasserkrug vom Nachttisch Raabs Glas auf.

«Nehmen wir an, du wärst in einem normalen Umfeld aufgewachsen. Meinst du, du hättest eine geregelte Arbeit, eine Frau und Kinder?»

«Auf keinen Fall sässe ich jeden Tag in einem Büro. Das würde mich zu Tode langweilen.»

«Das glaube ich auch.» René setzte sich wieder auf den Besucherstuhl, holte ein silbernes Röhrchen aus der Jacketttasche und hielt es hoch. «Eine Hoyo de Monterrey habe ich noch übrig.»

Raab blickte zu den Rauchmeldern an der Krankenzimmerdecke. «Hier kannst du aber nicht-»

«Keine Sorge, ich will bloss daran schnuppern.» Er liess die Zigarre aus dem Röhrchen gleiten und zog sie unter der Nase vorbei. «Frau Lerch hat einiges durchmachen müssen, seit sie dich kennt. Sie weiss nicht, wie sie damit umgehen soll.»

«Wer weiss das schon? Zum Teufel, nicht einmal ich kann damit umgehen. In Reigoldswil hatte ich einfach nur Glück. Aber in unserem Job lernst du, Risiken auszublenden. Sonst macht dich der Gedanke verrückt, dass du morgen vielleicht im Knast sitzt oder tot bist.»

René rollte die Zigarre zwischen den Fingern, hielt sie gegen ein Ohr, presste den Tabak zusammen. «In ein paar Jahren bist du sechzig. Hast du dir schon mal überlegt, deinem Leben eine neue Richtung zu geben?»

«Klar.» Raab hörte sich krächzen. Er beugte sich zum Nachttisch neben dem Bett, nahm einen Schluck Wasser aus seinem Glas und hob es hoch. «Merci.» Er stellte es wieder ab. «Im Radio läuft nichts mehr, was ich mag. Manchmal verzweifle ich auf der Suche nach einem Oldiesender. Und im Fernsehen gucke ich mir Sendungen an, in denen jemand Antiquitäten begutachtet. Ich sage dir, Mann, ich fühle mich wie ein alter Knacker. Und das macht mir eine Scheissangst.»

«Du willst nicht enden wie alle anderen.»

«Vermutlich …»

«Das gehört zu den Dingen, die ich schon immer mochte an dir.»

«Was?»

René richtete die Zigarrenspitze auf ihn. «Du ziehst dein eigenes Ding durch, das hast du schon immer getan. Hast dir nichts bieten lassen als Teenager im Kleinbasel. Bist als junger Kerl ausgewandert nach Schottland, obwohl du kaum ein Wort Englisch sprachst. Hast dich nie einer Bande angeschlossen, weil du dein eigener Chef sein wolltest. Du bist ein sturer Hund, das gefällt mir.»

Raab wollte etwas erwidern, doch René hob die Hand.

«Doch der springende Punkt ist: Dass du keine Kompromisse eingehst, ist zwar nobel. Es wird dich aber einsam und verbittert machen.»

Raab konnte spüren, wie ihm das Blut in die Wangen stieg. «Was willst du damit sagen? Dass ich mir einen öden Job suchen und jeden Tag auf einen Computer starren soll?»

«Ach, was. Das würde dich umbringen. Zudem wärst du lausig darin.»

«Was dann? Leute zu beklauen ist alles, was ich je gelernt habe.»

«Vielleicht gibt es einen Weg, deine Talente mit einer etwas weniger riskanten Tätigkeit zu kombinieren. Etwas, bei dem du nicht ständig die Schugger am Hals hast.»

Raab stiess einen Schwall Luft aus. «Soll ich Alarmanlagen verkaufen? Das tue ich doch zur Tarnung, es ist öde. Und die Buchhaltung hasse ich.»

René grinste. «Bestimmt gäbe es andere Möglichkeiten. Vor allem will ich dir aber sagen, dass ein Kompromiss nicht immer falsch sein muss.»

Raab wollte widersprechen, doch es fiel ihm kein Argument dagegen ein. Das viele Reden hatte ihn ausgelaugt. «Hast du dich jemals gewundert über dein Leben? Ich meine, wer du als Kind warst und was aus dir geworden ist?»

«Ach, nicht mehr als zehn Mal pro Tag.» René erhob sich, kam zum Bett herüber und legte eine Hand auf Raabs Arm. «Du siehst müde aus, Kleiner. Schlaf ein wenig.»

Raab lächelte ihn an. «Danke für alles, René. Danke, dass du vor vierzig Jahren so geduldig mit mir warst. Und dass du jetzt hier bist.» Seine Stimme war nicht mehr als ein Flüstern. Die Augen schliessen wäre schön, nur für einen kurzen Moment …

45

«Machen Sie mich nicht dafür verantwortlich, wenn Sie gleich irgendwo zusammenklappen!» Dr. Zenklusen legte eine Packung Paracetamol auf den Nachttisch.

«Ich weiss, Frau Doktor.»

«Ich habe Sie gewarnt!» Sie richtete ihren Zeigefinger auf ihn.

«Absolut. Das ist meine Entscheidung.» Am Freitagmittag, sechs Tage nach dem Angriff in Reigoldswil, unterschrieb Raab das Papier auf dem Klemmbrett und entliess sich selbst aus dem Kantonsspital. Denn es stimmte, was René gesagt hatte: Raab liess sich von niemandem gern etwas vorschreiben. Und er hasste Spitäler.

«Dann wünsche ich Ihnen alles Gute.» Sie streckte die Hand aus.

Raab schlug ein. «Danke für alles.»

Sie verliess das Krankenzimmer, während Raab die Schachtel Schmerztabletten in die Jackentasche gleiten liess. Dann packte er die beiden Krücken und machte sich auf wackligen Beinen auf den Weg nach draussen. Mittlerweile konnte er sich recht passabel auf den Beinen halten und durch die Gänge schleichen, auch wenn er Treppen immer noch mied. Doch er spürte, dass sein Körper von Tag zu Tag kräftiger wurde. Die Arme konnte er bis auf Schulterhöhe heben, aber nicht darüber hinaus, weil sonst die gebrochenen Rippen Alarm schlugen. Er konnte sich ohne Hilfe anziehen und feste Nahrung zu sich nehmen. Allerdings ermüdete ihn alles sehr, was er länger als zehn Minuten am Stück tat.

Mit dem Lift fuhr er ins Erdgeschoss, durchquerte die Empfangshalle und verliess das Krankenhaus durch die gläsernen Schiebetüren. Den ganzen Weg über biss er sich fest auf die Unterlippe, um nicht vor lauter Anstrengung zusammenzubrechen.

Draussen wartete Gaby Bernasconi, seine Schulfreundin aus Birsfelden, in ihrem roten Suzuki. Sie hatte überraschend zu einem Reigen von Menschen gehört, die ihn in den letzten Tagen besucht hatten – darunter neben René auch Philipp «Fips» Suter und Raabs Jugendschwarm Corinne Karrer sowie leider auch diverse Polizisten und ein Staatsanwalt.

«Alles erledigt?» Sie stieg aus, kam um das Auto herum und hakte ihren Arm unter seinen.

Raab vermutete, dass Gaby die Birsfelder Clique zusammengetrommelt hatte. «Ja, ich bin startklar.»

Sie beobachtete ihn mit ihren weit auseinanderstehenden blauen Augen von der Seite. «Und du bist sicher, dass das eine gute Idee ist? Noch können wir umkehren.»

«Das fragst du mich jetzt zum dritten Mal, und meine Antwort ist immer noch dieselbe: Nichts wie weg.»

«Okay.» Gaby führte ihn zum Auto, öffnete die Beifahrertür, nahm ihm die Krücken ab, half ihm in den Sitz und schlug die Tür zu.

Raab wollte sich anschnallen, machte eine Drehung nach rechts – und eine Woge aus Schmerzen überspülte ihn. Einen Moment lang konnte er nur regungslos dasitzen, schnell und flach atmen.

Gaby setzte sich auf den Fahrersitz und runzelte besorgt die Stirn. «Oli, geht es dir gut? Soll ich nicht doch besser einen Arzt holen?»

Er schüttelte leicht den Kopf, eine so kleine Geste wie möglich. «Nein, nicht nötig. Ich habe die Schmerzen im Griff, meistens sind sie eher so etwas wie ein Hintergrundgeräusch.» Er spürte Schweiss auf seiner Kopfhaut und Feuer in der Brust.

«Sieht mir aber nicht danach aus», murmelte Gaby, während sie den Zündschlüssel drehte und anfuhr.

«Nur wenn ich abrupte Bewegungen mache, bekomme ich die Quittung.» Raab atmete langsam aus und griff ganz behutsam nach dem Sicherheitsgurt. Im Seitenspiegel sah er das Spital verschwinden.

Er legte den Kopf zurück gegen die Stütze und schloss die Augen. Über eine Besucherin hatte er sich ganz besonders gefreut: Nora, Jos Tochter. Eine Zeit lang war er sich nicht sicher gewesen, ob er bloss geträumt hatte, dass sie an seinem Bett gesessen und seine Hand gehalten hatte. Eine Pflegerin hatte die Zweifel ausgeräumt. Der Ausflug nach Liestal musste das menschenscheue Mädchen grosse Überwindung gekostet haben.

Gaby bog in die Rheinstrasse ein. Sie brächte ihn nach Basel, in seine Wohnung an der Haltingerstrasse. In den letzten Tagen waren sie sich bei ausgiebigen Gesprächen nähergekommen, sie hat frische Kleidung aus seiner Wohnung geholt und ihn mit Schokolade versorgt. Fast fühlte es sich wieder an wie früher.

«Haben sie dir Medikamente mitgegeben?»

«Schmerztabletten.»

«Ich hoffe, du nimmst die auch.» Gaby setzte den Blinker und beschleunigte auf der Umfahrung Liestal.

«Keine Sorge.» Trotzdem hatte Raab auch ihr nicht von seinem Haus in Lauwil erzählen wollen, obwohl er sich lieber in den Bergen erholen würde als in der Stadt. Nur eine Person hatte er jemals dorthin mitgenommen. Und das würde so bleiben.

Erneut machte Raab die Augen zu. Jo war kein zweites Mal aufgetaucht im Spital, stattdessen hatte sie ihm eine Textnachricht geschickt: *Gute Besserung!*

Wobei ihn das nicht gross überraschen dürfte. Und was hatte er darauf geantwortet? *Danke*. Etwas anderes war ihm verdammt noch mal nicht eingefallen. Doch es spielte eigentlich keine Rolle, es war vorbei. Er hatte das Unheil ja kommen sehen, schon seit Wochen. Bei jedem Heben der Augenbrauen oder Stirnrunzeln von Jo, wenn er ihr etwas über eines seiner «Projekte» erzählte.

«Ich habe Milch, Brot, Butter, Schinken und Joghurt eingekauft. Brauchst du sonst noch etwas?», fragte Gaby.

«Nein, das reicht völlig. Danke.» Raab war sich nicht im Klaren über seine Gefühle. Doch, ja, vermutlich war es Liebe gewesen. Wen das Leben so malträtiert hatte wie ihn, der verwendete das Wort sehr sorgfältig.

Regen tröpfelte auf die Windschutzscheibe, Gaby schaltete die Scheibenwischer ein. «Das Scheisswetter habe ich jetzt wirklich satt. Zur Abwechslung hätte ich gern mal wieder etwas Sonne. Auch wenn du das bestimmt anders siehst.»

«Ja.» Obwohl es Raab mit den Gefühlen immer so gehalten hatte wie mit Gewässern. Wenn immer möglich, ging er auf Distanz. Doch gelegentlich, an ganz guten Tagen, hatte ihn der Übermut gepackt. Dann hatte er zuweilen darüber nachgedacht, dass er doch wieder einmal die Füsse in einen See stecken könnte. Und wenn er es tatsächlich wieder mal mit Schwimmen versuchen sollte, ginge er schon nicht gleich unter.

Das hast du nun davon.

Auf der Autobahn A3 beschleunigte Gaby und warf ihm von der Seite einen strengen Blick zu. «Tu mir bitte einen Gefallen. Hör auf mit dem Theater.»

Jetzt kommt es. Niemand seiner Jugendfreunde hatte Raab bisher auf seinen Tarnnamen angesprochen. Dabei mussten sie doch mitbekommen haben, dass er als *Roman Keller* im Spital gelegen hatte. Die entsprechenden Ausweise hatten sich bei der Einlieferung in seiner Jacke befunden. Vor Jahren hatte er sie dem echten Roman Keller abgekauft, einem Zürcher Alki, der ihm vom Alter und Aussehen her glich. «Was meinst du?»

«Ich meine dein Machogehabe, dass du nur einen kleinen Kratzer abbekommen hast und in ein paar Tagen wieder so gut wie neu sein wirst.»

Erleichtert winkte er ab. «Mach dir keine Sorgen. Ich passe auf mich auf und komme zu Hause gut alleine klar.»

Sie schnaubte. «Das kannst du dir abschminken! Ist alles schon organisiert. In den nächsten Tagen werden wir uns abwechselnd um dich kümmern. Wäsche waschen, putzen, kochen, das ganze Programm. Corinne übernimmt die erste Schicht, sie bekocht dich heute und morgen. Freu dich, sie kann das richtig gut. Am Sonntag musst du dich mit mir begnügen, aber du wirst es überleben.»

Raab fühlte sich zu schlapp für Widerspruch. Der sowieso sinnlos wäre. Die resolute Gaby, genau wie früher. Wer sich ihr in den Weg stellte, den machte sie platt. Trotz der Falten in ihrem Gesicht und der grauen Strähnen in den braunen Haaren hatte sie sich eigentlich nicht gross verändert. Wenigstens ein paar Dinge im Leben hatten Bestand. Schön, eigentlich.

Raab schloss die Augen.

46

Mit einem wohligen Gefühl streckte sich Raab auf seinem Sofa aus. Nach dem Tomaten-Mozzarella-Salat zur Vorspeise hatte Corinne Kalbsbraten mit Kartoffelstock serviert. Raab war froh darüber, dass er dem Impuls widerstanden hatte, ihr für den Abend abzusagen. «Gaby hatte recht. Du bist eine super Köchin.» Beim ersten Treffen mit seiner Jugendliebe im Stadttheater vor einer guten Woche hatte Raab ihr Gesicht nicht sehr anmutig gefunden mit dem Dutt und den knochigen Wangen. Doch jetzt trug sie das lockige schwarze Haar offen, was ihr ausgezeichnet stand. Zudem betonten die engen Jeans und das weisse Hemd ihren athletischen Körper. *Eine schöne Frau.*

Sie lächelte ihn an, während sie das Geschirr abräumte.

Auch Raabs Sorge, dass seine Energie nicht reichen könnte für einen angenehmen Abend zu zweit, war unbegründet. Unkompliziert hatte Corinne das Essen auf dem Beistelltisch im Wohnzimmer serviert, sodass er sich auf dem Sofa hinlegen konnte. Zudem schien sie kein Problem damit zu haben, dass er wenig redete. Mit Corinne fühlte sich auch Stille gut an.

Er nippte an seinem Mineralwasser und beobachtete, wie Corinne langsam durch den Raum schritt und eine Stehlampe neben dem Regal anknipste.

«Mal sehen, was du zu bieten hast.» Sie durchsuchte seine Musiksammlung. «Oh, die mag ich sehr.» Sie zog eine Platte von Billie Holiday heraus und legte sie auf. Dezenter Jazz erklang, sanft und unaufdringlich. Es passte zu dem leichten Regen, der gegen das Fenster prasselte.

Raab fühlte, wie sich die Anspannung in seinen Muskeln legte. «Und was reden die Leute in Birsfelden so über mich?»

«Kommt drauf an, wen du fragst.» Corinne setzte sich in den Sessel gegenüber und griff nach ihrem Glas Rotwein auf dem Sofatisch. «Manche finden es eine Frechheit, dass du dich wieder blicken lässt. Das sind vor allem die Alten. Leute unserer Generation halten es für höchste Zeit, dass man diese Geschichten begräbt.»

«Und was denkst du?»

«Es tut wirklich gut, dich wiederzusehen.» Sie liess den Wein im Glas kreisen. «Ab und zu habe ich über die Party auf der Kraftwerkinsel nachgedacht. Und mich gefragt, wie es wohl weitergegangen wäre mit uns beiden.»

«Ging mir genauso.» Raab lächelte und ihre Blicke trafen sich. Möglicherweise war die junge Corinne gar nicht so leicht darüber hinweggekommen, dass er von einem Tag auf den anderen abgehauen war. Darüber hatte er gar nie nachgedacht. «Es tut mir leid, dass ich nicht mal eine Postkarte geschrieben habe. Es lag nicht daran, dass du mir egal gewesen wärst. Aber damals war ich so durcheinander, dass ich nicht mehr richtig denken konnte.»

Corinne lächelte ihn traurig an. «Wir waren jung und dumm damals. Vergiss es. Ich war auch nicht besser. Als ihr nach Basel gezogen seid, hätte ich mich auch mal bei dir melden können.» Sie drehte ihr Glas in beiden Händen.

Raab setzte sich auf, nahm einen Schluck Wasser und bewunderte die glatte Haut in ihrem Ausschnitt.

«Ich will dir was zeigen.» Sie erhob sich und machte drei Schritte zu ihrer Sporttasche neben dem Regal, in der sie die Zutaten fürs Essen angeschleppt hatte. Corinne zog ein dickes Album heraus, setzte sich auf die Couch neben Raab. Sie legte das blaue Ding auf den Tisch, klappte es auf, blätterte. Auf jeder Seite waren Fotos unter einer Kunststofffolie festgeklebt. Corinne als Baby, als Kleinkind, viele rechteckige Bilder mit weissem Rand und verblichenen Farben.

«Hier, schau mal.» Sie rutschte mit der Hüfte näher an ihn heran und tippte mit einem unlackierten Fingernagel auf ein Foto.

Raab beugte sich darüber. *Das war er mit Corinne!* Sie trug weisse Shorts und ein blaues T-Shirt über der braungebrannten Haut. Er stand ihr gegenüber in Jeans und einem schwarzen T-Shirt, hielt zwei Becher in den Händen. Raab fühlte sich vierzig Jahre zurückversetzt an die Party auf der Kraftwerkinsel. «Wo hast du das denn her?» Das Foto hatte er noch nie gesehen.

«Pia hat es gemacht. Erinnerst du dich an meine Freundin?»

Er suchte in seiner Erinnerung nach einem Gesicht, fand keines. «Nein.»

Corinne blätterte zwei Seiten zurück. «Hier.»

Raab hob sich das Album vors Gesicht und betrachtete das Mädchen mit den kurzen dunkelblonden Haaren. «Ach ja, Pia mit dem schönen Bündner Dialekt.»

«Genau.»

Er blätterte zurück zu den Fotos von der Kraftwerkinsel. «Was war ich für ein Trampel! Ich musste ein paar Becher Panaché trinken und meinen ganzen Mut zusammenkratzen, um dich anzusprechen.»

«Du hast meine Geduld ganz schön strapaziert. Oder denkst du, wir sind uns nur zufällig so oft über den Weg gelaufen? Ich kannte deinen Stundenplan auswendig.»

Mann, hätte er das doch geahnt damals. «Und wieso, bitte schön, musste ich den ersten Schritt machen?»

Sie schaute ihm tief in die Augen. «Wie gesagt, ich war sehr jung und dumm damals.» Corinne legte eine Hand an seine Wange, ihre Lippen öffneten sich, während sie sein Gesicht zu sich heranzog. Dann küsste sie ihn.

Ihr Mund war warm, schmeckte nach Rotwein, ihre Wangen waren glatt. Raab legte einen Arm um ihre Schultern, fuhr mit der Hand in ihre Mähne, spürte ihren Oberschenkel an seinem.

Plötzlich zog Corinne ihren Kopf zurück, lachte verlegen. «Sorry, das ist bescheuert. Wenn wir weitermachen, landen wir im Bett. Dann werde ich dir noch mehr Rippen brechen.»

«Keine Sorge.» Er bräuchte bloss zwei, drei weitere Schmerztabletten.

«Gaby würde mir den Kopf abreissen.» Sie löste sich von ihm. «Wir haben keinen Grund zur Eile. Oder hast du etwa vor, morgen wieder mal abzuhauen?»

Ein Teil von Raab fühlte sich erleichtert. «Nein.»

«Schön. Jetzt wirst du erst mal richtig gesund. Dann sehen wir weiter…» Sie rutschte von ihm weg und stand auf. «Zum Trost habe ich Schokoladenmousse.»

«Wunderbar.»

Corinne deutete auf das Album. «Pia hat an dem Abend noch mehr Fotos gemacht. Ich suche mal nach Dessertschalen.»

«Im kleinen Schrank hinten links.»

Mit einem Augenzwinkern verschwand Corinne in der Küche.

Raab spürte sich grinsen, blies die Wangen auf und massierte sich den Nacken. Er nahm einen Schluck Wasser, setzte sich etwas bequemer hin und zog das blaue Album auf seinen Schoss. In der Küche hörte er Corinne mit Geschirr hantieren. Er betrachtete die anderen Fotos, erkannte Gesichter am Rheinufer, beim Grillen und Tanzen. Fips und Lars, etwas unscharf, beim Fussballspielen. Raab blätterte vor, Bilder vom Schulabschluss, von Corinne beim Basketball und mit zwei Freundinnen in engen Blusen irgendwo am Strand. Er schlug die Seiten um. Die nächste Fotoserie zeigte Corinne an der Maturfeier. Es folgten Bilder der jungen Studentin an der Uni, da war sie Anfang zwanzig, mit einem strahlenden Lächeln und einer perfekten Figur, inmitten von Freundinnen und Freunden auf dem Petersplatz.

Raab blätterte weiter, und es durchfuhr ihn wie ein Stromstoss: Ein Foto zeigte Lars im Rollstuhl mit strohblonden Haaren, kantigem Gesicht und breiten Schultern, ein junger, gutaussehender Mann mit Anzug und Krawatte. Und neben ihm stand Corinne im geblümten Sommerkleid, strahlend, ihre Hand lag auf seiner Schulter.

Die beiden waren ein Paar gewesen!

Noch mehr Bilder im Album: Umarmungen, Küsse, Ferien und Weihnachten. Kein Zweifel. Corinne und Lars hatten sogar gemeinsam eine Wohnung bezogen, geheiratet und ein halbes Leben miteinander verbracht.

Raab war plötzlich hellwach. Was hatte Corinne ihm eigentlich genau erzählt über ihr Privatleben beim ersten Treffen im Theater? *Ich war verheiratet, habe keine Kinder.* Mehr nicht.

«Bereit für Runde drei?», fragte sie.

Er fuhr herum.

Corinne kam mit zwei Schälchen in der Hand ins Wohnzimmer. Ihr Lächeln erstarb, als sie den Ausdruck in seinem Gesicht sah. Ihr Blick fiel auf das Fotoalbum in Raabs Schoss.

«Wie lange warst du mit Lars zusammen?» In seiner Stimme lag eine ungewollte Schärfe.

«Sechsundzwanzig Jahre.» Sie stellte die Mousse ab. «Und?»

«Du findest nicht, dass du mir das hättest sagen sollen?»

«Wieso? Das hat nichts mit uns zu tun.» Sie stemmte eine Hand in die Hüfte.

«Verstehst du nicht? Das hat sehr viel mit uns zu tun. Lars war dafür verantwortlich, dass ich aus Birsfelden vertrieben wurde.»

«Machst du es dir nicht etwas einfach? Ich weiss nicht genau, was auf dem Sportplatz geschehen ist.» Corinne verschränkte die Arme. «Aber bestimmt hast du deinen Teil dazu beigetragen.»

«Nein, eben nicht. Lars ist einfach durchgedreht.»

«Wie einfach, das heute zu behaupten. Lars kann sich ja nicht mehr wehren. Bist du etwa eifersüchtig? Weil ich mit Lars zusammen war statt mit dir? Hast du deswegen den Kontakt zu mir gesucht?»

«Mach dich nicht lächerlich. Du warst es doch, die sich mit mir treffen wollte.»

Corinnes Gesicht lief rot an. «Ich mache mich lächerlich? Schau dich doch selbst an», sagte sie viel zu laut. «Bis heute kommst du nicht hinweg über etwas, das du als Teenager erlebt hast. So langsam solltest du mal erwachsen werden.» Abrupt wandte sie sich ab und stopfte ihre Sachen in die Sporttasche.

Raab rappelte sich mühsam vom Sofa auf, Corinne stürmte bereits voraus in den Flur.

Sie schlüpfte in ihre Turnschuhe, riss den Mantel vom Haken und legte die Hand an die Klinke der Wohnungstür. Ihr Mund verzog sich zu einem kalten Lächeln. «Nur eines noch: Ich weiss alles.»

«Was?»

«Dass dein ganzes Leben hier bloss Theater ist. Nennst dich Roman Keller, dass ich nicht lache. Du warst schon damals ein Lügner, wolltest Lars in den Schmutz ziehen. Daran hat sich nichts geändert.» Sie knallte die Tür hinter sich zu.

Raab starrte auf die Fliesen im Flur. Was hatte Corinne im Theater über Lars erzählt? *Sein Tod war eine Folge des Unfalls.* Und kein Wort über ihre Beziehung.

Wollte sich Corinne etwa rächen? Gut möglich, dass sogar sie ihm in Hölstein aufgelauert hatte. Kräftig genug, um ihn mit einem Totschläger umzuhauen, wäre sie jedenfalls. Und nach dem missglückten Versuch hatte sich Corinne über Gaby an ihn herangemacht, hatte das erste Treffen vorgeschlagen und sich als Köchin angeboten. Der wunderbare Kalbsbraten, den er soeben verdrückt hatte, nichts als ein kalkuliertes Essen, samt Mousse und Kuss.

Ihm wurde übel.

47

«Bitte schön.» Die Bedienung stellte einen Korb mit Pouletflügeln vor Fips auf den Tisch.

«Merci, Manuela.» Er lächelte sie an und wies mit dem Kinn auf Raab, der ihm gegenübersass. «Erinnerst du dich an Oli Gisin? Wir waren zusammen in einer Klasse.» Er griff dabei in den Korb.

Raab konnte sich nicht an eine junge Manuela erinnern. Sie musste auf die fünfzig zugehen, in ihren weissen Turnschuhen mass sie kaum mehr als eins sechzig. Das rötlich braune Haar trug sie schulterlang.

Sie musterte Raab mit flinken braunen Augen, die dicht an der kleinen Nase lagen. «Doch, ich glaube schon. Warst du nicht der Junge mit den geschickten Fingern? Du hast damals doch den FC-Junioren mit den Schlössern aus der Patsche geholfen.»

Raab nickte. «Stimmt.»

«Dein Ruf ist legendär.» Fips strahlte über das ganze Gesicht, bevor er ein Stück Fleisch abbiss.

«Was ist denn mit dir passiert? Hattest du einen Unfall?», fragte Manuela.

«Mit dem Auto.» Raab trug eine Baseballmütze über dem Verband auf dem Schädel, doch sein Gesicht sah ebenfalls beschissen aus mit den vielen Krusten und Flecken, gelb, grün, bläulich, die auch seinen ganzen Körper übersäten.

«Shit, das tut mir leid. Kann ich dir etwas Besonderes bringen?»

Kurz vor zwei Uhr nachmittags hatte Raab noch nichts gegessen an diesem Samstag. Er hatte zwar fast zwölf Stunden geschlafen, fühlte sich aber so abgewrackt, wie er aussah. «Gibt es die auch mit Pommes Frites?» Er deutete auf die Pouletflügel.

«Sicher.»

«Dann nehme ich eine Portion.»

«Kommt sofort.»

Ihre Schuhe quietschten auf den Fliesen, als Manuela hinter der Theke im *Goool 4127* verschwand, dem Clublokal des FC Birsfelden auf dem Sportplatz Sternenfeld. Wimpel von Gastmannschaften hingen darüber.

Fips guckte Manuela lange nach. «Die würde ich nicht von der Bettkante stossen. Leider ist ihr Mann ein Grieche mit einer kurzen Zündschnur, der fackelt nicht lange.» Er lachte kurz, leckte sich die Finger und nahm den nächsten Flügel aus dem Korb. «Wenigstens versteht er sein Handwerk. Er ist der Küchenchef hier.»

Raab hatte Fips nicht ohne Grund aufgesucht. «Wieso hat mir niemand erzählt, dass Corinne mit Lars verheiratet war?»

Fips hob die Schultern. «Vermutlich, weil alle meinten, dass du das längst weisst. Ich dachte das jedenfalls. Sie waren ja ewig zusammen.»

«Saublöd.»

Fips runzelte die Stirn. «Ich oder du?»

Raab schüttelte den Kopf. «Ich. Corinne hat genau gewusst, welche Saiten sie anschlagen musste. Wie einen dressierten Pudel hat sie mich an der Leine herumgeführt.»

«Jetzt übertreibst du aber. Corinne hat sich doch nicht mit irgendwelchen Hintergedanken an dich herangemacht. Sie mag dich wirklich. Oder sie mochte dich früher mal. Ob sie mit Lars verheiratet war oder nicht, tut doch nichts zur Sache.»

Doch, das tat es. Und im Gegensatz zu Fips hielt Raab seinen Jugendschwarm für eiskalt und berechnend. Über die Jahre hatte er ein paar Trickbetrügerinnen kennengelernt, wahre Meisterinnen in Sachen Menschenkenntnis. Durch geschickte Manipulation brachten die ihre Opfer dazu, Geld oder Güter herzugeben – und zwar freiwillig und mit Freude. «Weisst du, ob Corinne Kontakt zu Tom Müller hatte?»

«Keine Ahnung. Gesehen haben sie sich bestimmt ab und zu, beide sind ja regelmässig hier gewesen. Am Banntag oder am Hafenfest zum Beispiel.»

Draussen vor den Fenstern wärmten sich Spieler auf. «Gab es da mal Streit zwischen ihnen?»

«Jetzt mach mal einen Punkt!» Fips lehnte sich vor und senkte seine Stimme. «Du glaubst doch wohl nicht, dass Corinne etwas mit Müllis Tod zu tun hat?»

Davon war Raab mittlerweile überzeugt. Möglicherweise hatte sie Mülli nicht selbst umgebracht. Aber ihre Finger hatte sie irgendwie mit im Spiel. Wer sonst hatte über Raabs Tarnung Bescheid gewusst und seine Verbindung zu Mülli gekannt? «Sagt dir der Name Matteo Russo etwas? Oder Salvatore Lombardi?»

«Noch nie gehört. Oder doch, warte … Russo, ist das nicht ein deutscher Fussballer?»

«Den meine ich nicht. Egal …»

Fips blickte durch die Fenster auf den Fussballplatz, wo die beiden Mannschaften Aufstellung nahmen. Hastig stopfte er den letzten Flügel in den Mund. «Schauen wir uns zusammen den Match an?», nuschelte er.

«Wer spielt?»

«Allschwil.»

«Ich glaube nicht. Ich esse meine Chickenwings, dann besuche ich Gaby. Ich will mich nochmals bedanken für alles.» Er hätte sich denken können, dass Fips nichts Brauchbares zu erzählen wusste. Gaby kannte Corinne besser.

«Grüss sie von mir.» Fips winkte Manuela hinter dem Buffet und deutete auf den leeren Korb. «Kannst du das bitte anschreiben?»

Sie winkte mit dem Zeigefinger ab. «Das tun wir nicht, das weisst du.»

«Keine Ausnahme für mich?»

«Sorry.»

Fips kramte sein Portemonnaie aus der Jacke und guckte in verschiedene Fächer. «Ah, Mist, dann muss ich wohl mit Karte …»

Raab legte ihm eine Hand auf den Arm. «Lass nur, ich lade dich ein.»

«Hey, super. Danke. Bei der nächsten Gelegenheit werde ich mich revanchieren.» Fips leerte das Glas Bier, stand auf und stopfte das Portemonnaie in die Jackentasche. «Bis bald.»

«Tschüss.» Raab sah ihn draussen ein paar Leuten in Trainingsanzügen auf die Schultern klopfen.

«Einmal Chickenwings mit Pommes.» Manuela stellte einen Korb sowie eine Schale vor Raab auf den Tisch. «Möchtest du Ketchup?»

«Nein, danke. Aber die Rechnung kannst du mir schon mal bringen.»

«Gern.»

Raab stopfte ein paar Pommes in den Mund und trank einen Schluck Mineralwasser.

Draussen pfiff der Schiedsrichter an. Fips schritt mit einer Gruppe von Fans um den Fussballplatz herum.

«Macht sechsunddreissig Franken.» Manuela legte die Quittung auf den Tisch.

«Vierzig.» Er zog sein Portemonnaie heraus, suchte darin nach Geldscheinen, fand keine. «Das ist mir jetzt peinlich, so viel habe ich gar nicht dabei. Akzeptiert ihr Kreditkarten? Sonst gehe ich schnell zum Bankomaten.»

«Karten nehmen wir nicht. Aber du kannst auch beim nächsten Besuch bezahlen, kein Problem.»

«Ich dachte, anschreiben geht nicht.»

Manuela verzog die Miene. «Das gilt bloss für Fips. Dir vertraue ich.»

Raab runzelte die Stirn. «Fips nicht?»

Sie stiess ein kurzes freudloses Lachen aus. «Sagen wir es so: Er hat mein Vertrauen verspielt.»

«Echt? Der Fips, den ich früher kannte, hätte seine Schulden beglichen.»

«Menschen verändern sich. Und ihre finanzielle Situation ebenfalls. Eine Freundin ist Croupière im Basler Casino. Sie hat mir verraten, dass Fips dort Stammgast war.»

Er konnte es kaum glauben. «Fips ist ein Spieler?»

Manuela beugte sich zu ihm hinab. «Letztes Jahr soll er so viel Geld verloren haben, dass ihn das Casino sperrte.» Sie flüsterte fast. «Und wenn er hier ist, wettet er ständig mit dem Handy auf irgendetwas. Fussball, Tennis, Eishockey … Mir ist das im Prinzip egal, soll jeder mit seinem Geld machen, was er will. Aber nicht auf unsere Kosten.»

«Das verstehe ich gut.» Raab kannte einige Zocker im Milieu. Allen gemeinsam war, dass sie auf der Suche nach Kohle jeden anhauten und dabei sehr einfallsreich waren. Wer ihnen Geld lieh, konnte es genauso gut verbrennen.

Manuela richtete sich wieder auf und nickte einem Gast zu, der am anderen Ende des Lokals winkte. «Na ja, ich sollte nicht schlecht über Fips reden. Eigentlich ist er ja ein lieber Kerl.»

«Danke, dass du mich gewarnt hast. Vielleicht sollte ich mal mit ihm darüber sprechen.»

«Wenn du meinst, dass das noch hilft.» Sie gab ihm einen sanften Klaps auf die Schulter, bevor sie zum Gast hinüberging.

Raab griff sich einen Pouletflügel. Natürlich wäre es bloss Zeitverschwendung. Aber eine wichtige Information war es trotzdem, das spürte Raab tief in den Eingeweiden.

48

Der Regen passte zu einem Samstagnachmittag im November: klamm und kalt. Raab schlug den Jackenkragen hoch und zog die Baseballmütze tiefer ins Gesicht. Weil sein Auto nur noch Schrottwert hatte, war er mit Tram und Bus nach Birsfelden gefahren. Zum Glück wohnte Gaby nur ein paar Hundert Meter vom Sportplatz entfernt, das würde er auch zu Fuss schaffen.

Soweit die Theorie.

Als Raab sich vorbei an den Mehrfamilienhäusern in der Salmenstrasse schleppte, verspürte er dumpfe Schmerzen in Knöcheln, Knien und Hüften – ganz zu schweigen von den stechenden Rippen, den verspannten Schultern und dem pochenden Schädel. Er zitterte und keuchte wie ein Marathonläufer am Ende der Zielgeraden. Raab gab es nicht gern zu, aber er hatte das Spital zu früh verlassen.

Er bog in die Lärchengartenstrasse ein, lenkte sich lieber ab und liess die vergangenen zwei Wochen Revue passieren. Hatte er irgendwo noch Anzeichen oder Hinweise übersehen, die auf den Verrat von Corinne hindeuteten? Die Konzentration fiel Raab schwer. Schmerz bebte und bohrte in seinen Muskeln, waberte geradezu durch sein

Inneres. Raab ballte die Hände in den Taschen zu Fäusten.

Geradeaus tauchten die Mauern des Friedhofs auf, auf dem er vor Jahrzehnten einigen Unsinn mit Fips getrieben hatte. Raab blieb stehen, saugte die kühle, frische Luft in die Lungen und hatte plötzlich die irrationale Gewissheit, dass er beobachtet wurde. Er schaute sich um. Hinter ihm auf dem Trottoir zog eine alte Frau einen Einkaufstrolley in die entgegengesetzte Richtung, ein Kerl in löchrigen Jeans, roter Regenjacke und Kapuze über dem Kopf kam ihm entgegen. Sie schienen mit sich beschäftigt. Raab liess den Blick über die abgestellten Autos gleiten, wo aber niemand sass. Ein weisser Lieferwagen bog gemächlich in die Lärchengartenstrasse ein.

Dreh jetzt nicht durch!

Raab erinnerte sich an einen von Renés Leitsätzen: *Arbeite nie, wenn du dich beschissen fühlst. Dann kannst du nicht klar denken.* Doch Raab wollte die Sache jetzt zu Ende bringen. Danach zöge er sich in sein Haus in Lauwil zurück und bliebe zwei, drei Wochen im Bett liegen.

Er wechselte die Strassenseite, ein Motor heulte in dem Moment auf. Weisses Blech schoss direkt auf ihn zu. *Der Lieferwagen!* Raabs Hirn war wie ausgeknipst. Er stand mitten auf der Strasse still, konnte hinter der spiegelnden Frontscheibe eine Frau am Steuer erkennen, an der Motorhaube setzte der Rost an, ein Scheibenwischer fehlte. Raabs lädierter Körper war zu langsam, der Wagen würde ihn erwischen. Er schloss die Augen.

Er wurde zur Seite gerempelt, landete hart, das Atmen fiel ihm schwer. Als er die Augen öffnete, lag er in der Einfahrt einer Garage, der Lieferwagen stand zwei Meter entfernt in der Strassenmitte.

«Scheisse, Mann. Das war knapp.»

Raab drehte den Kopf langsam der Stimme zu.

Der junge Kerl kniete neben ihm in der Einfahrt auf und keuchte. Er hatte kurze schwarze Haare, hohle Wangen, die Regenjacke war ihm verrutscht. Jetzt begriff Raab, dass ihn der Kerl von der Strasse gestossen hatte.

«Um Himmels willen.» Eine junge Frau sprang aus der Fahrerkabine des Lieferwagens und eilte über die Strasse. «Alles in Ordnung mit Ihnen?» Sie beugte sich über Raab, ein hübsches Gesicht mit Piercings in den Augenbrauen.

Raab rappelte sich auf, die Schmerzen kamen zurück – noch stärker als zuvor. «Scheint so.»

«Sie sehen gar nicht gut aus. Mein Gott, ich habe einen Moment nicht aufgepasst. Es tut mir so leid.»

Er taumelte mit dem Rücken gegen die Wand der Garage und wartete, bis der Schwindel abebbte.

Die junge Frau nahm seinen Arm. «Kommen Sie, ich fahre Sie ins Krankenhaus.»

Das fehlte gerade noch. «Nein, nein, alles in Ordnung. Ich hatte kürzlich einen Unfall, deswegen bin ich etwas angeschlagen. Fahren Sie nur, ich komme zurecht.»

«Sind Sie sicher?»

«Absolut.»

Sie reckte den Hals und sah sich um, als hielte sie Ausschau nach jemandem, der widersprechen wollte. «Okay, in dem Fall …» Mit zögerlichen Schritten entfernte sie sich und stieg in den Lieferwagen. Sie liess das Seitenfenster hinuntergleiten und deutete auf die blaue Werbeschrift an der Karosserie. *Malerei Fischer, Birsfelden* stand darauf. «Rufen Sie hier an, wenn es Probleme gibt. Ich bin die Tochter.»

Er nickte und winkte, als sie losfuhr.

«Du schuldest mir noch Geld, Mann.»

Der junge Mann mit der roten Regenjacke stand an die Wand gelehnt neben ihm, Raab hatte ihn ganz vergessen. «Was?»

«Ich bins, André. Du hast mich verprügelt, fast zwei Wochen ist das her, drüben beim Kraftwerk. Und du hast mir fünfhundert Stutz versprochen, wenn ich den Detektiv für dich spiele. Seit zehn Tagen halte ich Ausschau nach dir, Mann. Wo warst du denn die ganze Zeit?»

André, der Junkie. Raab fiel alles wieder ein. Der Typ hatte vor Raabs Elternhaus herumgelungert, er hatte ihn verfolgt, gestellt und unter Druck gesetzt. Bis der gebeichtet hatte, dass ihn jemand dafür bezahlt hatte. «Wieso hast du mich denn nicht angerufen? Ich habe dir doch meine Visitenkarte gegeben.»

Zur Antwort zuckte André bloss mit den Schultern.

Raab begriff, dass es eine dumme Idee gewesen war. Wer nur den nächsten Kick im Kopf hatte, bewahrte keine Visitenkarte auf.

«Ich weiss gar nicht… Du hast mir den Arsch gerettet. Danke, André.»

Er zuckte mit den Schultern. «Ist schon okay, wenn du deine Schulden bezahlst. Du hast mir fünf Lappen versprochen, wenn ich eine Autonummer oder einen Namen habe von dem Kerl, der dich suchen liess.»

«Und? Hast du?»

André senkte den Blick, seine Lippen zitterten. Aus einer Schramme am Kinn sickerte Blut. «Na ja, ich habe ein Foto.»

«Zeig mal her.»

André zückte ein altes Handy mit einem kleinen, zerkratzten Bildschirm. Er schaltete es ein, drückte ein paar Tasten, hielt es Raab hin. «Es sind drei Bilder.»

Raab musste das Telefon dicht vor seine Augen halten, damit er überhaupt etwas erkennen konnte. Das erste Foto zeigte bloss einen Körper von hinten, viel zu weit weg und unscharf. Im Zentrum des zweiten Fotos hatte André seinen eigenen Finger platziert, darunter lugten zwei Beine hervor. Raab stöhnte.

Beim dritten Foto füllte der Finger auch fast die Hälfte, doch darüber war ein Büschel Haare zu erkennen, eine Stirn, tief liegende Augen und eine markante Nase.

Das setzte tief in Raabs Gehirn ein Zahnrad in Gang. Träge, weil es lange nicht bewegt worden war. Es drehte sich ein Stückchen, blieb stehen. Raab starrte auf den rissigen Teer unter seinen Füssen und versetzte in Gedanken eine Feder – andere Zeit –, einen Stift – anderer Ort –, ein zweites Zahnrädchen hakte ein. Jetzt begann sich das Erinnerungswerk zu drehen.

Die Ereignisse der vergangenen zwei Wochen verschoben sich in eine neue Perspektive. So könnten die Dinge auch zusammenpassen. Lange starrte er mit hohlem Blick ins Nichts. Warum hatte er das überhaupt nicht einkalkuliert …?

«Hey, Mann, alles in Ordnung?»

Die Stimme brachte ihn zurück in die Gegenwart. Andrés Hände zitterten. Erst jetzt wurde Raab bewusst, dass der Bursche wie er selbst vom Regen ganz durchnässt war. «Komm, wir gehen zu einem Bankomaten, dort bekommst du die fünfhundert Stutz. Und wegen deiner Rettungsaktion lege ich nochmals fünfhundert drauf. Wie klingt das in deinen Ohren?»

«Tausend Stutz? Super, Mann. Jetzt gleich?»

«Ja, an der Hauptstrasse steht ein Automat.» Danach würde Raab sich irgendwo in die Wärme setzen und ein paar Anrufe machen. Falls die seine Theorie bestätigten, konnte er sich den Besuch bei Gaby schenken.

49

Nach Mitternacht blickte Raab über die Lichter des Hafens von Birsfelden und den Rhein. Er liess sich an der Kante des Öltanks nieder, streckte die Beine darüber und legte die Unterarme auf das Geländer. Bloss das Schloss eines Zauntors hatte er knacken müssen, um zur Leiter und hierauf zu gelangen – ein Kinderspiel. Allerdings war das Erklimmen des zwanzig Meter hohen Tanks mit seinen Verletzungen äusserst mühsam gewesen; fast fünf Minuten und zwei Paracetamol hatte er dafür gebraucht. Eine bescheuerte Aktion, ganz klar. Doch Raab fand, es gäbe keinen passenderen Ort, um die Sache zu Ende zu bringen.

In der Ferne ragten die beiden Basler Roche-Türme in die Höhe, die obersten Geschosse verschwanden im Nebel. Und davor standen, nur ein kurzes Stück entfernt, die drei Wohnblöcke im Sternenfeld. Im mittleren war Mülli aufgewachsen, 1984 ein ungelenkiger Schlaks mit hellbraunen Haaren und einem roten Swissair-T-Shirt.

Sässe der jetzt neben ihm, würde er Raab bestimmt die Ohren volllabern. Dass es hier vor hundert Jahren bloss eine Wiese und ein paar Hangars gegeben hatte. Dass vom Flugplatz Sternenfeld schon ab 1924 Linienflüge nach London, Paris und Amsterdam gestartet waren. Dass 1930 dreissigtausend Menschen zugesehen hatten, wie das Luftschiff *Graf Zeppelin* in Birsfelden anlegte. Und dass das Sternenfeld einst der zweitwichtigste Flugplatz der Schweiz gewesen war.

Nur zu gern würde sich Raab bequatschen lassen. Und nach der Fliegerei könnten sie über Birsfelden plaudern, das der junge Oli als verschlafenes Kaff wahrgenommen hatte. Vierzig Jahre später betrachtete es Raab mit anderen Augen. Ihn beeindruckte die rasante Entwicklung, die das Bauern- und Arbeiterdorf durchgemacht hatte. Viele mochten den Hafen, die Industrie und die Hochhäuser hässlich finden. Doch Raab kannte die Geschichten dahinter und viele Menschen, die zum Aufschwung beigetragen hatten. In seinen Augen hatte sich Birsfelden emporgekämpft zu einem Ort, der sich sehen lassen konnte.

Er vernahm dumpfe Schläge auf Metall – jemand kletterte die Leiter hoch. Raab guckte auf die Uhr: zwanzig Minuten zu spät, aber immerhin.

Der Kopf von Fips erschien etwa fünfzehn Meter entfernt über der Kante des riesigen Öltanks. Er keuchte, als er auf dem Stahldach stand. «Mensch, Oli, für so einen Scheiss sind wir jetzt wirklich zu alt.» Er trug Jeans und eine schwarze Daunenjacke, das Licht der Lampen und Scheinwerfer vom Hafengelände her färbte sein Gesicht orange.

Raab kramte im Rucksack, den er neben sich abgestellt hatte, und brachte ein Bier zum Vorschein. Er hielt es Fips hin. «Komm, setz dich.»

«Echt jetzt? Dir ist schon klar, dass ich mit dieser illegalen Aktion hier meinen Job riskiere?»

Raab rollte mit den Augen. «Aus dir ist ein richtiger Spiesser geworden.»

Fips seufzte theatralisch. Er kam herüber, griff nach der Flasche, drehte den Deckel ab und schnippte ihn in die Tiefe. Dann nahm er einen Schluck. «Ich vermute, du steckst ganz schön in der Scheisse. Sonst hättest du mich nicht mitten in der Nacht herbestellt.» Er setzte sich neben Raab. «Was ist los?»

Raab legte sich auf den Rücken, genoss die Entspannung der überanstrengten Muskeln. Er verschränkte die Arme hinter dem Kopf, liess sich Zeit. «Trauerst du manchmal unserer Kindheit nach?»

«Keine Sekunde.» Fips trank drei lange Schlucke. «Du kanntest meinen Alten. Als der abgekratzt ist, habe ich eine Nacht lang gefeiert.»

Das konnte Raab nachvollziehen. «Und die Freundschaften? Oder der Blödsinn, den wir angestellt haben? Bedeuten sie dir noch etwas?»

Zur Antwort hob Fips bloss die Schultern.

«Das habe ich mir gedacht.» Raab schwieg für eine Weile. «Du wirst nie erraten, was ich für eine verrückte Sache gemacht habe.»

Fips kratzte sich übertrieben am Hinterkopf. «Du wirst es mir bestimmt gleich sagen.»

«Zwei Mafiosi sitzen wegen mir im Knast. Und dort werden sie lange bleiben für den Mord an Mülli.»

Fips' Kopf wirbelte herum wie eine Wetterfahne im Sturm. «Was?»

«Wegen diesen Typen lag ich im Spital. Ein Kumpel der beiden wollte es mir heimzahlen.»

«Der Kerl, der in Reigoldswil verbrannte? Der gehörte zur Mafia?»

«Ja.» Raab machte einen tiefen Atemzug. «Aber ich habe mich geirrt. Leider. Sie haben Mülli nicht umgebracht.»

«Nicht?» Fips trank sein Bier aus und warf die Flasche vom Tank. Sie fiel zwanzig Meter in die Tiefe und zerbarst mit einem leisen Knall.

«Nein.» Raab setzte sich auf und betrachtete seinen Jugendfreund, der am Daumennagel knabberte. «Es muss frustrierend für dich gewesen sein, als sie hinter dein Geheimnis kam.»

Fips kniff die Augen zusammen. «Was redest du da?»

Raab schüttelte den Kopf. «Jeden Stein drehte ich um, weil ich den Mord an Mülli aufklären wollte. Und ich fand sogar ein denkbares Motiv: das Fliegermuseum, hundert Millionen Stutz. Mit meinem Tunnelblick konzentrierte ich mich nur auf Mülli, seine

Frau Judith schien mir von Beginn weg eine Randfigur.»

«Ich bin hierhergekommen, weil du mich um Hilfe gebeten hast. Aber jetzt gibst du bloss Schwachsinn von dir. Vielleicht solltest du dir besser professionelle Hilfe suchen. Das hier bringt nichts, ich gehe», sagte Fips mit gepresster Stimme und stand auf.

Raab beneidete ihn um die leichte, schnelle Bewegung. «Heute im Clubrestaurant hat mir Manuela die Augen geöffnet. Ich habe ein paar Anrufe gemacht, du bist spielsüchtig und hast hohe Schulden. Deswegen hast du Judiths Stiftung für die Waisenhäuser in Rumänien ausgeplündert. Wie viel hast du abgezweigt? Hunderttausend? Zweihunderttausend?»

Fips presste die Lippen fest aufeinander.

«Du schweigst lieber?», fragte Raab. «Spielt auch keine Rolle. Ich habe mit Barbara Gratwohl gesprochen, der Freundin von Judith. Sie unterrichtet am Gym Liestal, aber das weisst du natürlich. Schliesslich sitzt ihr beide im Stiftungsrat. Sie hat mir bestätigt, dass Judith besorgt war in den letzten Wochen, weil es merkwürdige Rechnungen und Abbuchungen gab. Nach Judiths Tod hofftest du wohl, das Thema sei abgehakt. Falsch! Die Stiftung wird die Bücher jetzt genau unter die Lupe nehmen.»

Fips hob einen Mundwinkel, seine Unterlippe zitterte. «Du beschuldigst mich? Ausgerechnet du? Spiel dich bloss nicht zum Moralapostel auf. Ich weiss alles über dich. Du bist nichts als ein kleiner Gauner, der sein Leben lang nie seriös gearbeitet hat.»

«Dass du die Bücher frisiert hast, ist mir egal. Dafür hättest du sogar meinen Respekt verdient.» Er erhob sich sachte vom Boden, trat Fips gegenüber, starrte ihm in die Augen. «Aber mit den Morden an Mülli, Judith und meiner Freundin Laura hast du eine Grenze überschritten.»

Das Gesicht von Fips glänzte im orangefarbenen Licht, mit den Händen deutete er ein Klatschen an. «Bravo. Erwartest du jetzt Applaus von mir?»

«Ich gebe zu, dein Plan war ziemlich gut. Allerdings hast du einige Fehler gemacht. Ich habe einfach nicht richtig hingeschaut.»

Fips setzte ein höhnisches Grinsen auf. «Jetzt bin ich aber gespannt. Welche Fehler denn?»

«Du hast dich letztes Jahr von Regierungsrat Kaiser zu einem der Bumswochenenden im Schwarzwald einladen lassen. Helen, die mit Laura dort arbeitete, hat dich auf einem Foto erkannt. So hast du Laura kennengelernt.»

Fips vergrub die Hände tief in den Taschen seiner Daunenjacke.

«Dein nächster Fehler war der Junkie André, der mir nachspionieren sollte. Doch du bist einfach zu geizig, Fips. Es war kein Problem, André auf meine

Seite zu ziehen. Danach verfolgte er dich und machte Fotos, auf denen ich dich erkannte.»

«Oli, das Superhirn. Du bist wohl mächtig stolz auf dich. Dabei hast du dich angestellt wie der Dorftrottel.»

Jetzt hatte Raab ihn bald dort, wo er Fips haben wollte. «Tatsächlich? Das habe ich anders in Erinnerung. Nur weil ich dich immer abschreiben liess, musstest du keine Klasse wiederholen.»

«Du überhebliches Arschloch.» Fips bleckte die Zähne. «Kein Wunder, dass du ein kleiner Dieb geblieben bist. Du traust mir wirklich gar nichts zu, das hast du schon früher nie getan. Du weisst gar nicht, wie sehr Kaiser dich hasst. Seit du seinen Tresor leer geräumt hast, sinnt er auf Rache. Also grub er nach und nach alle deine kleinen Geheimnisse aus. Wie dein Deal mit dieser Nutte. Er traute ihr seit deinem Einbruch in sein Haus nicht mehr. Zu Recht, wie er herausfand. Und als Kaiser letztes Jahr davon hörte, dass wir mal beste Freunde waren, bot er mir einen tollen Job bei der Stadtreinigung für ein paar Informationen über dich. Da zögerte ich nicht lange.»

«Also wollte Kaiser mir den Mord an Mülli in die Schuhe schieben?»

Fips schnaubte verächtlich. «Du kapierst gar nichts. Das war ganz allein mein Plan, Kaiser weiss nichts von meinen Schulden. Vielleicht erzähle ich ihm mal, wie ich dich aufs Kreuz gelegt habe. Bestimmt spendiert er mir dann nochmals eine Nutte als Bonus.» Er lachte kalt.

«Nur leider hast du es vermasselt. Dafür wanderst du in den Knast.»

Fips holte einen Flachmann aus der Jackentasche. Er drehte den Verschluss mit dem Daumen ab und trank einen Schluck. «Du wirst mich nicht verpfeifen. Ich habe ein kleines Dossier über dich zusammengestellt, das ich den Schuggern noch so gern zur Verfügung stelle. Ich würde sagen, du und ich – das ist ein Patt.»

Raab liess seinen Blick über die Lichter des Hafens schweifen. «Dass die beiden Mafiaidioten für die Morde an Mülli und Judith geradestehen werden, finde ich in Ordnung. Die haben nichts Besseres verdient. Aber für Lauras Tod wirst du den Kopf hinhalten. Das bin ich ihr schuldig.» Er beugte sich hinab zum Rucksack, holte seine Ersatz-Glock mit dem Schalldämpfer heraus und richtete sie auf Fips.

«Wer soll ausgerechnet dir glauben? Du kannst mir nichts beweisen.»

«Anfänger wie du hinterlassen Spuren. Die Forensiker haben deine DNA in Lauras Wohnung gefunden.» Das hoffte Raab zumindest.

Fips wischte sich die Nase an seinem Ärmel ab. «Wenn du mich auffliegen lässt, wanderst du selbst in den Knast. Dafür reicht mein Material, verlass dich drauf.»

Raab hob die Schultern. «Vorher setze ich mich ab. Wenn sie mich trotzdem schnappen, ist das eben Pech. Aber das Risiko ist es mir wert.» Er behielt den Finger am Abzug.

«Du bist wirklich durchgeknallt.» Fips vollführte etwas, das zwischen Achselzucken und Kopfnicken lag. «Aber ich kenne dich gut genug, etwas in der Art hatte ich kommen sehen. Deswegen habe ich eine Versicherung.» Mit dem Flachmann wies Fips über die Lagerhallen. «Gaby ist irgendwo dort unten. Ohne meine Hilfe wird sie bald nicht mehr leben.»

Das kaufte ihm Raab nicht ab. «Du bist voller Scheisse.»

«Findest du?» Fips kramte sein Smartphone aus der Jackentasche und tippte mehrmals darauf. «Schau es dir an.» Er hielt es Raab hin.

Der Bildschirm zeigte ein Foto von Gaby, die im Pyjama auf einem Betonboden lag. Raab guckte genauer hin. Nein, kein Foto. Ein Video! Mit sichtlich krampfenden, zuckenden Beinen drückte Gaby die nackten gefesselten Füsse gegen ihr Gesäss. Sie hatte offensichtlich Schmerzen. Zu allem Übel hatte der Drecksack Fips ihr noch den Mund zugeklebt, sie schien Mühe mit dem Atmen zu haben.

«Was hast du getan?»

«Eine Webcam sendet das live. Kennst du den *Faulen Henker?*»

«Nein.»

«Das war ein Zaubertrick von Houdini. Er liess sich die Hände auf dem Rücken fesseln und die Knöchel mit einem Ende eines Stricks verschnüren. Das andere Ende wurde um seinen Hals geschlungen. Sobald er die Beine ausstreckte, zog sich die Schlinge zu. So erdrosselt sich der Verurteilte früher oder später selbst. Houdini konnte sich natürlich befreien. Denkst du, Gaby kann das auch?» Fips lächelte bösartig, als er das Handy wieder an sich nahm. «Wenn du nicht spurst, ist sie halt tot.»

«Du bist verrückt.» Raab sprach leise zwischen zusammengebissenen Zähnen. «Gaby hat Kinder und Enkel. Sie ist mit uns aufgewachsen, zusammen haben wir x-mal auf diesen Tanks gefeiert.»

«Mir kommen gleich die Tränen. Leg die Pistole weg.»

Raab glaubte, durch die dunklen Augen von Fips in eine schwarze Leere zu blicken. «Du Drecksack.» Er bückte sich und legte die Glock auf den Tank.

«Sehr schön.» Fips hob sie auf und steckte sie in die Jackentasche. «Und jetzt zu den guten Nachrichten: Ich werde noch heute Nacht abhauen. Aber ich brauche Startkapital. Du hast doch bestimmt irgendwo Geld gebunkert, oder?»

Die Zahl *zwanzigtausend* lag Raab auf der Zunge, doch Fips liess ihn nicht zu Wort kommen.

«Und nenn mir jetzt keine lächerliche Summe. Ich will hunderttausend, mindestens.» Er hob das Handy hoch und wedelte damit. «Sonst schauen wir gemeinsam zu, ob Gaby den *Faulen Henker* schafft.»

In vier Schliessfächern hatte Raab gut zweihunderttausend Stutz deponiert. Doch nicht alle waren vierundzwanzig Stunden zugängig. «Hunderttausend kann ich auftreiben.»

«Sehr schön. Also los.» Fips winkte mit der Glock. «Ich schlage vor, wir beeilen uns. Keine Ahnung, wie lange die arme Gaby das durchhält.»

Raab humpelte an ihm vorbei und konnte sich nur mit knapper Not zurückhalten, dass er Fips nicht seine Faust in die blöde Fresse schlug.

50

«Hier links», sagte Fips auf dem Beifahrersitz, die Glock locker in seiner Hand.

Beim Hardwald, am südlichen Ende des Birsfelder Hafens, bog Raab am Steuer von der schmalen Strasse ab und hielt vor einem zwei Meter hohen Zaun mit Metalltor.

Fips stieg aus seinem BMW, öffnete einen Riegel und schob das Tor auf.

Im Licht der Scheinwerfer konnte Raab an einer Informationstafel am Zaun lesen, dass hier eine Waschanlage für Bauschutt entstehen sollte. Ihn juckte es im Fuss. Er müsste bloss das Gaspedal hinunterdrücken, um Fips über den Haufen zu fahren. Den Mörder von Laura, Mülli und Judith. Bereits in Basel hatte Raab mehrere Gelegenheiten verstreichen lassen, ihn zu entwaffnen. Denn im Moment zählte nur Gaby.

Fips winkte mit der Glock, Raab fuhr an ihm vorbei auf einen Platz mit rissigem Asphalt, an dessen Ende eine Lagerhalle aus Betonelementen stand. Zwei altersschwache Lampen an Masten beleuchteten fünf Buchten, die zu jeweils einem Rolltor auf einer erhöhten Plattform führten. Einst hatten Lkws rückwärts zu den Toren fahren und direkt beladen werden können. Doch heute waren die Buchten vollgestellt mit Schrott: Metallkübel, Drähte, Automotoren, Felgen. Der Regen verlieh allem einen öligen Glanz.

Hielt er Gaby hier gefangen? Raab stellte den Motor ab und wartete. Viel zu schnell war er durch die Stadt gerast und hatte zweimal sechzigtausend Franken aus Schliessfächern geholt, Fips ständig an seiner Seite. Der hatte ihm mehrfach das Handy mit der gefesselten Gaby vor die Nase gehalten. Als ob Raab die Motivation gebraucht hätte. Er liess seinen Blick über die Lagerhalle schweifen, rechts klebte ein zweistöckiger Anbau mit bodentiefen Fenstern und Vorhängen daran. Eine gute halbe Stunde waren sie unterwegs gewesen – hoffentlich lebte Gaby noch.

Fips öffnete eine Hintertür und nahm die Plastiktasche mit dem Geld vom Rücksitz. «Gehen wir.»

Raab schaffte es, halbwegs normal auszusteigen. Die drei Schmerztabletten, die er in der Stadt geschluckt hatte, wirkten endlich. Er folgte Fips, der auf den Anbau zusteuerte. Ihre Schritte knirschten auf den Kieselsteinen, die überall auf dem Asphalt lagen.

Auf der rechten Seite des Anbaus gab es eine halb verglaste Zugangstür, die Fips mit einem Schlüssel öffnete. Sie betraten einen Empfangsraum, den die beiden Lampen draussen durch die Vorhänge schwach erhellten: ein verstaubter Tresen, drei mit Leintüchern zugehängte Sessel und gerahmte Fotos von Lastwagen an den Wänden. Auf deren Führerkabinen prangte der Name *Ziegler* in weissen Lettern auf blauem Grund.

Die ehemalige Transportfirma von Sämi Ziegler, dem Vater von Lars! «Wieso hast du einen Schlüssel?», fragte Raab.

Fips nahm die Treppe, die linker Hand in den ersten Stock führte. «Hier habe ich meine Lehre gemacht und später als Speditionschef gearbeitet, bevor Sämi den Laden heruntergewirtschaftet hat.»

Raab erinnerte sich an das nagelneue Puch Maxi, mit dem Fips 1984 in Basel aufgekreuzt war, und begriff. «Er hat dein Schweigen über den Unfall von Lars gekauft.»

Fips wartete oben an der Treppe und grinste höhnisch. «Ich war schon damals nicht so blöd, wie du immer dachtest.»

Dieses Schwein! Mithilfe des Holzgeländers und mit bedächtigen Schritten schaffte es Raab nach oben. Vor ihm lag ein Flur mit einem Boden aus rissigem grauen Linoleum, mehrere Räume gingen davon ab. Das Licht war noch schummriger als im Erdgeschoss.

Fips marschierte voraus in das Zimmer am Ende, ein geräumiger Raum mit Aktenschränken, einem mächtigen Schreibtisch, einer Sitzgruppe aus Leder und Telefonen mit Wählscheiben. Das Chefbüro. Über allem lag eine dicke Schicht Staub. Durch die Fenster rechts konnte Raab schwach Konturen des Hardwalds erkennen, links befand sich ein Innenfenster zur Lagerhalle. Er trat vor die Scheibe. Die einzige Beleuchtung stammte von einem kleinen Scheinwerfer auf dem Boden, im Lichtkegel lag Gaby auf dem kalten Beton. Ihr Gesicht, so schien es Raab aus zwanzig Metern Entfernung, war rot angelaufen, die Schlinge um ihren Hals schnitt bereits eng ein. Vor Wut knirschte er mit den Zähnen.

Er orientierte sich schnell. Auf mächtigen Regalen hinter Gaby stapelten sich Kartonboxen, auf Europaletten lagerte undefinierbares, in Plastik gewickeltes Zeug. Vom Chefbüro gab es einen Ausgang auf eine Metallplattform in der Halle, eine Treppe führte hinunter.

Jetzt musste Raab seinen Zug machen. Zweifellos liesse ihn Fips nicht einfach mit Gaby abziehen. In den vergangenen Wochen hatte er mehrfach bewiesen, dass er keine Zeugen am Leben liess. Raab wusste, dass er Schnelligkeit und Stärke bräuchte, um Fips zu überwältigen. Beides fehlte ihm. Doch ihm kam seine Erfahrung zugute. Und er kannte sich mit Waffen aus.

«Du gehst voraus», kommandierte Fips und wedelte mit der Plastiktasche in der linken Hand, die Glock in der rechten hielt er auf Raab gerichtet.

Raab schlurfte zur Metalltür, die auf die Plattform führte. Sie schwang nach innen ins Büro auf. Er drückte die Klinke und machte zwei Schritte zurück. Fips stand jetzt dicht hinter ihm, ein untrainierter, übergewichtiger Mann in den Fünfzigern, der seine ganze Macht aus der Waffe schöpfte. Der würde schiessen, aber kaum kämpfen, hoffte Raab.

Er drehte sich um, legte eine Hand über den Schalldämpfer hinweg auf den Schlitten der Glock und schob die Waffe gegen Fips' Bauch.

Die Überraschung über eine so dumme Aktion liess Fips eine halbe Sekunde lang zögern. Instinktiv presste er die Pistole in die Gegenrichtung. Das schob den Schlitten ein paar Millimeter zurück und der Verschluss der Glock öffnete sich. Mit dem Zeigefinger riss Fips am Abzug, doch kein Schuss krachte – bei offenem Verschluss feuerte keine Waffe. Fips stand der Mund offen.

Raab zögerte nicht. Mit der Hand auf der Pistole drehte er die Mündung der Glock nach links, weg von sich. Der Finger von Fips steckte immer noch im Abzugsbügel. Mit einem Ruck bog Raab die Waffe so weit gegen das Gelenk, dass Fips' rechter Zeigefinger am Knöchel brach.

Er stiess einen lauten Schrei aus, liess die Pistole los und die Plastiktasche fallen.

Mit der Glock schritt Raab rückwärts auf die Plattform und kontrollierte, dass der Schlitten zurück in die Ausgangsstellung gesprungen war. Sein rechter Arm zitterte von der Anstrengung und dem Gewicht der Waffe, weshalb er zu einem beidhändigen Griff wechselte. Für einen Moment verzehrte ihn fast das Verlangen, den Abzug zu ziehen. Er wollte Rache für seine toten Freunde. Er wollte Gerechtigkeit.

Ein Wimmern aus der Halle verdrängte seine Wut. Raab warf einen Blick hinunter und sah Gaby auf dem Hallenboden zittern. «Los, geh voran, aber dalli!»

Fips hielt die verletzte rechte Hand mit der linken fest und legte sie an seine Brust. Geduckt schlich er an Raab vorbei. «Du Sauhund!» Er nahm sich viel Zeit die Metalltreppe hinunter.

Unten auf der letzten Stufe verlor Raab die Geduld. Er nahm seine ganze Kraft zusammen und haute Fips den Griff der Glock hart gegen die Schläfe. Bewusstlos sackte der auf dem Betonboden zusammen.

Raab humpelte durch die Halle zu Gaby hin, warf neben dem Scheinwerfer ein Stativ mit Kamera um. Er legte die Glock auf den Boden und holte sein Sackmesser aus der Jackentasche. «Halt durch!» Er setzte die Klinge an und sägte das angespannte Seil zwischen ihren Füssen und dem Hals durch.

Gabys verkrampfte Beine sackten weg.

Vorsichtig durchtrennte Raab die Schlingen um Knöchel und Handgelenke, dann riss er ihr das Klebeband vom Mund.

Gaby rang lange nach Luft und rollte sich seitlich auf dem Boden zusammen. Sie weinte, flüsterte unverständlich.

Raab kauerte sich neben sie und legte eine Hand auf ihren Oberarm. «Es ist vorbei, Gaby.»

Sie setzte sich auf, schlang ihre Arme um Raab und schluchzte. «Mein Gott, er hätte mich einfach ersticken lassen.» Ihre Stimme klang wie verätzt.

Er strich ihr mit der Hand über den Rücken und fühlte sich, als hätte er einen Sack Zement von den Schultern geworfen. «Alles ist gut.» Raab stellte sicher, dass Fips immer noch regungslos bei der Treppe auf dem Boden lag. Er würde ihn zusammenschnüren und den Schuggern überlassen.

Gaby rappelte sich auf, strich das Pyjama glatt, richtete mechanisch ihr Haar. Ehe es Raab richtig begriff, bückte sie sich schon nach der Glock, die neben der Webcam lag. In einer fliessenden Bewegung drehte sie sich um hundertachtzig Grad, richtete die Pistole auf Fips und drückte zweimal ab.

Blut spritzte.

Raab war starr vor Schreck. «Verdammt, was tust du da? Das war völlig unnötig.»

Gabys Miene schwankte zwischen einem Lächeln und einem Grinsen. «Du liegst falsch, wieder einmal.» Sie richtete die Glock auf Raab. «Hast verdammt lange gebraucht, Oli.»

«Du!»

51

«Mach vorwärts», befahl Gaby. Sie stand drei Meter entfernt, hielt die Glock mit dem Schalldämpfer auf ihn gerichtet und winkte mit der freien Hand.

Raab ging in die Knie, umfing den Oberkörper von Fips von hinten mit seinen Armen und hob an. Er wog bestimmt hundert Kilo. Mit dem BMW hatten sie die Leiche so nahe wie möglich an den Rhein transportiert, er am Steuer, Gaby hinten auf dem Rücksitz, die Waffe an seiner Schläfe.

Regen hatte eingesetzt, prasselte unaufhörlich in Raabs Gesicht und zwang ihn zu blinzeln. Er schwankte unter der Last, änderte den Griff, um den toten Körper besser fassen zu können. Raab wusste zu gut, worauf das hinauslief. Sobald sie den Fluss erreicht und die Leiche entsorgt hätten, würde Gaby ihn erschiessen. Und ihn dann ebenfalls ins Wasser schmeissen. Noch blieben etwa vierzig Meter bis zum Ufer. Er schleppte Fips weiter über den Kies.

Sie befanden sich unweit des Lagertanks, auf dem sich Raab vor einer guten Stunde mit Fips getroffen hatte. Lampen an der Hafenstrasse beleuchteten schwach die Lagerhallen, Schiffscontainer und Güterwaggons um sie herum. Über ihnen ragte der Ausleger eines Krans auf. Raabs Schädel dröhnte, der ganze Körper pochte vor Schmerzen und zitterte unter der Kälte. Er musste sich dazu zwingen, ruhig und bei wachem Verstand zu bleiben. Nur so fände er einen Ausweg. *Vielleicht.*

Er drehte den Kopf ein Stück weit, suchte eine leere Bierflasche, ein loses Stück Metall oder Holz, irgendetwas, das er aufschnappen und schwingen könnte. Aber selbst wenn, Gaby hielt Sicherheitsabstand auf dem breiten, ebenen Kiesweg.

Vorhin, in der Firma von Ziegler, hatte Raab noch gegen den spontanen, naiven Gedanken ankämpfen müssen. Gaby, seine Freundin aus Kindheitstagen, brächte ihn bestimmt nicht um. Aber so vieles hatte sich verändert in vierzig Jahren. Und aus Gaby war eine Mörderin geworden. Raab könnte sich in den Hintern beissen über seine Blödheit. Fips mochte ein Grossmaul, Lügner und Betrüger gewesen sein. Doch er hätte nie das Zeug gehabt, um einen so perfiden Plan auszuhecken: den Diebstahl des Stiftungsgelds, den Mord an Judith und Mülli, die Falle für Raab.

Nach weiteren zehn Metern konnte er nicht mehr. Er legte die Leiche auf den Boden, stand vornübergebeugt mit den Händen auf den Knien und keuchte. Schliesslich richtete er sich auf. «Wieso hat mich Fips eigentlich nicht gleich auf dem Tank erschossen?»

Gaby seufzte, über dem Pyjama trug sie jetzt einen dunkelblauen Wintermantel, dazu Gummistiefel und einen schwarzen Regenhut. «Wenn es nach mir gegangen wäre, hätte er dich ausgehorcht und umgebracht. Doch Fips war schon immer ein Feigling. Deswegen überzeugte ich ihn vom *Faulen Henker.* Du bist zwar nicht so ein Angsthase wie Fips, aber ebenfalls dumm. Wie erwartet wolltest du den Helden spielen.»

«Hattest du denn keine Angst vor dem Ersticken?»

Sie lächelte verschmitzt. «Es musste echt aussehen. Das war zwar unbequem, doch die Schlinge um meinen Hals konnte sich gar nicht zuziehen. Und netterweise hast du mich ja gerettet. Männer sind so berechenbar.» Gaby hielt ihn mit der Waffe auf Abstand und nickte langsam. «Wie am Sonntag vor zwei Wochen, als wir uns auf dem Schulhausplatz *zufällig* über den Weg liefen.» Beim Wort zufällig malte sie mit zwei Fingern der freien Hand Anführungszeichen in die Luft. «Ich wusste, dass du nach Müllis Tod früher oder später in Birsfelden herumschnüffeln würdest. Also behielt ich unsere alten Lieblingsplätze im Auge. Ich hatte mich auf ein paar Tage eingestellt, doch du kamst schon gleich am ersten Morgen angerannt.»

«Du hast Mülli und seine Frau in Hölstein umgebracht.» Es war eine Feststellung, keine Frage.

«Mir blieb keine Wahl, nachdem Fips es wieder mal verbockt hatte. Geprahlt hat er vor mir damit, wie er sich mit Finanzen auskennt. Die Bücher des Hilfswerks könne er problemlos frisieren, niemandem werde etwas auffallen. Ich hätte es besser wissen müssen.»

«Wie viel Kohle habt ihr abgezweigt?»

«Knapp dreihunderttausend. Danke übrigens für deinen Zustupf.»

Sein Geld lag im Kofferraum des BMW. «Hast du Fips deswegen erschossen? Weil du alles für dich behalten willst?»

«Ich habe ihn umgebracht, weil er ein Trottel war. X-mal half ich ihm, weil er wegen seiner verdammten Zockerei in Schwierigkeiten steckte, x-mal versprach er Besserung. Doch daran hielt er sich nie. Letztes Jahr verlor er so viel, dass die Geldeintreiber ihm richtig im Nacken sassen. Das Geld aus der Stiftung hätte uns die Gelegenheit geboten, abzuhauen und irgendwo neu anzufangen. In Südafrika reicht das ein Leben lang.» Sie seufzte und breitete die Arme aus. «Doch plötzlich hatte Fips keine Lust mehr auf Scheiss-Südafrika, wollte mit unserer Kohle die Schulden begleichen und hierbleiben. Aber nicht mit mir!»

Der Gedanke war Raab gar nie gekommen. «Du und Fips …?»

Gaby winkte ab. «Ein richtiges Paar waren wir nie, doch er ist der Vater meiner Tochter Eva. Glotz nicht so blöd, wir hatten das nicht geplant. Mit Fips, diesem Depp, hätte ich doch nie eine Familie gründen wollen. Eva habe ich alleine grossgezogen, der da war bloss ein Feiertagspapa. Trotzdem fühlte ich mich ihm gegenüber verpflichtet, irgendwie. Doch damit ist jetzt Schluss.» Sie stand zwei Meter entfernt, zielte mit der Mündung auf Raabs Kopf. «Genug gequatscht. Ab gehts.»

Er blieb einfach reglos stehen. «Und Laura?»

Sie zuckte leicht mit den Schultern. «Ein nützliches Instrument. Dabei lehnte sie den Auftrag zunächst ab, weil Fips den Vermittler spielte. Sie wollte direkt mit Mülli verhandeln. Wir konnten ihre Zweifel nur mit einem grosszügigen Vorschuss beseitigen. Scheisse, dreissigtausend. Deinen Job möchte ich haben.»

Hätte Laura doch nur verzichtet. «Wegen Fips also …»

«Natürlich, sie hätte ihn entlarvt.» Sie streckte den Arm mit der Glock aus. «Weiter jetzt!»

«Eine Frage noch, das bist du mir schuldig: Weshalb die Einbrüche, die Beschattungen, der GPS-Sender an meinem Auto?»

Gaby verdrehte die Augen. «Erklär du es mir, vermutlich irgendein Machoding. Fips stand auf so was, fand es irre lustig. Ich habe nie kapiert, wozu das gut sein soll. Jetzt habe ich genug von euch Idioten.» Sie streckte den Arm mit der Pistole aus. «Los!»

Es blieben noch zwanzig Meter zum Fluss. Raab musste den Drang unterdrücken, einfach loszurennen. Sie schösse ihn ebenso skrupellos nieder wie Fips. Er hob die schwere Leiche vom Boden, dabei glaubte er, Musik in seinem Kopf zu hören, etwas Klassisches mit Bläsern, Streichern und einem Chor, ein Stück, das er noch nie zuvor vernommen hatte. Als hätte er sein Leben lang den Sound für einen Todgeweihten mit sich herumgetragen.

Am Ufer verliefen drei Gleise der Hafenbahn, ein kurzes Stück entfernt standen Güterwaggons. Raab achtete darauf, wohin er die Füsse setzte, schleppte den toten Fips über die nassen Schienen.

Er erreichte die grasbewachsene Böschung, die Lautstärke der Posaunen in seinem Kopf schwoll an. Der Rhein floss zwei Meter unter ihm, die Wasseroberfläche vibrierte unter den Regentropfen. Lichter auf der anderen Seite des Flusses im deutschen Grenzach-Wyhlen schimmerten wie Weihnachtsbeleuchtung.

«Wirf ihn rein.» Gaby hielt sich in seinem Rücken, ausser Reichweite.

Raab ging in die Knie, verlagerte das Gewicht auf die Fussballen, schob seine Hände unter Schulter und Hüfte von Fips und wälzte ihn über die Kante der Böschung.

Der Leichnam rollte hinunter und schlug mit einem Platschen im Wasser auf. Langsam trieb er davon.

Raab richtete sich auf, eine Bewegung am Ufer liess ihn jäh den Kopf drehen.

Ein rhythmisches Klatschen durchschnitt die Luft, als ein grosser Graureiher seine Schwingen ausbreitete und knapp über sie hinwegflog.

Instinktiv duckte sich Gaby.

Seine Chance!

Er wirbelte herum, machte drei Riesenschritte und schlug zu, bevor sie die Glock heben konnte. Seine Faust streifte Gabys Kinn, rutschte tiefer und traf ihr Schlüsselbein. Sie taumelte zurück, fiel auf den Hintern, ein Schuss löste sich, die Kugel prallte an einem Rheinpoller ab. Doch die Pistole behielt Gaby fest in der Hand.

Raab rannte los, machte Sprünge nach links und rechts wie ein Feldhase, hielt auf die Güterwaggons zu.

Die Glock hustete kaum hörbar.

Er spürte das Zerren einer Kugel an seinem Ärmel, erreichte aber doch den ersten Güterwagen auf dem Gleis. Raab warf sich darunter, robbte über den Schotter im Gleisbett, ignorierte die höllischen Schmerzen überall.

Gaby feuerte aus der Distanz zwei weitere Schüsse ab, Steine spickten auf.

Die Strassenlampen beleuchteten eine Seite der Metallwaggons. Raab kroch auf die andere, in

Richtung Fluss. Im Schatten schlich er weiter, vorbei am zweiten und dritten Güterwagen. Er erreichte den nächsten und duckte sich unter die Puffer zwischen dem vierten und dem fünften Waggon. Kugeln schlugen in seiner Nähe gegen Metall, doch er hatte gute Deckung.

Es folgte Stille, zehn, zwanzig Sekunden lang.

«He, Oli», rief Gaby geschätzte dreissig Meter entfernt. Sie musste hinter dem ersten Wagen kauern.

«Was?»

«Hab ich dich erwischt?»

«Hättest du wohl gern.»

Gaby lachte auf. «Schade um die Munition.»

«Sorry.» Zwischen den Radachsen hindurch suchte er nach ihren Beinen.

«Du oder ich, Oli. Nur wir sind übrig.»

«Sieht so aus.» Wieder Stille. Oder doch nicht? Er hörte leise Schritte auf Schottersteinen.

«Warum gehst du nicht einfach nach Hause?» Der Klang ihrer Stimme veränderte sich. Gaby rückte vor.

«Das würdest du nicht zulassen.» Der Kai auf der Flussseite bestand aus einer schmalen Teerstrasse und dem Gras der Uferböschung. Zwei verlassene Anlegestege ragten fünf Meter ins Wasser hinaus. *Sackgassen.*

«Doch.» Sie musste den dritten Waggon erreicht haben, nur noch einer stand zwischen ihnen.

«Und danach? Wie soll es weitergehen?» Horizontale Metallverstrebungen verstärkten die Stirnseite des Güterwagens. Wäre er in Form, könnte er daran hochklettern, zurückschleichen und Gaby von oben angreifen. Doch das traute sich Raab nicht zu in seiner Verfassung. Er tauchte unter den Puffern hindurch auf die andere, beleuchtete Seite. Aus dem Gleisbett nahm er sich zwei zwetschgengrosse Steine.

«Wir fänden bestimmt eine Lösung.» Gaby näherte sich auf der Flussseite.

«Was bietest du an?»

«Ich verlasse Birsfelden, lasse nie mehr von mir hören.»

«Glaube ich dir nicht. Was ist mit deiner Tochter und deinem Enkel?» Den Weg zur Strasse versperrten kleinere umzäunte Lagertanks. Davor, etwa zehn Meter entfernt und auf einer Art Perron der Hafenbahn, stapelten sich Säcke auf Paletten.

«Die kommen mit.»

Geduckt entfernte sich Raab so leise wie möglich rückwärts von den Güterwaggons, überquerte zwei Gleise und erreichte die Düngersäcke. Dahinter ging er in die Knie und spähte hinüber zum Güterzug. Da sah er Gabys Kopf über der Kante des Waggons auftauchen, hinter dem er sich eben noch versteckt hatte.

Sie kletterte auf das Bogendach, bewegte sich in vier Metern Höhe zum Ende des Wagens, wo Raab gekauert hatte. Gaby zielte hinunter auf die Puffer, in die Lücke zwischen den beiden Waggons.

Raab sprang hinter dem Düngerstapel hervor und legte jedes Quäntchen Kraft, das noch in seinem Körper steckte, in seinen Arm, holte aus und warf einen Stein nach Gaby.

Er verfehlte sie um einen Meter.

Gaby fuhr herum, Mund und Augen weit aufgerissen. Ein Gummistiefel rutschte weg auf dem nassen Metall, sie ruderte mit den Armen, verlor das Gleichgewicht und fiel rückwärts vom Dach.

Raab rannte über die Gleise, presste seinen Rücken gegen den Stahl des Güterwagens. Er machte sich auf einen neuen Angriff gefasst, wog den zweiten Stein in seiner rechten Hand.

Zentimeter um Zentimeter arbeitete er sich vor, legte sich auf den Bauch und kroch unter der Kupplung hindurch, spähte an den rostigen Rädern vorbei in den Schatten hinter dem Waggon.

Sie lag auf dem Rücken im Bett des Nebengleises.

Raab kam hoch auf die Knie. Auch wenn sie eigenartig verdreht auf dem Schotter ruhte, könnte es eine List sein. Er ging langsam auf Gaby zu, stoppte alle zwei, drei Meter. Schliesslich stand er über ihr.

Leere Augen starrten in den schwarzen Himmel, der schwarze Regenhut lag zwischen den Schienen. Gaby war mit dem Schädel auf eine Schiene gekracht, Blut rann hell unter dem Haar hervor, vermischte sich mit dem Regen und rann wässrig auf die Bahnschwellen.

Raab stand einfach da. Er empfand weder Freude noch Genugtuung, nur Erschöpfung in jeder Faser seines Körpers.

Wieder erklangen die Instrumente in seinem Kopf. Die Totenmusik. Aber nicht für ihn, sondern seine Jugendfreunde Fips und Gaby. Und er erinnerte sich, dass es ein Wort dafür gab: *ein Requiem.*

52

Oberhalb von Lauwil stieg der schmale Feldweg steil an. Raab schaltete das Fernlicht ein und drückte auf das Gaspedal. Der Toyota Corolla reagierte sofort. Er war nicht wählerisch gewesen bei Mobility, hatte den erstbesten Leihwagen am Basler Claragraben genommen. Das Fahrzeug sollte ihn bloss so nahe wie möglich zu seinem Haus bringen.

Bis Sonntagmittag hatte er traumlos geschlafen in seiner Basler Wohnung und beim Frühstück – einem Glas kalter Ovomaltine und einem Stück Brot – die Nachrichten am Radio gehört. Weder die Leiche von Fips noch die von Gaby, die Raab ebenfalls ans Ufer geschleppt und in den Rhein gerollt hatte, waren bislang gefunden worden. Früher oder später würden sie wohl beim Kraftwerk in Birsfelden oder im elsässischen Kembs hängen bleiben. Ob die Polizei ihn deswegen in die Mangel nähme? Seine Ersatz-Glock, mit der Gaby Fips erschossen hatte, lag in Einzelteile zerlegt ein Stück entfernt im Waldboden. Darüber hinaus gab es wenig, das ihn mit den Morden in Verbindung brächte. Klar, ein paar Leute hatten sie in den vergangenen Tagen zusammen gesehen. Doch was sprach dagegen, alte Schulfreunde zu besuchen? Zudem käme die Unterschlagung der

Stiftungsgelder bald ans Licht, was die Ermittlungen von ihm ablenken würde.

Regen prasselte auf die Frontscheibe. Raab fummelte herum, bis er den richtigen Hebel für die Scheibenwischer fand.

Auf dem holprigen Weg schepperten die Konservendosen auf dem Rücksitz aneinander. Er hatte einen Stopp bei der Landi in Bubendorf eingelegt und im Tankstellenshop Brot, Milch, Steaks, Reis und ein paar weitere Vorräte eingekauft. Vermutlich bräuchte er die nicht mal, er bunkerte genug Lebensmittel im Haus. Doch er war zu erschöpft gewesen, als dass er gross darüber hätte nachdenken können. Für mindestens zwei, drei Wochen verkröche er sich nun in sein Nest.

Sobald es ihm besser ginge, würde er sich bei Corinne entschuldigen für seinen Ausraster am Freitagabend. Irgendeine Ausrede würde ihm schon einfallen. Und möglicherweise würde sie ihr Angebot für einen gemeinsamen Theaterabend erneuern.

Er schaltete in den ersten Gang.

Gaby hatte sie meisterhaft gegeneinander ausgespielt, das musste er anerkennen. Sie hatte den Kontakt hergestellt, hatte das erste harmlose Treffen und später das Abendessen bei Raab arrangiert. Gaby hatte gewusst, dass er früher oder später auf die Verbindung zwischen Corinne und Lars stiesse.

Natürlich hatte Raab Verdacht geschöpft. Clever, Gaby. Nur nicht clever genug.

Jetzt bist du tot.

Zudem wollte er dem Ex-Callgirl Helen berichten, wer Laura umgebracht hatte. Dank ihr war Raab auf die Verbindung zwischen Laura und Fips gestossen.

Und Jo?

Raab machte sich keine Hoffnungen auf eine gemeinsame Zukunft. Doch Jo hatte ihn etwas begreifen lassen: Bis vor einem Jahr hatte er echte Beziehungen nur als Ballast betrachtet. Bis er mit ihr eine Frau getroffen hatte, die er auf keinen Fall hatte verlieren wollen. Jo hatte ihm gezeigt, dass jeder einen Menschen an seiner Seite brauchte. Um sich besser zu fühlen. Um dem Leben einen Sinn zu geben.

Wollte er weitermachen wie bisher? Er hatte genug Kohle zur Seite gelegt, um ein paar Jahre über die Runden zu kommen. Er könnte die Schweiz verlassen und irgendwo neu anfangen. Er könnte eine saubere Firma gründen …

Emotionen oder Stress führten selten zu klugen Entscheidungen. Deswegen würde er sich Zeit lassen, und seien es Monate. Oben auf dem Berg hielte er es locker bis zum Frühling aus.

Raab steuerte vom offenen Feld in einen Wald. Die Nadel- und Laubbäume standen in dichten Reihen, der Toyota holperte über Steine und Wurzeln. Im

Licht der Scheinwerfer konnte er den Findling am Wegrand erkennen, bald hätte er es geschafft. Auf der Höhe des mächtigen Steins irritierten ihn zwei Lichter geradeaus. Raab trat hart auf die Bremse.

Nein, keine Lichter. Dreissig Meter vor ihm verharrten spiegelnde Tieraugen auf dem schmalen Weg. Ein Wolf, ein junges, kräftiges Tier.

Raab schaltete den Motor aus, öffnete die Fahrertür und stieg langsam aus.

Der Wolf bewegte sich nicht von der Stelle. Im Licht der Scheinwerfer glitzerten seine Augen. Einen Augenblick lang bildete Raab sich ein, dass ihn das Tier direkt ansähe. Es drehte aber den Kopf, trottete vom Pfad und verschwand im Dunkel zwischen zwei Sträuchern.

Raab setzte sich ins Auto und fuhr bis zur Stelle, wo der Wolf verharrt hatte. Erneut stellte er den Motor ab, löschte die Scheinwerfer. Raab stieg aus und drückte leise die Fahrertür hinter sich zu. In der Dunkelheit des Waldes hörte er bloss das Prasseln der Regentropfen auf den Blättern, erahnte die Konturen von Büschen und Bäumen.

Obwohl ihm das Wasser in den Kragen lief, die Jacke und Hose durchweichte, blieb Raab einfach stehen und starrte in die Dunkelheit. Weshalb er das tat, wusste er selbst nicht genau.

Er wünschte sich bloss, den Wolf noch einmal zu sehen.

Anmerkungen

Wie für jeden meiner Krimis gilt: Diese Geschichte ist Fiktion, die Personen und Ereignisse sind frei erfunden. Real sind hingegen die Orte und Schauplätze, die in diesem Buch beschrieben werden. Hie und da habe ich mir allerdings erlaubt, Gebäude und deren Umgebung ein wenig umzubauen oder zu verschieben.

Es waren die beiden Baselbieter Flugpioniere Jakob Degen und Oskar Bider, die mein Interesse für die Luftfahrt in der Region Basel weckten. Obwohl der Flugplatz Sternenfeld erst nach ihrem Tod entstand, ist er natürlich ein wichtiger Teil der Aviatikgeschichte. Birsfelden als Schauplatz für meinen Krimi war eine logische Folge davon. Das erwies sich als Glücksfall, denn die Gemeinde durchlief eine äusserst spannende Entwicklung, wie ich diversen Quellen entnehmen durfte. Kleine Hinweise darauf habe ich in verschiedene Kapitel eingebaut.

Einige Menschen haben mir dabei geholfen, dieses Buch zu schreiben. Speziell bedanken möchte ich mich bei Franz Büchler und Jürg Gohl, die mir viele Tipps zu Birsfelden gaben. Hans-Beat Rohr, der Präsident des SV Muttenz, beschrieb mir den Neubau des Sportplatzes Margelacker Mitte der 1980er-Jahre.

Weitere wichtige Hinweise zu diversen Aspekten bekam ich von Fredy Freidig, Noah Freidig und Enrico Mazzola.

Einmal mehr konnte ich mich beim Schreiben auch auf mein bewährtes Beraterteam verlassen. Es handelt sich dabei um Leute, die Expertinnen und Experten auf ganz unterschiedlichen Gebieten sind. Sie gaben mir viele wertvolle Rückmeldungen. Zum Team gehören Guido Enz, Marie-Theres Meyer, Gregor Saladin und Rolf Wirz. Sie haben mir dabei geholfen, Fehler zu vermeiden und dieses Buch zu verbessern. Ein grosses Stück dazu beigetragen hat natürlich auch meine umsichtige Lektorin Manuela Seiler.

Und letztlich schulde ich meiner Frau Karin und meinen Kindern grossen Dank. Sie unterstützten mich – wie immer – auf vielfältige Weise.

Rolf von Siebenthal

Sind Sie nun schon gespannt, wie es im dritten Teil der Serie mit dem Einbrecher Raab weitergeht…? Lesen Sie hier das erste Kapitel von Rolf von Siebenthals nächstem Krimi, der im Frühjahr 2024 im Friedrich Reinhardt Verlag erscheint.

1

Sie stand am Waldrand, umklammerte einen Rucksack mit beiden Händen und beobachtete die Lichtung wie ein Rehkitz.

Spinne ich jetzt? Raab blinzelte und guckte erneut hin. Tatsächlich, in der Abenddämmerung kurz nach acht stand da eine Frau mit schulterlangen blonden Haaren gut hundert Meter von seinem Küchenfenster entfernt. Sie trug einen hellblauen Pullover und schwarze Hosen. Er griff nach dem Feldstecher auf dem Geschirrschrank, hielt ihn vor seine Augen. «Scheisse!»

Er legte das Fernglas auf das Abtropfgestell neben der Spüle, eilte durch das Wohnzimmer und das Entrée hinaus in den Vorgarten und zur Eiche neben der Hausecke. Dort legte Raab beide Hände wie einen Trichter um den Mund. «Nora!», rief er, hob die Arme und winkte.

Sie grüsste mit einer Hand, blieb jedoch stehen. Stattdessen drehte sie ihren Kopf mehrfach den Kühen zu, die am unteren Ende der abschüssigen Wiese grasten. Das Gebimmel ihrer Glocken drang herauf.

Typisch Stadtkind. Raab überstieg die Schnur, die als provisorischer Zaun diente, und ging Nora entgegen. Mit jedem Schritt wuchs seine Besorgnis. Denn nichts als eine Katastrophe könnte den introvertierten Teenager dazu bewegen, hierherzukommen. Die neunzehnjährige Tochter seiner Ex-Partnerin Jo Lerch mied den Kontakt zu Menschen, die meiste Zeit verschanzte sie sich in ihrem Zimmer vor dem Computer. Vor zwei Jahren hatte ein Psychopath Nora entführt und Raab hatte sie befreien können. Seither pflegten sie einen regelmässigen Austausch per Chat und Mail und Nora hatte einige Recherchen für Raab erledigt. Zwar kannte er sich durchaus mit Computern und Datenbanken aus, doch Noras Fähigkeiten überstiegen seine deutlich.

Sie kam ihm entgegen, kontrollierte aber immer wieder den Abstand zur Kuhherde. Müde sah Nora aus, sie hatte Tannennadeln in den Haaren und Kratzer auf den Wangen, Schmutzflecken überzogen ihre Kleider. «Hey.»

«Hey.» Raab zögerte kurz, doch dann breitete er seine Arme aus und legte sie um ihren zierlichen

Körper. Zu seiner Überraschung sträubte sie sich nicht dagegen. Nach ein paar Sekunden löste er sich von ihr. «Wo kommst du denn her? Und wie hast du mich gefunden?» Jo war der einzige Mensch, den er jemals hergebracht hatte.

«Mami hat mir mal erzählt von deinem Haus irgendwo hier in den Bergen. Also habe ich mir Karten und Bilder von Google Earth ausgedruckt. Seit gestern laufe ich von einem Gebäude zum nächsten, morgen wollte ich weitermachen.»

«Aber wieso hast du denn nicht …?» Er brach ab, die Frage konnte er sich sparen. Seit drei oder vier Tagen hatte er weder das Handy noch den Computer eingeschaltet. «Komm ins Haus, bestimmt hast du Hunger.»

Sie rührte sich nicht, beäugte stattdessen sein Gesicht und den kleinen Bauch, der sich unter seinem Hemd abzeichnete.

Er fuhr sich mit der Hand über den dichten Bart. «Ich weiss, ich sollte mich mal rasieren … und trainiert habe ich auch schon eine Weile nicht mehr. Komm.» Raab schritt voran, wies mit dem Daumen auf die Tiere. «Mach dir keine Sorgen um die, sie sind ganz harmlos.»

«Gehören sie dir?»

«Nein, einem Nachbarn. Der Bauer mäht hier zweimal pro Jahr das Gras und im Herbst leisten mir seine Kühe Gesellschaft.» Sie näherten sich dem Haus, einem alten, verlotterten Gebäude. Risse überzogen die Mauern, Unkraut wucherte darum herum. «Es sieht nicht nach viel aus, aber drinnen ist es gemütlich.» Die Bruchbude auf dem abgelegenen Stück Land oberhalb von Lauwil im Baselbiet hatte Raab vor Jahren über eine Treuhandfirma gekauft, damit sein Name nirgends in den Papieren auftauchte. Beim Umbau hatte er sich grosse Mühe gegeben, das heruntergekommene Äussere zu bewahren.

Im Entrée stellte Nora den Rucksack auf die Fliesen und streifte die Turnschuhe ab. In Socken trat sie im Wohnzimmer auf den beigen Schurwollteppich. Ihr Blick streifte das Regal aus Kirschbaumholz, die Tablare mit den südamerikanischen Pfeilspitzen, den römischen Münzen, den mittelalterlichen Türschlössern. Sie umkreiste die Bücherstapel auf dem polierten Eichenboden und legte beide Hände auf die Lehne des Ledersessels. Dann blickte sie ihn an und Tränen füllten ihre grünblauen Augen. «Mami ist verschwunden. Seit vier Tagen habe ich nichts von ihr gehört.»

Raab stellten sich die Nackenhaare auf. Für einen kurzen Moment spulte er in Gedanken verschiedene Möglichkeiten ab: Jo hatte eine Auszeit gebraucht, hatte einen neuen Mann kennengelernt, hatte kurzfristig auf Geschäftsreise gehen müssen. Er verwarf alle gleich wieder. Nicht nur lebten Jo und Nora zusammen in einer Wohnung, sie hatten auch eine sehr enge Beziehung. Es gab kein plausibles Szenario, bei dem Jo einfach abtauchen würde. Ihr musste etwas zugestossen sein. «Warst du bei der Polizei?»

«Ja. Sie sagen, sie können nicht viel tun.»

«Das ist alles?»

Mit kreidebleicher Miene nickte Nora, ihre Fingernägel gruben sich in das Leder. «Es ist wegen der Mail … Mami hat sie geschrieben.»

Viele Fragen schossen Raab durch den Kopf. «Zeigst du sie mir?»

Nora holte den Rucksack aus dem Entrée, zog ihren Laptop heraus, stellte ihn auf den Beistelltisch und setzte sich im Schneidersitz davor. Sie klappte ihn auf und klickte ein paar Mal. Dann schaute sie hoch. «Sie kommt von einer Website. Dort können Menschen Nachrichten für Angehörige hinterlegen.» Nora schluckte. «Verschickt werden die Mails nach ihrem Tod.»

«Wofür soll das gut sein?»

Nora hob die schmalen Schultern. «Vielleicht möchtest du deiner Familie noch etwas mitteilen. Vielleicht, weil du dich im Leben nie getraut hast …» Ihre Unterlippe zitterte.

Raab zog den Ledersessel heran und setzte sich neben Nora. «Lass sehen.»

Sie drehte den Bildschirm in seine Richtung. Die Mail war am 10. September verschickt worden, vor drei Tagen.

Liebe Nora
Wenn du diese Mail liest, bin ich nicht mehr am Leben. Es tut mir schrecklich leid! Ich kann nicht ermessen, wie schlimm diese Nachricht für dich sein muss. Bitte verzeih mir den Kummer, den ich dir bereite.

Es fiel mir nicht immer leicht, eine gute Mutter zu sein. Ich habe zu viel gearbeitet, hätte mir mehr Zeit für dich nehmen sollen. Manchmal regte ich mich über Kleinigkeiten auf, an manchen Tagen hatte ich kein gutes Wort für dich. Es gibt so vieles, das ich bereue. Bitte vergib mir.

Ich habe Vorkehrungen für dich getroffen. Es ist genug Geld vorhanden, damit du ein paar Jahre lang sorgenfrei leben kannst. Du kannst studieren, eine Ausbildung oder Weltreise machen – was immer dir Spass macht. Geh zu Andreas, meinem Anwalt, er hat alle Unterlagen und wird dich unterstützen. Und natürlich ist auch Papi für dich da.

Ich weiss, dass du deinen Weg gehen und zu einer wunderbaren Frau heranwachsen wirst. Es tut mir unendlich leid, dass ich dich nicht dabei begleiten kann. Du bist der Fixstern in meinem Leben. Mein Stolz und meine Liebe werden dich über den Tod hinaus begleiten.

Ich liebe dich so sehr.
Mami

Stumm starrte Raab auf den Bildschirm. Vor seinem inneren Auge sah er die lebenslustige Jo mit den silbergrauen Haaren, den vielen Sommersprossen, der leicht schiefen Nase und dem grossen Mund. Doch es waren ihre hellwachen, dunkelbraunen Augen gewesen, die ihn von Beginn weg in den Bann gezogen hatten. Vor zehn Monaten hatte er sie zum letzten Mal gesehen und es verging kaum ein Tag, an dem er nicht an Jo dachte. «Hast du diese Mail der Polizei gezeigt?»

«Ja.» Nora schniefte und wischte sich die Tränen mit dem Handrücken weg.

Die Schugger mussten von einem Selbstmord ausgehen, deshalb unternahmen sie nichts. Doch Raab kannte Jo besser. Er legte Nora eine Hand auf die Schulter. «Das ist Bullshit!»

Weitere Bücher von Rolf von Siebenthal im Friedrich Reinhardt Verlag

LANGE SCHATTEN

Ein Leibwächter stirbt, eine Bundesrätin überlebt. Auf den ersten Blick sieht es wie ein missglückter Anschlag aus, doch Bundeskriminalpolizist Alex Vanzetti hat Zweifel. Ein weiterer Mord geschieht. Die junge Journalistin Zoe Zwygart erhält mysteriöse Botschaften, die auf einen Serientäter hinweisen. Je tiefer Zwygart und Vanzetti in der Vergangenheit graben, desto mehr geraten sie selbst in Gefahr.

464 Seiten, gebunden mit Schutzumschlag, CHF 29.80
ISBN 978-3-7245-2155-6

LETZTE WORTE

Die Berner Ständerätin Eva Bärtschi wird in ihrem Haus in Worb erschossen. Zunächst sieht alles nach einem simplen Raubmord aus, doch so einfach ist der Fall leider nicht. Informationen, die Politiker und Firmenchefs zu Fall bringen könnten, sollen sich in verschlüsselter Form auf dem Computer der Ständerätin befinden. Alex Vanzetti macht sich auf die Suche nach dem Täter und erhält von der pensionierten Journalistin Lucy Eicher Unterstützung, die sich Antworten erhofft, die sie seit vierzig Jahren quälen.

440 Seiten, gebunden mit Schutzumschlag, CHF 29.80
ISBN 978-3-7245-2227-0

KALTES GRAB

Nach dem überraschenden Rücktritt eines Bundesrats stehen in Bern Ersatzwahlen an. Als Favorit für den freien Sitz gilt der erfolgreiche Zürcher Nationalrat Adrian Ott. Dieser soll in illegale Börsengeschäfte verwickelt sein, das geht jedenfalls aus Unterlagen hervor, die der Journalistin Zoe Zwygart zugespielt werden. Eine Exklusivgeschichte witternd, beginnt sie zu recherchieren. Zunächst nur widerwillig nimmt sie dabei auch die Hilfe von Alex Vanzetti in Anspruch. Doch sie merkt bald, dass sie jede erdenkliche Unterstützung brauchen wird. Sonst wird sie diesen kalten Januar nicht überleben.

480 Seiten, kartoniert, CHF 19.80
ISBN 978-3-7245-2296-6

RÖMERSCHATZ

Raab ist ein Gauner aus Überzeugung. Doch er ist ein ehrenhafter Dieb, der Einbrüche ohne Waffen und Gewalt plant. Heckt er nicht gerade seinen nächsten Coup aus, hilft er bei Schülergrabungen in Augusta Raurica mit. Als dabei ein Skelett gefunden wird, berichten die Medien darüber und verbreiten Raabs Gesicht in alle Welt. Das bringt eine Verbrecherbande auf seine Spur, auf deren Abschussliste Raab seit Jahren steht. Der Bandenchef stellt ihn vor die Wahl: Entweder treibt Raab die verschollenen Stücke des Silberschatzes von Augusta Raurica auf oder er stirbt. Raab macht sich auf die Suche und spürt einen geheimnisvollen Männerbund auf, dessen Mitglieder ein Leben nach römischen Sitten pflegen. Die «Legio Basiliensis» will im Verborgenen bleiben und geht dafür über Leichen. Raab könnte die nächste sein…

532 Seiten, kartoniert, CHF 19.80
ISBN 978-3-7245-2516-5

SCHWARZER HOLUNDER

Kurzgeschichten von Anne Gold, Helen Liebendörfer, -minu, Elisa Monaco, Rolf von Siebenthal und Dani von Wattenwyl.

Es ist das erste, aber hoffentlich nicht das letzte Mal, dass sechs Bestsellerautorinnen und -autoren aus dem Friedrich Reinhardt Verlag mit Kurzgeschichten in einem Sammelband aufwarten. Spannende und überraschende Geschichten, die Sie einzeln oder am Stück geniessen können. Von der humorvollen Erzählung über einen spannenden Kurzkrimi bis hin zur mystisch inspirierten Lektüre finden Sie alles in diesem Band – ein garantierter Lesespass.

312 Seiten, kartoniert, CHF 24.80
ISBN 978-3-7245-2582-0